RUE SAINT-HONORÉ
Athénaïs
Tome 2

De la même autrice

Rue Saint-Honoré
Tome 1 – Alma

À propos de l'autrice

Caroline Coiraton a travaillé comme productrice à la télévision pendant des années. Passionnée d'histoire, elle y a toujours vu un terrain de jeu pour sa créativité, imaginant les aventures amoureuses enfouies dans la grande Histoire. Elle a un faible pour les macarons, surtout lorsqu'ils sont pastel, et les séries romantiques. Elle vit à Boulogne-Billancourt avec son mari et leurs deux filles.

Caroline Coiraton

RUE SAINT-HONORÉ

Athénaïs

Tome 2

L'amour au temps des mousquetaires

Chatterley

92, avenue de France
75013 Paris – France

ISBN : 978-2-38579-053-0
Dépôt légal : novembre 2024

Ne changez pas qui vous êtes...
mais abandonnez ce que vous n'êtes pas...

Généalogie

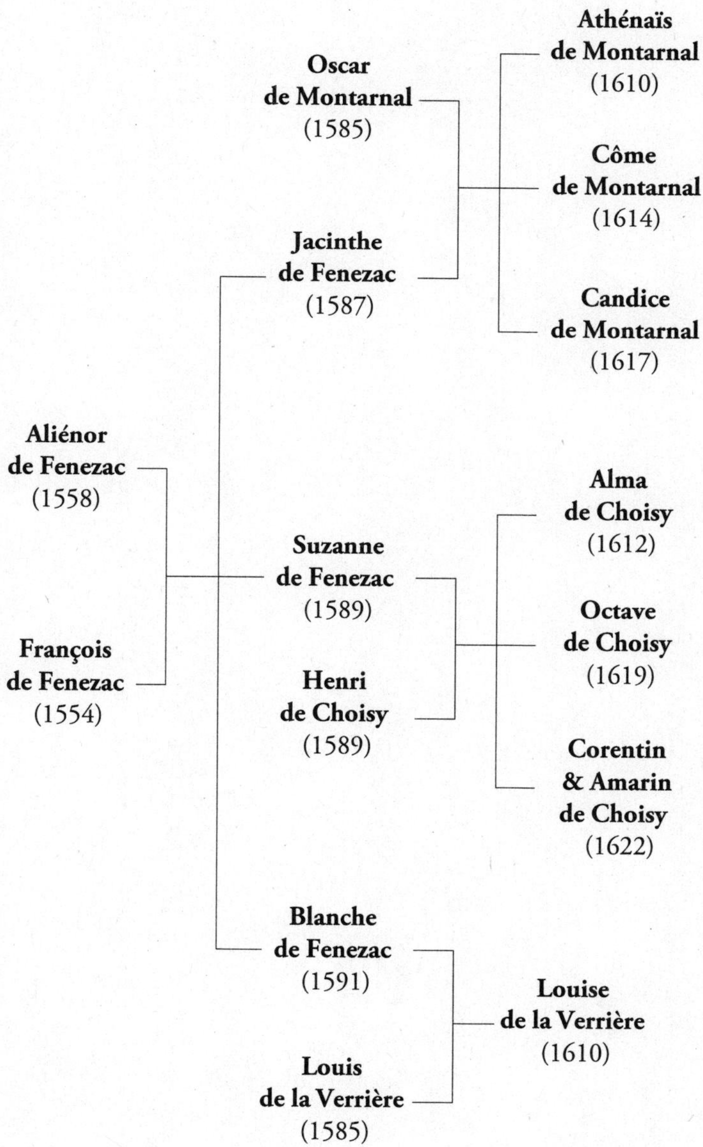
Athénaïs de Montarnal (1610)
Oscar de Montarnal (1585)
Côme de Montarnal (1614)
Jacinthe de Fenezac (1587)
Candice de Montarnal (1617)
Aliénor de Fenezac (1558)
Alma de Choisy (1612)
Suzanne de Fenezac (1589)
Octave de Choisy (1619)
François de Fenezac (1554)
Henri de Choisy (1589)
Corentin & Amarin de Choisy (1622)
Blanche de Fenezac (1591)
Louise de la Verrière (1610)
Louis de la Verrière (1585)

Chapitre 1

21 juin 1631,
Paris,

Vêtue d'une chemise de nuit légère, d'un bleu aussi vif que l'étaient ses yeux, Athénaïs se scrutait devant le grand miroir rectangulaire aux rebords acajou. Il était disposé sur l'un des murs de la pièce d'eau, de façon à ce qu'elle puisse se voir en pied. Était-elle émoustillante ? Intéressante ? Digne d'être aimée ? Pas au point de faire tourner la tête de son époux, déplora-t-elle.

Athénaïs souffla d'amertume tout en se dirigeant vers le large meuble de bois massif qui supportait une vasque en marbre blanc. Sur le côté droit, posé au milieu d'autres accessoires, elle saisit un petit pot rempli de farine de riz finement broyée qu'elle versa dans un récipient de cristal. Puis, elle ajouta de l'eau de la carafe de porcelaine, avant de mélanger la pâte à l'aide d'un bâtonnet de bois. Elle appliqua ce masque sur son visage afin d'unifier son teint. Après quelques minutes à ressasser sa peine, elle se rinça. Elle passa ses mains sur sa peau douce, satisfaite, avant de regagner sa chambre aux quatre larges fenêtres qui apportaient une lumière naturelle à la pièce. Devant l'une d'elles, elle se laissa aller quelques secondes à observer les arbres et les fleurs du jardin. Cette beauté la berçait.

Elle s'assit alors, le cœur apaisé, devant le miroir octogonal qui dominait la large coiffeuse. Munie de son épais pinceau en poil de soie, elle saupoudra sa gorge d'une fine poudre d'iris, à l'évanescence d'un nuage, qui permettait de fixer pour de longues heures n'importe quel parfum. Et celui dont elle allait s'orner était son préféré, le vétiver. Elle appréciait particulièrement son bouquet frais, combiné à des accents de noisette et à des notes subtilement fumées.

D'habitude, Athénaïs le mélangeait à d'autres substances tels que des agrumes, des fleurs, créant ainsi des élixirs dont elle gardait la composition secrète. Mais en ce jour délicat pour elle, les vertus apaisantes du seul vétiver lui convenaient parfaitement.

Alors qu'elle allait s'emparer du flacon, l'intendante frappa à la porte pour lui annoncer que mademoiselle Pauline de Saint-Germain, sa coiffeuse et amie, patientait dans le petit salon de ses appartements. Elle alla elle-même la chercher et, après une délicieuse conversation, elles s'installèrent devant la poudreuse.

Dans le reflet du miroir, Athénaïs observait cette femme expérimentée tout occupée à ajuster ses longs cheveux en un chignon complexe. Lorsque celle-ci eut terminé son travail d'art, elle partit, satisfaite, et fut remplacée par une dame de chambre.

Après que la jeune femme eut serré les cordons du corset bleu givré d'Athénaïs, orné de plusieurs rangées de cristaux aux multiples nuances, elle l'aida à enfiler la robe en soie d'un bleu lavande, modèle très travaillé pour l'occasion, qui laissait voir en totalité le corset. Enfin, les fins lacets de ses manches bouffantes qui descendaient jusqu'à ses coudes furent réajustés et une paire de gants de soie accompagna l'ensemble.

Athénaïs était bien sûr impatiente d'assister au mariage de sa meilleure amie et cousine, Alma, avec le prince Gabriel. Elle était si heureuse pour eux. Mais cet événement mettait le doigt sur une douleur toute personnelle, à savoir qu'elle ne connaissait pas un tel attachement avec Alphrède, son propre époux. Ce n'était pas qu'elle souhaitait être aussi passionnée que l'était sa cousine, mais elle aurait au moins voulu connaître une certaine complicité, se sentir plus proche de son mari, attirer plus souvent son attention. Alphrède était de plus en plus absent, passant le plus clair de son temps libre au club du Petit-Bourbon.

Elle le savait, cette cérémonie lui pèserait malgré elle.

Son époux, qui s'était préparé seul dans ses appartements, vint la prévenir de l'heure qui approchait.

— Je suis presque prête, mais je dois vous dire qu'une chose me chagrine.

Athénaïs n'avait pas résisté à lui faire part de son ressenti, même si, elle en convenait, ce n'était pas le moment.

— Quoi donc, ma chère ?

— Que vous assistiez à ce mariage uniquement pour vous faire voir du roi ou de la reine et non pas pour partager ma joie de marier ma cousine adorée à l'homme qu'elle aime.

— Je ne vais pas vous mentir. J'ai en horreur les mariages, cela est ainsi.

— Même le nôtre, vous l'avez eu en horreur ?

Alphrède leva les yeux au ciel.

— Non pas, ma chère. J'ai apprécié notre mariage.

Si Athénaïs fut touchée, elle lui avoua tout de même sa déception qu'il ne partage pas son bonheur en ce jour… et qu'il passe de moins en moins de temps avec elle.

— Athénaïs… s'emporta-t-il. Vous n'allez pas recommencer !

C'est que j'en souffre, allait-elle avouer. Mais elle resta muette. Elle fit juste signe à sa demoiselle de chambre de les laisser.

— N'avez-vous pas tout ce qui vous convient ? Ne faites-vous pas tout ce dont vous avez envie ? lui demanda-t-il d'un ton dur.

Ce n'est pas assez, se retint-elle encore de répondre.

— Vous n'accordez vos moments de loisir qu'à vos amis du club, j'en suis jalouse. Et ne me parlez pas sur ce ton cassant, s'il vous plaît, dit-elle d'une voix qu'elle voulait dure, elle aussi.

Une émotion vive la saisit au fond de la poitrine, de s'être ainsi exprimée, entre la fierté et la crainte. Athénaïs n'avait pas peur de son époux, sauf dans ces moments où elle le contrariait.

Alphrède secoua la tête, sûrement lassé de cette plainte qui revenait sans cesse depuis quelques semaines.

— Je parle comme il me plaît. Que cela vous convienne ou non !

Athénaïs eut à nouveau l'impression d'être une petite fille qu'un prescripteur réprimandait sévèrement, comme chaque fois qu'elle osait s'affirmer. Elle sentit son cœur se fêler.

— Je vous laisse. Rejoignez-moi en bas dans une dizaine de minutes, tout au plus, voulez-vous, déclara-t-il plus calmement. Nous en reparlerons, mais plus tard, ajouta-t-il d'un ton qui n'admettait pas la réplique, avant de sortir de la chambre.

Il se retourna dans l'entrebâillement de la porte.

— Vous êtes trop sensible. Reprenez-vous ! Chacun a sa façon de voir les choses. Tout va bien, lui dit-il avant de tourner les talons.

Athénaïs se sentit blessée au plus profond de son cœur déjà meurtri.

Non, tout n'allait pas bien, justement. Même s'il savait être agréable et qu'il lui laissait une grande liberté au quotidien. Elle pouvait, en effet, lire, écrire, participer aux activités qu'elle choisissait, et passer du temps avec qui bon lui semblait. Jamais il ne lui posait de questions. Mais sa vie de couple était inexistante, à l'instar d'une communication sincère entre eux, et cela lui pesait lourdement.

Elle regrettait également leur vouvoiement qu'elle avait trouvé délicat au début de leur relation, et qui désormais mettait une distance entre eux…

Après avoir considéré l'élégance de sa coiffure, Athénaïs accueillit l'une de ses femmes de chambre, Cécile, afin de s'occuper de son maquillage. Et celle-ci était fort douée.

Cécile sortit de son sac une boîte ronde dans laquelle se trouvait une pommade assez dure, un peu parfumée et colorée avec du jus de raisin noir et du suc d'orcanette. La jeune femme lui en déposa délicatement sur les lèvres, ce qui les colora joliment. Elle posa l'écrin sur la coiffeuse.

— Pour vous, madame.

— Je vous remercie, Cécile. Vos mélanges sont les plus beaux.

Cette dernière lui adressa un sourire avant de continuer son œuvre et de lui appliquer sur les joues un onguent de mûres écrasées et de racine d'orcanette qui rehaussa son teint.

Athénaïs s'occupa ensuite de choisir ses bijoux et Cécile l'aida à les placer. Son travail achevé, la jeune femme quitta les appartements de sa maîtresse.

Une fois seule, Athénaïs apposa, fébrile, sur la peau de sa gorge et de sa nuque, quelques gouttes de son parfum au vétiver. Cette fragrance lui remémora instantanément le mariage avorté d'Alma et Jean.

Elle se souvint alors du chaos engendré par cette situation inédite, celle d'un mariage interrompu au beau milieu de la cérémonie. Les convives étaient sortis de l'église, invités par les parents d'Alma à se remettre de leurs émotions autour du déjeuner initialement prévu chez eux. Or elle ne les avait pas suivis et avait préféré aller prier à la chapelle. Cet événement l'avait intensément confrontée à ses propres interrogations quant à son couple. Fervente croyante, elle savait que ses prières pouvaient être entendues et qu'elles allaient lui mettre du baume au cœur. Alphrède, lui, était rentré travailler sur des dossiers liés à son patrimoine.

Sur le chemin, dans la petite contre-allée à gauche de la nef de l'église, Athénaïs avait été attirée par de grands yeux bruns fixés sur elle, d'où se dégageait quelque chose de terriblement envoûtant sans qu'elle puisse définir quoi avec précision. Captive, elle s'était arrêtée quelques secondes malgré elle, le regard accroché, avant de reprendre ses esprits, et d'apercevoir Aramis qui se tenait à côté de celui qui portait aussi le costume de mousquetaire.

Troublée, elle avait poursuivi sa route vers la chapelle de l'église. Une fois entrée, elle s'était retrouvée seule, enveloppée d'un silence bienfaisant. L'image de cet homme s'évanouit aussitôt.

Après avoir glissé une pièce de monnaie dans une petite boîte en bois, elle avait prit un cierge qu'elle alluma à l'aide d'un autre qui brûlait déjà. Elle s'était figée devant la flamme, hypnotisée. Sortie de sa langueur, elle s'était agenouillée sur un prie-Dieu devant l'autel, les yeux fermés, les mains sur le cœur, et avait prié avec ferveur la Sainte Vierge pour l'arrivée d'un enfant et le réveil chez Alphrède de sentiments plus intenses et doux à son égard. Elle avait fait le vœu que sa vie s'illumine. Ses prières terminées, elle s'était relevée et avait marché à reculons le long de la nef principale, le regard plongé dans celui de la grande statue de la Vierge Marie qui la suivait des yeux avec compassion.

Alors qu'elle se retournait, elle avait heurté quelqu'un. Elle avait relevé la tête. Il était bien plus grand qu'elle et il la scrutait, une lueur amusée au fond des prunelles. Elle voulut s'excuser, mais aucun mot ne sortit de sa bouche.

Puis, se ressaisissant, elle avait tenté de le contourner en bafouillant un « Je vous prie de m'excuser ». Il l'avait retenue doucement par le bras, puis il s'était présenté, « Alexandre de Castillan », et lui avait demandé quand ils pourraient se revoir. Elle lui avait répondu : « Je suis une femme mariée ». Il savait et malgré tout, il avait insisté. Elle avait secoué la tête et quitté les lieux.

Cette rencontre datait de deux semaines. Athénaïs était toujours outrée de ce comportement, et aussi un peu intimidée… et fort embarrassée de repenser à cet épisode. Elle chassa ce souvenir, mais ce fut avec l'espoir coupable, et malgré tout de revoir au mariage le jeune homme, qu'elle savait être un lointain cousin d'Alma du côté paternel, qu'elle descendit au rez-de-chaussée rejoindre son époux.

Celui-ci l'attendait dans le petit salon, un verre à la main. Lorsqu'il la vit, il se leva et lui fit un rapide compliment sur son allure, puis ils sortirent et s'engouffrèrent dans leur carrosse en direction de l'église.

Chapitre 2

En cette belle matinée de juin, la fastueuse cérémonie, de loin la plus piquante de la saison d'été, allait sceller l'union d'Alma de Choisy et de Gabriel de Saint-Brieuc.

Alma marchait avec grâce, le long de la nef principale de l'église Saint-Germain-l'Auxerrois, au bras de son père, Henri de Choisy. Sa robe d'un corail si pâle, presque blanc, au décolleté plongeant, était brodée de fleurs d'un vieux rose élégant entrelacées de tiges, et les larges manches étaient richement décorées d'arcs de broderie et de satin. Un petit panier soutenait la jupe majestueuse de la robe et soulignait sa taille fine. Une longue traîne de dentelle agrémentait le tout d'une touche céleste.

Un voile transparent devant le visage permettait à tous de voir le bonheur d'Alma qui avançait vers son promis. Son regard et son sourire rayonnaient. Quel contraste avec la mine qu'elle avait affichée lors de cette même marche jusqu'à l'autel lorsque, deux semaines auparavant, elle devait épouser son ancien fiancé, le comte Jean de Férignac.

Alma et Gabriel, face au prêtre qui les bénissait, se lançaient sans cesse des œillades, le sourire béat.

Le prêtre les invita alors à se donner la main et à prononcer les vœux de leur engagement.

— Devant tous ceux qui sont ici, et en présence de Dieu, prince Gabriel, Jacques, de Saint-Brieuc, voulez-vous prendre pour épouse Alma, Suzanne, Colette de Choisy pour l'aimer fidèlement dans le bonheur ou dans les épreuves, tout au long de votre vie ?

Gabriel se tourna vers Alma, le regard brûlant.

— Oui, je le veux.

— Mademoiselle Alma, Suzanne, Colette de Choisy, voulez-vous prendre pour époux le prince Gabriel, Jacques, de Saint-Brieuc pour l'aimer fidèlement dans le bonheur ou dans les épreuves, tout au long de votre vie ?

— Oui, je le veux.

Tous les yeux étaient rivés sur cette femme et cet homme qui se disaient enfin « Oui ». Pas un bruit ne perturba la magie du moment.

Le prêtre invita les époux à se donner la main droite pour confirmer l'union.

— Désormais, vous êtes unis par Dieu dans le mariage, proclama-t-il, avant d'inviter les époux à se recueillir quelques instants.

Suivit un moment de prière accompagné des voix angéliques de la petite chorale d'enfants et de l'orgue.

— Tous ensemble, rendons grâce à Dieu, demanda le prêtre.

Les invités firent silence. Athénaïs tentait de refréner les larmes qui coulaient toutes seules. Des larmes de bonheur pour Alma… mais pas seulement. Elle chassa sa confusion pour afficher un sourire de circonstance. En effet, cette union si rayonnante la perturbait plus que de raison. Avait-elle, elle aussi, tant besoin de se sentir aimée et épanouie dans son couple ? Cela paraissait évident…

Ses yeux tombèrent alors sur ce mousquetaire effronté. Il était là, à quelques mètres sur le côté. Leurs regards se croisèrent. Elle détourna la tête. Son cœur s'était mis à battre un peu plus vite. D'un œil furtif, elle considéra Alphrède, perdu dans ses pensées. Pour calmer son esprit torturé, elle se concentra sur les mariés.

Un enfant de chœur s'avança vers le prêtre, un petit coussin bleu entre les mains, sur lequel trônaient deux anneaux d'or.

— Seigneur, bénis Alma et Gabriel, sanctifie-les dans leur union. Puisque ces alliances sont le signe de leur fidélité, qu'elles soient aussi le rappel de leur amour.

Le prêtre leur présenta le coussin. Alma et Gabriel échangèrent leur alliance et cette fois-ci, c'était sur leurs joues que des larmes apparurent.

— Je vous déclare mari et femme, continua le prêtre. Vivez dans la joie, en vous aimant comme vous l'avez promis.

Athénaïs jeta à nouveau un œil furtif à Alphrède qui, les yeux mi-clos, semblait recueilli. Néanmoins, elle savait qu'il était absorbé par des pensées sans rapport avec la cérémonie.

Le prêtre s'adressa à Gabriel.

— Vous pouvez embrasser la mariée.

Gabriel prit la parole avant de s'exécuter.

— Alma, vous avez changé ma vie à tout jamais et vous avez fait de moi l'homme que je suis désormais et dont je peux enfin être fier !

— Je me sens épanouie, heureuse et à ma place, ceci grâce à vous, répondit Alma.

Gabriel ôta le voile de celle qui était maintenant son épouse et se pencha légèrement pour déposer sur ses lèvres offertes un baiser gourmand qu'elle rendit avec un plaisir non dissimulé.

Les applaudissements fusèrent. Un enfant se mit à courir et un autre eut un fou rire communicatif si bien que l'église se mit à résonner d'une joie non contenue. Il faut dire que personne ou presque ne fut insensible à ces instants d'adoration entre les mariés qui s'étaient donnés l'un à l'autre.

Les larmes d'Athénaïs, de Louise, même celles de Jules et d'autres amis proches, ainsi que celles des parents d'Alma et de Gabriel coulèrent sans retenue.

L'amour et le bonheur illuminaient cette belle journée de célébration. Sauf peut-être le cœur de la duchesse de Chevreuse qui avait dû ravaler sa fierté et faire bonne figure en acceptant cette union qu'elle n'avait pas choisie. Elle qui faisait la pluie et le beau temps sur les mariages arrangés des jeunes aristocrates, à l'instar de celui d'Athénaïs et d'Alphrède.

Mais cette fois-ci, Alma de Choisy et le prince Gabriel de Saint-Brieuc, fils de l'une des familles de France les plus influentes, s'étaient choisis eux-mêmes, après moult rebondissements. Et lorsque leurs parents respectifs ainsi que le roi et la reine eurent approuvé cette union, la duchesse de Chevreuse n'avait pu les séparer.

Une fois la bénédiction du prêtre achevée, Alma et Gabriel se retournèrent vers l'assemblée.

— Nous vous sommes reconnaissants d'être venus célébrer notre amour. Votre Grâce, votre Majesté, merci pour votre soutien, déclarèrent-ils d'une même voix.

Ils firent une révérence appuyée afin de marquer leurs remerciements.

Athénaïs était prise entre deux sentiments contradictoires, celui de son cœur qui fondait pour cet amour si intense, et sa raison impitoyable qui claquait la porte à cette envie mielleuse d'accaparer de la même façon l'attention de son époux.

En outre, elle était consciente que le but du mariage était avant tout de perpétrer la descendance et de l'enrichir grâce aux biens et à la position sociale des deux familles. Son couple avec Alphrède remplissait parfaitement cette fonction. Et comme elle était l'aînée, Jacinthe et Oscar, ses parents, étaient d'autant plus fiers de son mariage et ils la respectaient pour cela. Et puis, la vie était, il est vrai, douce et facile et cela n'avait pas de prix. Jouir d'un statut fort respecté et d'un confort si satisfaisant avait son importance, et elle en profitait bien. Revigorée par ces pensées, elle afficha un sourire sage.

Oui, mais voilà, ce cœur qu'elle tentait de faire taire lui martelait qu'il lui manquait quelque chose. Et ce *quelque chose* prenait de l'ampleur un peu plus chaque jour…

Chapitre 3

En cette fin d'après-midi, après être rentrée chez elle afin de changer de tenue, comme l'avaient fait tous les invités pour le vin d'honneur, le dîner et la fête qui allaient s'enchaîner, Athénaïs, au bras d'Alphrède, rejoignit le somptueux hôtel particulier des parents d'Alma.

Afin de descendre du carrosse sans encombres, elle tint la main que lui avait offerte son époux et, de l'autre main, releva sa longue robe de taffetas couleur prune, qu'elle avait voulu légère, gracieuse et un brin espiègle avec son décolleté en forme de cœur. Lorsqu'elle fut descendue, elle frissonna sans le vouloir, à la pensée que cet impudent, mais séduisant mousquetaire serait là. Elle devait bien s'avouer que sa présence lui faisait plaisir.

Lorsqu'elle fut sur le chemin de pierres du jardin qui menait vers la demeure, elle guetta les invités déjà présents pour le vin d'honneur, sous la verrière. Entre les différentes robes et tenues pour les hommes, cette valse de couleurs donnait un ton joyeux à l'endroit, rehaussé par un nombre impressionnant de bouquets de fleurs aux teintes vives. De mousquetaire, il n'y avait point. Athénaïs en fut finalement soulagée, car se réjouir de revoir un impertinent était, elle le savait, fort puéril.

Louise, accompagnée de ses parents ainsi que de ceux d'Athénaïs, était en pleine discussion lorsqu'elle aperçut sa cousine. Elle vint alors à sa rencontre.

— Alphrède, je vous enlève votre épouse.

Ce dernier n'y vit aucun inconvénient.

— Athénaïs, enfin, te voilà. Je m'ennuyais à mourir, lui dit-elle tout en soufflant.

— Je ne vois pas les mariés. Que font-ils ?

— À ton avis ?

— Je ne vois pas...

— Ce qu'ils font depuis qu'ils sont ensemble... Ils se bécotent à l'abri des regards !

Évidemment... Athénaïs le savait bien. Ils ne pouvaient plus se détacher l'un de l'autre. Mais elle ne voulait pas y penser.

— Oui, répondit-elle simplement, le sourire forcé.

Alors que Louise lui racontait comment elle s'était prise de passion pour la cuisine, Athénaïs observait Alphrède rire aux éclats avec ses amis. Elle se flagella intérieurement de l'amertume qu'elle ressentait et reprit le cours de la conversation avec sa cousine.

— ... c'est que c'est bien meilleur en bouche ! s'exclama Louise.

— Je suis d'accord avec toi.

— Ah bon, tu as déjà cuisiné ?

— Non. enfin...

Athénaïs était piégée.

— J'ai compris... tu ne m'as pas du tout écoutée...

— Ce n'est pas vrai, Louise.

— Si. Ne me mens pas, s'il te plaît.

— D'accord, j'admets. Je suis désolée. C'est que j'ai l'esprit ailleurs.

— Ah bon ? Raconte-moi ! pressa sa cousine.

— Rien d'intéressant.

— Raconte !

— Très bien capitula Athénaïs, ne me juge pas… Ce mariage si heureux me questionne sur le mien. Je pense qu'il éclaire d'une lumière trop crue ma relation avec Alphrède, le comprends-tu ?

— Bien sûr, je saisis. Tu m'as déjà fait part du manque de complicité entre vous. Et j'ai l'impression que cela ne te laisse plus en paix, n'est-ce pas ?

Athénaïs, gênée, allait adoucir ses propos quand Aramis et Alexandre de Castillan apparurent devant elles, presque par magie.

— Madame de Laroche de Briand, mademoiselle de la Verrière, salua Aramis. Je vous présente mon ami, et cousin d'Alma, Alexandre de Castillan.

Ce dernier, tout de cuir gris vêtu, de la veste fort bien taillée au pantalon tombant parfaitement sur des bottes élégantes, s'inclina et s'adonna à un charmant baisemain pour chacune. Athénaïs remarqua que Louise avait l'œil brillant et rivé sur le jeune homme. Un trait de jalousie perça son cœur.

— J'ai déjà eu le plaisir de croiser M. de Castillan, dit-elle à Aramis, un sourire aux lèvres, bien que regrettant amèrement cet orgueil inapproprié, à l'instant où elle avait prononcé ces paroles.

— En effet, nous avons eu ce plaisir… admit-il, le sourire malicieux.

Athénaïs déglutit. Elle n'osa pas regarder sa cousine au vu de l'air mutin qu'affichait Aramis.

— Oui, alors que je me rendais à la chapelle pour prier, dit-elle, hochant la tête, convaincue.

Cette fois-ci, elle se tourna vers Louise et reconnut ce regard qui ne trompait pas. Louise savait qu'il y avait anguille sous roche.

— Alexandre est ma toute dernière recrue, et la meilleure depuis son frère aîné, Maxime, dit Aramis tout en tapotant l'épaule du jeune homme.

— Deux mousquetaires dans une même fratrie ? interrogea Louise.

— Maxime le fut par passion, mademoiselle, lui répondit Alexandre, il gère maintenant les propriétés de la famille en Gascogne. Ce qui l'occupe à plein temps ! Il a repris avec talent le rôle de feu notre père.

— Mes condoléances, dit Athénaïs, suivie de Louise.

— Je vous remercie, cela fait un peu plus d'un an et nous nous y faisons petit à petit…

Athénaïs surprit une douleur dans son regard et en fut sincèrement peinée.

— Votre frère est-il présent ? demanda Louise.

— Il ne l'est point, n'ayant pu se libérer d'un problème urgent à régler survenu hier, et qui l'oblige à demeurer sur ses terres. Pour couronner le tout, mère est souffrante, rien de grave, mais mes deux plus jeunes sœurs sont restées à ses côtés, pour la veiller. Je suis donc le seul représentant de la famille !

— Habitez-vous Paris ? poursuivit Louise.

— Je viens d'emménager à Saint-Cloud, dans le modeste manoir familial. J'ai cette charmante demeure pour moi seul et cela est bien agréable, dit-il, lorgnant vers Athénaïs qui rosit malgré elle.

— Un beau mousquetaire de plus à Paris, cela fait toujours plaisir ! railla Louise, jetant un œil furtif à sa cousine.

Gênée, celle-ci chercha des yeux Alphrède, qu'elle vit à l'autre bout de la pièce en pleine discussion. Elle pouvait être sûre qu'il ne remarquerait plus sa présence de toute la soirée.

— La duchesse de Chevreuse semble vouloir me parler, je vous prie de m'excuser, annonça brusquement Aramis.

— Je dois également vous laisser, je vois que mère a l'air perdu, s'excusa Louise, soutenant le regard étonné d'Athénaïs qui se retrouva seule avec Alexandre.

— Je…

— N'en faites rien. Profitons-en pour mieux nous connaître, voulez-vous, pria le jeune homme dont les yeux brillaient d'une sensualité embarrassante.

Son regard était pénétrant et fouillait jusqu'au fond de votre âme. Elle aurait pu aisément y plonger, mais elle refusa cette faiblesse et secoua la tête afin de chasser ce trouble.

— Ce n'est pas une bonne idée, je vous assure, déclara-t-elle.

— Mais c'est une idée amusante, pour le moins. Tenez, c'est un jeu que je vous propose. Je suis sûr que vous aimez passer de bons moments, n'est-ce pas ?

Athénaïs remarqua que ses iris bruns étaient parsemés d'éclats dorés.

— Bien entendu… répondit-elle un peu vite, bien plus perturbée qu'elle ne l'aurait souhaitée.

— À la bonne heure ! Je commence. Si vous étiez un animal, lequel seriez-vous ?

— Pardon ?

— Prenez-vous au jeu ! suggéra-t-il le regard irrésistiblement charmeur, si bien qu'elle n'eut pas la force de s'excuser et de partir, comme elle aurait dû le faire.

— Eh bien… Je serais probablement… un chat ? Et vous ?

— Un lion ! dit-il fier, le menton relevé.

— Cela ne m'étonne guère, acquiesça-t-elle dans un sourire entendu.

C'était un séducteur, certes, mais la spontanéité et la fraîcheur qu'il dégageait étaient très agréables.

— Si vous étiez un objet ? demanda-t-il.

— Alors là… je ne vois pas… un sofa, hésita-t-elle.

Alexandre prit un air mystérieux et il eut une façon de bouger ses sourcils, ses lèvres, qui anima quelque chose en elle. Elle se rendit compte alors que sa propre respiration s'accélérait.

— Quant à moi, je serais une fourrure enveloppant parfaitement le sofa… ou une bague entourant l'un de ces doigts que vous vous mordillez.

Athénaïs l'incendia du regard. Devait-elle s'offusquer et tourner les talons ?

— Quel est votre désir le plus profond, enchaîna-t-il comme si de rien n'était, la voix plus grave, pleine et douce.

C'était dans sa voix, ses yeux, sa façon de se mouvoir, les traits de son visage, son sourire, même ses cheveux châtain clair et bouclés dont il réajustait souvent une mèche rebelle d'une main vive… Tout son être était d'une sensualité qui la remuait au plus profond d'elle. L'air s'alourdissait. Il lui fallait s'extraire de son aura au plus vite.

— Monsieur…

— Je suis votre désir ?

— Fort drôle… ironisa-t-elle, coincée entre le devoir de s'éloigner et l'envie de profiter encore un peu des sensations très plaisantes qu'il lui procurait. Également, être l'objet de cette attention masculine lui faisait du bien.

— Mon désir est de me sentir épanouie, finit-elle par avouer.

— Ne l'êtes-vous pas ?

Elle s'était trahie…

— Je veux dire que je souhaite ressentir cela tout au long de ma vie, se rattrapa-t-elle.

Il hocha la tête d'un air entendu.

— Et vous, quel est votre désir, votre rêve ? questionna-t-elle pour faire diversion.

— Mon rêve, je l'accomplis tous les jours, madame. Alors, je pourrais ajouter que je souhaite continuer à faire ce que je fais : servir mon pays et le roi en tant que mousquetaire. Ne pas mourir trop jeune aussi. Et enfin, m'amuser autant que je m'amuse en ce moment même, dit-il, le sourire enjôleur.

Athénaïs pensa qu'il avait bien de la chance d'être si léger. Elle acquiesça, sans laisser paraître ses pensées.

— Quand je vous regarde, je ne vois pas une personne qui s'amuse… affirma-t-il sur un ton plus grave.

Elle le dévisagea, gênée.

— En effet, mais la vie n'est pas faite pour s'amuser en permanence, il me semble…

Il s'approcha d'un pas.

— Elle est faite pour quoi, alors ?

— Êtes-vous sérieux ?

— Bien sûr !

— Elle n'est pas faite pour quelque chose. Elle est comme elle est…

— Ah… eh bien moi, je pense qu'elle est faite pour en profiter ! Et nos actions doivent tendre vers ce que nous voulons.

— Je suis d'accord avec vous. Mais c'est aussi plus facile lorsqu'on est un homme, et bien né.

— Certes, je le confesse. Néanmoins, vous pouvez vous aussi prendre quelques libertés. Et ce à quoi je pense…

— Oui, et sachez que j'en prends, le coupa sèchement Athénaïs, tripotant exagérément ses grosses boucles d'oreilles en forme de cœur.

Le jeune homme la jaugea étrangement. Elle baissa les yeux un instant, intimidée.

Il était terriblement séduisant. Plus elle lui parlait et plus l'air lui semblait gagner des degrés, ce qui rendait difficile un raisonnement objectif.

— Qu'y a-t-il ? demanda-t-elle, le fixant droit dans les yeux.

— Je me disais que je pourrais vous rendre la vie un peu plus amusante…

— Bien… fit-elle, abrupte, dans un éclair de lucidité, j'ai apprécié discuter avec vous, mais je dois rejoindre ma cousine Louise. Au plaisir de vous revoir, monsieur.

Elle partait lorsqu'il la retint par le bras avec une ardeur maîtrisée. Elle se remémora leur rencontre dans la chapelle. C'était la deuxième fois qu'il osait ce geste.

Elle releva ses yeux vers l'effronté et fut un instant perdue au fond de ses iris aux éclats d'or…

*

— Aramis, voyez cela ! Athénaïs et votre jeune recrue Alexandre semblent très bien s'entendre. Je me demande ce qu'ils peuvent se raconter. J'ai bien envie d'aller y mettre mon grain de sel…

— Laissez donc, Marie Aimée. Alexandre n'est pas intéressé et la comtesse de Laroche de Briand est mariée. Suivez-moi plutôt Duchesse ! Je vais vous présenter à

Théophraste Renaudot auquel notre cher cardinal de Richelieu a confié les rênes de *La Gazette*.

— Il est ici présent et je ne suis point au courant ! pesta la duchesse de Chevreuse.

— Il s'est invité hier seulement. Le comte Henri de Choisy a bien entendu accepté.

— Et vous le connaissez ?

— Je l'ai rencontré alors que quelques camarades et moi-même relations à notre cher Louis le treizième, les dernières indiscrétions de Paris le concernant. Il avait rendez-vous et le roi nous l'a présenté. Vous allez l'adorer.

À l'appellation de « notre cher Louis », Marie Aimée tiqua. Elle n'aimait pas lorsque Aramis la taquinait de cette façon, sachant que le roi était son ennemi numéro un, ex æquo avec le cardinal de Richelieu. Mais l'heure n'était pas à la joute verbale.

La proposition étant fort alléchante, elle jeta un dernier coup d'œil aux deux jeunes gens, puis suivit Aramis, en joie d'être enfin présentée à cet homme dont l'influence allait grandir grâce à cette *Gazette*, outil de propagande du pouvoir, et qui était donc un proche du roi et de Richelieu. Un homme qu'il lui fallait pervertir en cette année 1631.

— Figurez-vous que monsieur Voiture, qui le connaît bien, lui a proposé de me rencontrer à ma demande, et que ce goujat a eu le culot de refuser !

— J'ai ouï dire, ma chère. Bienheureusement, votre dévoué Aramis vous permet de passer outre cette déconvenue et vous le présente ce soir, se targua-t-il, le sourire satisfait. Tenez, il est à la table des jeux de cartes. Allons-y avant qu'il y ait trop de monde.

Une agréable pensée à propos d'Aramis vint à l'esprit de la duchesse. S'il n'était homme de pouvoir, il avait, il fallait bien l'admettre, une utilité certaine avec son esprit brillant et ses relations.

Ce fut avec des idées polissonnes dans la tête qu'elle le suivit, tout en caressant du regard ses contours athlétiques en mouvement, qui titillaient ses nerfs, avant qu'il ne lui prenne le bras pour marcher avec elle vers sa nouvelle cible.

Chapitre 4

Alexandre avait tenté un petit jeu qui, d'habitude, amusait beaucoup les femmes. « Profitons-en pour mieux nous connaître, voulez-vous ? » avait-il proposé. La jeune femme semblait davantage intimidée que contre l'idée, ce qui lui donna des ailes. À l'évocation du lion, elle sourit. *Et ce sourire est fort charmant*, s'avoua-t-il. Ses lèvres pleines, ses yeux d'un bleu vif, sa peau laiteuse qui contrastait avec sa chevelure brune, sa silhouette pulpeuse et gracieuse, le grain enveloppant de sa voix… Jusqu'où aurait-il envie d'aller avec cette créature mariée ? Une seule nuit lui suffirait-elle ou en voudrait-il plus ? Pour le moment, il ne le savait pas…

Puis, lorsqu'il l'eut poussée dans ses retranchements, elle l'incendia du regard. Ses yeux perçants emplis de courroux lui procurèrent une émotion particulière. Qu'elle était belle !

Bien qu'elle semblât outrée, elle ne s'enfuit pas pour autant. Pouvait-il en conclure qu'elle l'appréciait ? Il avait bien marqué des points, se félicita-t-il, lorsqu'elle eut baissé les yeux, ce qu'il savait être un signe de soumission. Et la soumission était un signe d'intérêt sûr et fiable. Il en éprouva une forte excitation. Il voulut alors pousser le jeu un peu loin, or la belle ne lui en laissa pas le temps. Lorsqu'il lui susurra qu'il pourrait lui rendre la vie un peu plus amusante, elle botta en touche et s'apprêta à partir. Il la retint par le bras… et fut un instant perdu au fond de ses prunelles… si bien qu'il lâcha sa prise. Elle s'excusa gauchement avant de faire demi-tour et de marcher d'un pas pressé vers l'autre bout de la salle.

Il la suivit des yeux jusqu'à ce qu'elle se fonde dans la foule. Le jeu ne faisait que commencer…

*

— Pourquoi m'as-tu laissée seule avec ce mousquetaire ?

— Je pensais que tu me remercierais… Au lieu de cela, ton œil noir malgré le bleu de tes yeux, et ta voix dure, malgré ton timbre moelleux, disent que je me suis trompée ?

Louise fit mine de souffrir. Athénaïs prit une grande respiration.

— Tout de même, me laisser seule…

— Ma chère cousine, cesse, veux-tu. Tu as le droit de parler à des hommes, sans la surveillance d'un chaperon, enfin ! s'énerva Louise.

— Certes, dut-elle avouer.

— Même si celui-ci te plaît et que tu lui plais…

Le sang d'Athénaïs se glaça.

— Comment oses-tu !

Louise secoua la tête, amusée par le regard courroucé de sa cousine, lorsqu'une clameur s'éleva. Les mariés arrivaient, applaudis par les invités. Toutes deux furent happées par le tumulte et aperçurent Alma qui avançait vers elles. Les trois cousines se prirent dans les bras, riant et pleurant en même temps, unies par une vive émotion.

*

Marie Aimée toisa cet homme qui avait eu l'outrecuidance de refuser de la rencontrer. Il était certain qu'en raison de ses complots avérés contre la royauté, il se méfiait d'elle et ne souhaitait pas faire partie de son entourage. Aussi, elle était persuadée qu'il avait tout bonnement peur de tomber sous son charme, qu'elle savait irrésistible. Il la trouvait sûrement dangereuse et elle aimait cela. Il faut dire que l'un de ces anciens amants, le comte de Chalais, dont elle s'était servie pour mener complot, avait fini décapité six ans auparavant dans des conditions terribles. Cet événement, entre autres, avait marqué les esprits.

— C'est donc vous, le fameux Théophraste Renaudot… commença-t-elle.

— C'est donc vous, la fameuse duchesse de Chevreuse… répondit l'homme, caustique.

— Mes félicitations pour ce tout premier journal hebdomadaire de l'histoire… le flatta-t-elle.

— Avec cette devise tout à la fois modeste et ambitieuse : « L'Histoire est le récit des choses advenues », ajouta-t-il.

— Surtout lorsque la main qui vous donne à manger, qui vous donne le droit d'exister, et même mieux, qui vous donne un pouvoir que vous n'auriez pas sans elle, vous en dicte le récit, asséna-t-elle.

Aramis se délectait.

— Madame, je ne vous permets pas. Mais votre réputation n'est plus à faire, et je ne peux donc m'attendre à autre chose de votre part, répondit-il, flegmatique.

— J'ai ouï dire que vous étiez orphelin d'une modeste famille de la bourgeoisie protestante de Loudun ?

— Oui et je ne m'en cache pas. C'est bien par mon travail que je me suis hissé jusqu'au Louvre.

— Mmm… fit Marie Aimée avec un faux sourire.

— Après avoir été le médecin de notre souverain, malheureusement écarté parce que protestant à l'époque…

— D'ailleurs, le coupa-t-elle, peut-on faire confiance à un protestant qui se convertit au catholicisme uniquement pour se hisser aux portes du pouvoir ?

— Feu notre roi Henri IV, et père de notre bon Louis XIII, doit se retourner dans sa tombe. Ne fut-il pas un excellent monarque ?… qui s'est pourtant converti au catholicisme pour régner !

— Les Valois n'avaient pas de descendants et il était leur cousin le plus proche… Mais il est vrai que son règne fut honorable, je vous l'accorde.

— Je pourrais donc bien être un bon directeur de journal, argua-t-il.

— Dites-moi, comment de médecin du roi devient-on éditeur ? Éclairez ma lanterne, s'il vous plaît.

— J'ai fondé un bureau d'adresses qui accueille des offres et des demandes d'emplois. Ceci dans l'idée d'apporter un remède à la pauvreté et au vagabondage, dans la dignité. La charité de l'Église ou celle plus traditionnelle, que vous honorez par vos bonnes œuvres, avec sincérité j'en suis certain, maintiennent le petit peuple dans la pauvreté. Sans parler de leur enfermement dans des centres insalubres. Dans ce bureau, j'ai également installé un dispensaire, payant pour les aisés et gratuit pour les pauvres.

Aramis affichait un sourire satisfait. Quant à Marie Aimée, elle rageait intérieurement de cet étalage de bienfaisance.

— Je dois avouer, répondit-elle, que ceci est tout à fait remarquable. Dommage que vous gâchiez tout cela par une alliance avec ces rustres et dangereux personnages que sont Richelieu et Louis XIII.

— Vous y allez fort, madame, je serais choqué d'un tel propos blasphématoire si ce n'était vous. Le cardinal de Richelieu m'a évidemment préparé à votre insolence.

— Auriez-vous peur de moi, monsieur ?

— Non pas. Je suis du genre étanche, voyez-vous !

— Croyez-vous… ? Pourquoi n'avoir pas souhaité me rencontrer dans ce cas ?

— Je n'aime pas perdre mon temps, madame, sauf votre respect.

Cet homme encore jeune au physique peu agréable et pourtant intéressant interpellait la duchesse. De la même trempe qu'elle, elle aimait ce genre de personnalité incisive et joueuse. En outre, il était fort impertinent, et au vu du pouvoir et de la protection que lui conféraient Richelieu et Louis XIII pour asseoir leur propagande, elle ne pouvait que le comprendre. Le challenge était de taille si elle voulait le séduire et le soumettre.

— Je vois, répondit-elle simplement.

Aramis n'en perdait pas une miette. Ce duel était à la hauteur de ce qu'il avait espéré. Exquis.

Marie Aimée lorgna furtivement vers lui. Un éclat qu'il connaissait bien avait traversé son regard. Elle partait en guerre. Une guerre subtile.

— Cher Théophraste…

— M. Renaudot. Seuls mes proches m'appellent par mon prénom.

— Je vois, sourit Marie Aimée. Cher Théophraste Renaudot, prononça-t-elle sous le regard amusé de celui-ci, vous allez, j'imagine petit à petit, prôner le modèle absolutiste pour la France, dont rêve le cardinal de Richelieu, au détriment bien entendu, de la noblesse…

— Madame, je ne fais et ne ferai que relater ce qu'il se passe dans ce pays et ailleurs, afin d'en informer les Français, s'emporta-t-il avant de se tempérer.

Marie Aimée avait remporté un point. Elle avait réussi à le faire sortir de ses gonds.

— Cette fois-ci, c'est moi qui vous dis que cela ne marche pas avec moi. Vous allez, bien entendu, surtout faire de la politique intérieure sous couvert de politique extérieure. Vous ne l'avouerez pas, certes.

Ils se toisèrent sous le regard réjoui d'Aramis.

— Monsieur, cela n'enlève rien à mon admiration pour votre parcours, admit-elle. Vous êtes un homme tout à fait exceptionnel, je le pense sincèrement.

— Je vous remercie, madame.

Marie Aimée laissa alors choir son éventail que le directeur de la *Gazette* s'empressa de ramasser.

Alors qu'il le lui rendait, il prit conscience de cet acte de soumission qu'il venait de commettre et, devant le subtil sourire de la duchesse de Chevreuse qui le remercia pour ce geste, il se fustigea et se jura de ne plus jamais baisser sa garde devant cette femme redoutable.

En effet, s'il savait déjouer les nuisibles séductions féminines, et qu'il connaissait par cœur le passif de l'intrigante et de ses malheureux amants qui avaient tout perdu par sa faute ou pire, avaient été emprisonnés ou exécutés, il devait bien admettre qu'il était dur de lui résister. Il s'était pourtant conditionné à se méfier d'elle comme de son pire ennemi… On ne l'y reprendrait plus.

Finalement, songea-t-il, c'était une bonne chose de la laisser penser qu'elle le ferait facilement succomber. Elle voulait jouer, eh bien, ils allaient jouer.

Aramis observait attentivement Théophraste Renaudot dont les expressions du visage reflétaient davantage ses pensées qu'il ne se doutait.

Et s'il admirait la façon dont Marie Aimée soufflait le chaud et le froid, cette fois-ci, il ne sut pas avec certitude si elle allait réussir à séduire l'éditeur du journal…

Chapitre 5

L'immense salle à manger prolongeait les trois salons en enfilade, et l'on pouvait y accéder aussi bien par la vaste entrée de l'hôtel particulier que par les quatre larges portes-fenêtres qui, elles, donnaient sur une profonde terrasse de marbre faisant face au jardin.

Une table en forme de L s'étalait le long des fenêtres, et de la cheminée, sur le mur perpendiculaire à celles-ci. Au milieu de la pièce, des dizaines de tables rondes occupaient l'espace. Une décoration florale comprenant un mélange de fleurs séchées et de saison apportait fraîcheur et élégance. Chacune était recouverte d'une nappe blanche. On y avait dressé de la vaisselle en porcelaine soulignée de dorures, et un bouquet était disposé en leurs centres entourés de multiples chandeliers. Les chandelles allumées complétées par la lumière des torches accrochées aux murs, donnaient un éclairage somptueux.

Les valets dirigeaient maintenant chaque invité à sa table. Sur celles-ci, les célibataires trouvèrent, à leur nom, une clé accrochée par une fine lanière de cuir à une feuille sur laquelle était inscrit : *Trouvez la clé de votre cœur et vous rencontrerez l'amour qui vous est destiné. Nous n'en avons plus besoin. Alors, nous vous l'offrons symboliquement. Faites-en bon usage ! Alma et Gabriel.*

— J'adore ! s'exclama Louise, après avoir lu à haute voix le message, elle qui était la seule jeune femme non mariée à cette table.

— C'est fort mielleux… et tout à la fois dissident, railla Alphrède. Je n'aurais jamais cru qu'Alma, chère cousine innocente, douce et parfaite, tourne aussi mal ! Je plaisante, bien sûr, ajouta-t-il à l'adresse d'Athénaïs.

Celle-ci offrit un sourire bref.

Les quatre époux et cousins de Choisy, du côté paternel d'Alma, s'esclaffèrent sous les regards amusés de leurs épouses, tandis qu'Athénaïs se demandait pourquoi Alexandre de Castillan, tout aussi cousin du côté paternel, certes plus éloigné, n'était pas à leur table.

Elle scruta la grande salle à manger afin de savoir où il était placé. Bien entendu, il était à la table d'Aramis. Avait-il demandé à éviter de dîner avec ses lointains cousins qu'il trouvait peut-être agaçants ? Ne savait-il pas qu'elle-même serait à cette table ? Stop, cria d'un seul coup sa conscience. Le sujet ne méritait pas d'être débattu. Qu'est-ce que cela lui faisait ? *Simple curiosité*, crut-elle bon de se répondre à elle-même, avant de recentrer son intérêt sur ses voisins de table.

— C'est juste ! s'amusa Lorant. Et quelle joie ce serait pour notre Église qui n'a de cesse de nous assommer avec des discours sur le mariage d'amour… et qui ne rêve que d'une chose, nous appauvrir !

— Comment cela, très cher ? demanda sincèrement sa femme.

— Mais enfin, s'exclama Lorant. Imaginez que vous ayez épousé un homme sans le sou, pour la seule raison que vous soyez tombée en pâmoisons pour lui. Tout d'abord, quelle honte pour le nom de vos ancêtres. Et quelle perte de richesse pour vos héritiers ! Pour notre caste ! La richesse est la garantie de nos privilèges !

— Oh, bien entendu, vous avez raison, très cher, répondit-elle. Si nous étions nombreux à ne pas faire fructifier notre richesse, l'Église deviendrait bientôt bien plus riche que nous, elle qui amasse de l'argent à longueur de journée…

— Et notre influence en serait si malmenée que nous risquerions de perdre tous nos droits et nos privilèges. Il ne faut pas rire avec cela, conclut Lorant.

Les cousins et leurs femmes, ainsi qu'Alphrède, hochèrent la tête, approuvant cette évidence.

— Et le cardinal de Richelieu est le premier à nous vouloir appauvris ! ajouta Alphrède. S'il pouvait restreindre notre main mise à nous autres aristocrates, qui menaçons le pouvoir absolu dont il rêve, il serait en meilleure santé !

— Oh oui, il est tout le temps malade, pauvre vieux… Dites-moi, seriez-vous tenté par une conspiration contre notre monarchie ?

— Non pas, cher Lorant. Tant que nous avons encore notre mot à dire dans les décisions politiques, j'ai d'autres intérêts plus urgents.

Les hommes de la table se jugèrent, complices.

— Et pourtant, vivre auprès d'une personne que vous aimez profondément et avec qui vous passez des jours heureux, offre une vie bien plus agréable, pensa Athénaïs, se rendant compte qu'elle avait prononcé ces paroles à haute voix.

— Il ne s'agit pas de chercher une vie agréable, mais d'être pragmatique, asséna Alphrède. Si les affaires tournent bien, chacun est heureux et trouve des activités sympathiques pour faire passer le temps.

— Nous n'avons pas tous la même vision de la vie, certes, répondit Athénaïs, un regard appuyé en direction de son époux.

— En effet, et les femmes sont plus enclines au doucereux, il est vrai, répondit ce dernier, soutenant son regard.

Les mariés se levèrent et firent tinter leur verre. Tous les convives tournèrent leur tête vers le spectacle.

— Mesdames, mesdemoiselles, messieurs, commença Gabriel, nous sommes si heureux. Notre mariage est un miracle qui sied à tous ou presque, dit-il, son regard arpentant la pièce pour s'arrêter brièvement sur la duchesse de Chevreuse. Nous vous souhaitons une belle journée et nous passerons discuter avec chacun de vous, tout au long de cette fête.

— Je vous souhaite une bonne dégustation, lança Alma qui sourit lorsque Gabriel l'enlaça, lui murmurant quelque chose à l'oreille et lui collant un baiser sur le front.

Athénaïs était sincèrement heureuse pour sa cousine et elle enfouit, avec force volonté, l'amertume que son cœur essayait d'exprimer.

— Nous vous faisons un petit au revoir aujourd'hui, ajouta Alma. Nous quittons la ruche à l'image des abeilles pour récolter notre propre nectar et nourrir nos rêves à deux ! plaisanta-t-elle. Nous avons prévu de partir dans une semaine pour une longue visite de l'Italie que – elle s'arrêta un instant et plongea son regard dans celui de Gabriel –, mon époux souhaite me faire découvrir. Et je suis impatiente de parcourir ce beau pays !

— Bien entendu, nous reviendrons à Paris quelques jours, pour le mariage de mes parents, Rose et Jacques, le 21 août, annonça avec émotion, Gabriel.

Des applaudissements retentirent. Tous s'étaient retournés vers le couple qui s'était levé et saluait avec gratitude.

— Pour l'heure, levons nos verres à Alma et Gabriel, s'exclama Jacques.

— À Alma et Gabriel !

— Magnifique !

— Soyez bénis !

Les sifflements des jeunes amis de Gabriel couvrirent le brouhaha, ainsi que celui de Louise qui s'en donna à cœur joie sous les regards gênés de ses voisins et voisines.

Alors que les parents des mariés se dirigeaient vers leurs enfants, Athénaïs observait la salle d'un air distrait lorsqu'elle tomba sur Alexandre. Il riait, sûrement aux propos d'Aramis, lorsque son regard accrocha le sien. Il inclina légèrement la tête, faisant tomber quelques mèches bouclées sur son visage, et lui offrit un discret sourire. Athénaïs en fut troublée.

Pour oublier sa gêne, elle pivota d'un seul coup vers les convives de la tablée et s'engagea dans une discussion.

— Savez-vous, dit-elle, que la *lune de miel* remonte à une vieille tradition de l'époque babylonienne ? *Lune* pour parler du mois lunaire suivant le mariage. Ce mois est supposé être le plus heureux du couple.

Elle lorgna alors vers son époux, car cela avait, en effet, été le cas de son point de vue.

— Ah ? répondit l'ensemble des convives en chœur.

— Et pourquoi *miel* ? demanda Fanny, l'une des cousines.

— Cela date de l'Égypte ancienne. Les pharaons qui se mariaient buvaient de l'hydromel, ce fameux vin fait de miel, d'eau et de propolis, pendant les vingt-huit jours suivant leur mariage. Et savez-vous pourquoi ?

Tous secouèrent la tête.

— Pour obtenir joie et bonheur ! Eh oui, l'amour était important… dans cette civilisation mythique.

— Intéressant, admis Lorant.

— Ma femme est une intellectuelle. Que voulez-vous ! dit Alphrède avec une fausse modestie affichée.

Celui-ci lui prit la main et la caressa doucement. Athénaïs se surprit à vouloir retirer ses doigts de son emprise pourtant délicate, ce qu'elle fit en toute discrétion, sous le regard intrigué de son époux.

Le repas touchait à sa fin. Le dessert composé de multiples douceurs fut apporté sur chaque table, et fut suivi d'un spectacle d'acrobates.

Le majordome annonça bientôt le couple royal, qui n'avait pu honorer l'invitation du dîner, et qui fut accueilli en grande pompe par Suzanne et Henri de Choisy. L'arrivée des monarques fut acclamée, et ceux-ci ne tardèrent pas à se positionner sur la piste de danse aménagée pour l'occasion dans le jardin de l'hôtel particulier. Des dalles de marbre avaient été posées sur le gazon sous une immense toile, soutenue par des colonnes fleuries. Six musiciens étaient disposés en arc de cercle face à la piste. Des photophores apportaient un éclairage féerique à l'ensemble, alors que le soleil, sur fond de ciel sans nuages, entamait sa descente à l'horizon.

Des serviteurs passaient maintenant avec des plateaux de verres de vin de champagne au milieu des convives attroupés, et, autant qu'ils le pouvaient, autour des époux royaux.

Sans tarder, la reine Anne d'Autriche convia les mariés à danser les premiers, et Alma et Gabriel s'exécutèrent avec joie.

Cette complicité, une fois de plus, serra le cœur d'Athénaïs. Après quelques pas de danse, le couple fut rejoint par le roi et la reine, puis par les parents des jeunes époux.

Perdue dans ses pensées, Athénaïs se remémorait les cours de danse qu'elle prenait une fois par semaine avec Alphrède qui mettait un point d'honneur à n'en manquer aucun. Non pas qu'il y prenait grand plaisir – car il n'aimait que moyennement danser – mais parce que maîtriser cet art était une obligation. Les figures et les pas, lors des bals, devaient être exécutés à la perfection, avec aisance et élégance. *Ce qui*, s'égaya-t-elle, *est fort agréable pour la gent féminine.* L'on pouvait remercier le mouvement des Précieuses dont elle faisait partie, pour cela. Alors, d'un bout à l'autre de l'année, ensemble, ils s'exerçaient et étudiaient chaque chorégraphie à la mode, comme le faisaient tous leurs pairs.

Lorsque la première danse de la soirée fit place à la deuxième, Anne d'Autriche et Louis XIII se retirèrent de la piste. Ils s'installèrent sur des fauteuils réservés et, une coupe à la main, entamèrent une discussion avec les parents des mariés, ravis de cette marque d'estime. Jacques en profita pour annoncer son union prochaine avec Rose, car l'annonce de Gabriel avait été faite avant leur arrivée.

— Nous avons fixé la date ce midi et nous nous occuperons des bans dès le début du mois de juillet, expliqua Rose.

— Toutes nos sincères félicitations, exprima le roi Louis XIII, sous le regard chaleureux de la reine Anne.

Ils furent interrompus par certains convives qui profitèrent de la proximité des souverains pour les saluer et se montrer.

À quelque pas de là, Alphrède proposa son bras à Athénaïs. Elle accepta, mais quelle ne fut pas sa surprise lorsqu'il l'entraîna vers les souverains.

— Alphrède ?

— Allons nous faire voir de Louis XIII avant d'entamer une danse, s'il vous plaît ?

Athénaïs acquiesça.

— Votre grâce, votre majesté, firent-ils tous deux dans une révérence.

— Rappelez-moi votre nom cher monsieur, lui demanda le roi.

— Le comte Alphrède de Laroche de Briand. Et voici mon épouse.

— Oui bien sûr, je me souviens de vous, chers comte et comtesse de Laroche de Briand.

— Nous tenions juste à vous saluer, fit Alphrède, le sourire franc.

Alors que le roi leur rendit poliment leur salutation, la reine Anne d'Autriche fit un clin d'œil discret à Athénaïs.

Athénaïs n'avait jamais dit à Alphrède que la reine assistait parfois au salon des Précieuses, dans la chambre bleue de la marquise de Rambouillet. Il l'aurait pressé d'obtenir des faveurs de-ci de-là, et il en était hors de question.

— Ma chère, danserions-nous, maintenant ?

Alphrède lui tendit son bras, sur lequel Athénaïs posa sa main pour le suivre jusqu'à la piste.

Face à face, ils échangèrent des gestes gracieux qui se mariaient parfaitement à la musique légère, presque aérienne.

— Je vous ai vue discuter avec ce mousquetaire, un cousin des de Choisy et ami d'Aramis, d'après ce que l'on m'a dit. Vous aviez l'air de bien vous entendre…

— Il est une nouvelle recrue de la garde de Louis XIII. Dites-moi, seriez-vous un tantinet jaloux, Alphrède ?

— Non pas. Simple curiosité.

— J'aurais aimé pourtant…

— Je devrais l'être ? Et pourquoi avoir retiré votre main de la mienne au repas ?

Il avait donc noté ce geste impulsif qu'elle avait eu. Cela l'avait-il fait réfléchir ? Elle l'espérait tant.

— Alphrède, pour être franche, cela me gêne que vous soyez attentionné en public et si distant en privé.

Son époux la regarda, perplexe, avec un éclat trouble que seules les personnes ayant un peu abusé des plaisirs alcoolisés peuvent avoir.

— Alors je devrais me méfier de ce jeune homme… C'est cela ?

— Vous n'écoutez pas ce que je vous dis, il me semble, lâcha-t-elle poliment.

— Comment ? répondit-il sans la moindre arrière-pensée, semblait-il.

Alphrède n'était vraiment plus alerte.

— Oubliez ma remarque…

— Mais ce jeune homme… Vous séduisait-il ou vous importunait-il ?

— Nous nous sommes retrouvés à discuter ensemble par hasard. Rien de plus.

La chorégraphie nécessita alors qu'ils s'éloignent et lorsqu'ils se retrouvèrent, Alphrède avait un air légèrement canaille qui plut à Athénaïs.

La danse étant arrivée à la dernière note de musique, ils devaient céder la piste à d'autres couples. Alphrède en profita pour amener son épouse un peu à l'écart.

— Athénaïs, puis-je vous servir un verre ?

— Volontiers, répondit-elle, agréablement surprise qu'il ne rejoigne pas ses amis.

Alphrède vola deux coupes de champagne à un serveur qui passait près d'eux, un plateau en équilibre sur une main. Il tendit une coupe à son épouse.

Dans le salon, ils se tinrent debout, face à la fenêtre qui donnait sur la piste au-dehors.

— Et donc ce mousquetaire vous racontait des choses intéressantes ? insista-t-il.

— Oui. Comment il est devenu mousquetaire, entre autres.

— Entre autres…

— Mais dites-moi, Alphrède, vous n'en démordez pas !

Son époux esquissa un sourire espiègle et son regard sur elle s'intensifia. Il s'approcha d'elle plus encore.

— C'est que je vous ai vue sourire, presque rire, être curieuse…

— Je ne savais pas que vous m'épiiez ainsi. Je vous pensais tout à vos amis.

— C'est justement l'un d'eux qui m'a fait remarquer que vous étiez en bonne compagnie.

Cet aveu attrista Athénaïs. Elle aurait aimé qu'il ait surpris cela lui-même.

— Et j'avoue que je vous ai espionnée jusqu'à ce que vous décidiez enfin à prendre congé.

Émue tout de même par ce rapprochement entre eux, elle le regarda droit dans les yeux, laissant aller sa sensualité, et sentit en lui un certain trouble. Malheureusement, l'un des amis d'Alphrède vint anéantir cette timide complicité.

— Mon cher, je te cherchais. Madame, permettez que je vous enlève votre époux ?

Athénaïs fut bien obligée d'accepter et même si Alphrède n'avait pas l'air pressé de partir, il la quitta, après un doux baisemain.

Elle s'en voulut de n'avoir pas eu le courage de répondre par la négative, et peut-être qu'elle en voulait aussi à son époux de ne pas l'avoir fait, non plus. Mais elle savoura l'idée qu'il était possible qu'ils retrouvent une intimité.

Se rapprochant de la fenêtre d'où elle observa vaguement les danseurs, elle se félicitait de cette possibilité, lorsqu'une voix grave et suave la sortit de sa rêverie.

Elle tourna la tête et vit cet effronté de mousquetaire qui la regardait avec grand intérêt.

— Je vous ai observée avec votre époux. Je ne vous avais pas imaginés si proches l'un de l'autre. Madame, sachez… si vous n'étiez point mariée, j'oserais devant le monde vous courtiser avec passion.

Les joues d'Athénaïs virèrent au rouge vif.

— Il faut que vous sachiez encore, madame, qu'à partir de ce soir, au coucher et chaque matin au réveil, vous serez ma dernière et ma première pensée, et la nuit même je ne vous quitterai pas puisque vous hanterez mes songes, lui dit-il encore, sa voix trahissant un certain désir.

Athénaïs ouvrit machinalement son éventail de satin blanc cerné de saphirs bleus et l'agita. Jamais elle n'avait reçu une telle déclaration. Même s'il ne pensait pas ce qu'il disait, bien évidemment !

— Ces phrases sortent d'un conte merveilleux… ironisa-t-elle.

— Peut-être, mais si vous acceptez d'y croire, eh bien, ce conte peut devenir réalité… Cela ne dépend que de vous.

— Vous êtes un beau parleur, il est vrai, ajouta-t-elle.

Ces mots à double entente lui avaient échappé et elle s'en voulut immédiatement.

— Cette conversation prend une tournure qui me plaît, j'en conviens, sourit-il.

Ce sourire eut pour effet de creuser une charmante fossette sur sa joue gauche, qu'elle avait déjà remarquée auparavant, sans qu'elle lui ait fait d'effet particulier. Pour une raison qu'elle ignorait, elle lui donnait maintenant l'envie de poser sa main sur cette joue… et ses lèvres sur cette bouche si avenante. Il était grand temps de reprendre les rênes de la conversation.

— J'apprécie votre compagnie, mais il va de soi que je ne permettrai jamais que nos échanges aillent au-delà d'une séduction de courtoisie, dit-elle d'un ton qui se voulait ferme.

Le regard du jeune mousquetaire se fit plus intense. Il avait l'air de savourer l'instant.

— Vous êtes d'une beauté à couper le souffle, madame. J'imagine qu'on vous fait souvent ce compliment.

Elle le fixa sans savoir quoi répondre.

— Je vous ai également regardée, de loin, avec vos cousines. J'aimerais tant vous voir rayonner de cette complicité avec moi.

— Pensez que vous aurez cette joie… Je voulais dire… ne pensez pas que vous aurez cette joie…

— Lapsus révélateur ! la coupa-t-il.

Athénaïs agita à nouveau son éventail. Elle était accablée de son manque d'aplomb et opta pour la provocation. Elle s'approcha avec discrétion du jeune homme et, étonnamment, perçut un certain émoi chez lui.

— Il se peut… lui répondit-elle langoureusement.

Alexandre, loin de perdre ses moyens, se fit velours.

— Croyez-vous à l'amour soudain, à l'amour au premier regard, Athénaïs ?

Son prénom dans sa bouche avait une saveur particulière. Elle aima la façon dont il l'avait prononcé, douce avec un soupçon d'épices. Elle fut saisie, l'espace d'un instant.

— Non, je n'y crois pas. Pas plus que vous.

— Et pourtant dès que je vous ai vue à l'église lors de la cérémonie de mariage annulée de votre cousine et du comte de Férignac, j'ai su que vous alliez compter dans ma vie et il m'a semblé que votre regard parlait le même langage...

— Je me souviens à peine de vous à l'église, mentitelle, et je sais que vous ne croyez pas un traître mot de ce que vous dites. Si cela ravit certaines femmes d'être ainsi flattées, sachez que ce n'est pas mon cas. Vous perdez votre temps, finit-elle par dire, tout en scrutant le fond de la salle où elle vit Alphrède boire cul sec une série de petits verres, avec ses amis. Cette fois-ci, il ne l'épiait aucunement et elle le regretta. Elle aurait aimé attiser de nouveau sa jalousie ainsi que son ardeur.

Le coin des lèvres bien faites d'Alexandre se releva et il eut un petit rictus amusé.

— Je le confesse, j'ai une fâcheuse tendance à tout exagérer. Mais je sais que vous et moi, ce n'est qu'une question de temps. Plus vite vous accepterez cela, plus vite nous pourrons passer de très bons moments...

Athénaïs fut abasourdie de son culot.

— Comment osez-vous ?

— Parce que je veux que vous vous amusiez, dit-il sur un ton qui ne laissait pas de place au doute.

— Vous êtes fou...

Les yeux piqués d'or du mousquetaire brillèrent d'un éclat différent qui la mit mal à l'aise. Il était grand temps de le saluer.

— Veuillez m'excuser, s'empressa-t-elle de dire, mais il n'est pas correct que nous conversions ensemble si longtemps. Je vous souhaite une belle soirée.

Elle n'arrivait pas à croire à ce tempérament si débridé. Était-ce elle qui l'avait encouragé ? Cela était fort possible.

— Athénaïs…

Son nom, pour la seconde fois dans sa bouche, prononcé avec une pointe subtile d'urgence éveilla une sensation qu'elle n'avait jamais ressentie. C'était comme si chaque cellule de son corps frissonnait, engagée dans une danse voluptueuse. Elle se surprit à penser que, s'ils avaient été seuls, elle aurait aimé succomber à un baiser. Oui, au fond d'elle, elle le désirait… Cette pensée la terrifia.

Elle fit demi-tour. La fuite était plus que nécessaire. Sans un regard en arrière, elle rejoignit son époux.

— Alphrède, partirions-nous ?

— Vous avez raison, ma mie, répondit-il en s'inclinant devant ses amis.

— Avant de rentrer, il nous faut féliciter Alma et Gabriel ainsi que ma tante et mon oncle, précisa-t-elle.

— Et le roi et la reine, ne les oublions pas.

— Mais nos souverains sont déjà partis, Alphrède !

Au bras de son époux enivré, Athénaïs quitta la fête, jetant par hasard un dernier coup d'œil à la piste de danse, où elle vit cet impétueux mousquetaire, seul, accolé à l'une des colonnes fleuries, la fixant de ses yeux fauves.

Chapitre 6

Une fois arrivés à leur demeure de la rue Saint-Honoré, Alphrède ne se dirigea pas vers ses appartements, mais il suivit Athénaïs jusqu'aux siens. Elle en fut étonnée.

— Alphrède, demanda-t-elle en se retournant vers son époux, que faites-vous donc ?

— Athénaïs… laissez-moi pénétrer votre antre. J'ai quelques idées quant à ce que j'aimerais y faire.

Il l'appelait rarement ainsi. Il préférait « ma mie » ou encore « ma chère ». Cela lui fit plaisir d'entendre son prénom dans sa bouche, sans pour autant lui procurer une quelconque sensation. En revanche, elle se rappela la façon dont le mousquetaire l'avait prononcé à deux reprises. La première fois, cela avait enveloppé son cœur d'un baume délicieusement pétillant et la seconde fois, cette urgence qu'il y avait eu dans sa voix avait fait frémir son corps entier. Elle chassa sans détour ces pensées.

— Alphrède, vous êtes aviné. Vous feriez mieux d'aller vous coucher.

— Athénaïs…

Il la serra contre lui. Elle ressentit pourtant, une excitation naître en elle. Après tout, elle voulait qu'ils passent du temps ensemble ! Certes, il n'était pas dans son état normal, mais cela ne serait pas désagréable et cela représentait aussi pour elle une chance de tomber enceinte.

Elle attira son visage à elle et l'embrassa. Ils chassèrent les domestiques et elle ouvrit la porte de ses appartements, puis celle de sa chambre. Ils se déshabillèrent avec une telle hâte qu'Alphrède manqua de déchirer l'une des manches bouffantes de sa robe. Puis, il la fit basculer sur le lit.

Alphrède entra dans son intimité sans s'embarrasser de préliminaires. Et s'il n'était pas dans ses habitudes de s'en délecter, cette fois, ceux-ci furent inexistants, il n'y en eut vraiment aucun. Cependant, très excitée, Athénaïs n'en fut pas gênée.

Alors que le coït allait bon train, mais dénué d'une réelle vigueur due à l'état d'ivresse de son époux, le mousquetaire se fraya un chemin dans l'esprit d'Athénaïs. Alexandre, quel prénom viril, pensa-t-elle. Elle se l'imagina au-dessus d'elle en place de son époux. Les ondulations denses de ses cheveux châtain clair qui lui descendaient jusqu'aux épaules, lui frôlaient les joues, et les boucles que des mèches plus courtes formaient sur l'un des côtés de son front, l'excitaient particulièrement. Dans sa rêverie, elle entortilla l'une d'elles et le força ainsi à être au plus près, sentant son souffle sur sa peau et son corps pressé sur elle. Son visage aux traits sensuels, ses yeux vifs et profonds parsemés d'éclats dorés, son sourire, son adorable fossette, et le timbre chaud de sa voix, la transportèrent encore plus loin dans de délicieuses sensations physiques. Lui plaisait-il un peu plus qu'il n'aurait fallu ? Sans aucun doute…

Une excitation inattendue exalta ses sens.

Alphrède stoppa un instant son labeur et la regarda d'un air interrogateur avant de se remettre à l'ouvrage. Athénaïs avait ouvert les yeux qu'elle referma aussitôt pour ne pas effacer le visage d'Alexandre.

Quelques minutes plus tard, ses bras prisonniers des mains d'Alphrède furent libérés après qu'il se fut arrêté net, poussant un cri rauque qu'elle connaissait bien. Il bascula aussitôt sur le côté. Elle ne mima pas la jouissance, son époux s'était déjà endormi.

Elle pesta en son for intérieur. Elle aurait voulu que cela dure plus longtemps, embarquée par son imagination qui galopait à vive allure en compagnie de cet amant irréel qui avait décuplé son désir. Ce retour à la réalité étouffa son audace, et fit disparaître le beau mousquetaire. Elle eut même un peu honte de ce « laisser-aller » et chercha le sommeil, qu'elle trouva rapidement.

Lorsqu'elle se réveilla le lendemain, elle vit avec surprise qu'Alphrède était encore dans son lit. En temps normal, il rejoignait sa chambre une fois l'acte consommé. L'alcool devait en être la cause.

Son corps avait pris goût aux plaisirs imaginaires de la veille et elle tenta une approche. Elle posa délicatement sa main sur le torse nu et bien fait de son époux. Celui-ci ouvrit les yeux lentement.

— Je me suis endormi dans votre lit. Je suis désolé.

— Je pense que cela me plaît… murmura-t-elle tout en lui caressant la poitrine.

— Il doit être bien tard, dit-il précipitamment en se levant d'un bond.

Il tira les doubles rideaux de l'une des fenêtres et le soleil fit irruption dans la chambre. Il enfila alors à la hâte ses vêtements.

— Alphrède, n'avez-vous pas envie de moi ? minauda-t-elle, à demi allongée au-dessus des draps, les jambes relevées et légèrement écartées.

— Eh bien…

Il semblait hésiter. Après une moue contrariée, il enleva son haut-de-chausse pour se diriger vers le lit et s'allonger sur Athénaïs.

— Vous n'enlevez pas votre chemise. Voulez-vous que je le fasse pour vous ? demanda-t-elle, excitée.

Il se laissa faire.

— Le temps m'est compté… précisa-t-il.

Elle hocha la tête, bien que frustrée. Elle s'était imaginé un Alphrède qui oublierait ses affaires et ne penserait qu'à aimer chaque parcelle de sa peau, chaque recoin de son corps, et aurait à cœur de la satisfaire. Mais il n'était pas cet Alphrède dont elle rêvait… Même au tout début de leur mariage, il n'avait pas été homme à s'enivrer du moindre grain de sa peau. Le serait-il un jour ?

Il faut avouer qu'elle n'avait pas eu, jusqu'à présent, cette envie de découvrir l'autre de manière si sensuelle. Le délaissement dont elle souffrait l'avait poussée à prendre soin d'elle toute seule. Cela l'apaisait. Et lorsqu'elle s'enduisait le corps de crème, elle avait pris l'habitude d'en caresser chaque partie. Dans ces moments-là, elle se surprenait à imaginer, et, ceci de plus en plus souvent, qu'un homme la touche, la regarde, la hume, la goûte, lui susurre des mots doux, l'écoute aussi. Et l'intrusion inattendue et fort plaisante de ce mousquetaire entre ses draps, lui donnait maintenant des idées enfiévrées.

Alphrède lui caressa quelques secondes l'entrejambe, remonta vers ses seins qu'il pressa un peu fort à son goût, et entra en elle abruptement. Bien qu'elle ait été plus que prête à le recevoir, cette fois, elle n'apprécia pas la brusquerie et attendit que cela se passe, sans qu'il ne s'en aperçoive.

Une fois son plaisir satisfait, Alphrède se leva et se rhabilla.

— Vous êtes une belle coquine, lui dit-il, la toisant, tout en remettant sa chemise et son haut-de-chausse. Mes dossiers m'appellent et ils n'attendent pas. Souhaitez-moi de les rédiger promptement, car je vous assure qu'ils sont bien ennuyeux.

— Alphrède… si vous arrivez à les rédiger rapidement, n'hésitez pas…

— Vous êtes insatiable ce matin !… Malheureusement, j'en doute, ma mie… et ce soir, j'ai rendez-vous au club. Nous avons à fêter l'anniversaire de Gaspard.

— Nous reverrons-nous d'ici là ? demanda-t-elle, connaissant déjà la réponse.

— Pas aujourd'hui, ma chère, mais demain, nous dînerons ensemble. Je n'irais pas au club.

Un sourire éclaira le visage d'Athénaïs.

— Il sera fermé demain, répondit-il, une légère gêne dans la voix.

Avant de refermer la porte, Alphrède prit un air joyeux.

— J'espère, quoi qu'il en soit, que nos batifolages seront fructueux, lui lâcha-t-il à l'appui d'un clin d'œil.

Avec la même habileté qu'elle avait mise à faire semblant de jouir, elle lui sourit d'un air faussement complice.

La porte de ses appartements fermée, elle se rappela le retour de leur voyage de noces à Lyon où ils avaient visité une partie de la famille qui n'avait pu venir au mariage. Après une semaine très excitante, puisqu'elle avait enfin découvert le secret de la nuit de noces et qu'elle avait trouvé cela très agréable, ils étaient rentrés à Paris. Elle avait alors souhaité prolonger leurs ébats, le matin du retour, mais il lui avait répondu, sans même la regarder, que ces beaux jours étaient terminés. Qu'ils ne pouvaient se permettre cela aussi souvent. Le travail l'attendait ainsi que ses amis du club, qu'il rejoindrait pour la soirée. Elle ne devait d'ailleurs pas l'attendre pour dîner. Jour après jour, ses amis avaient pris de plus en plus de place dans leur vie, jusqu'à lui voler la sienne…

Une tristesse l'envahit. Le mousquetaire s'imposa alors à elle, or tromper son époux, elle ne pouvait l'envisager…

Athénaïs secoua la tête et se rallongea sous les draps blancs soyeux.

Nullement rassasiée, elle laissa sa main gauche se faufiler le long de sa poitrine. Sûre d'elle, sa main glissa ensuite sur la peau douce de son ventre, avant de plonger vers son intimité. Puis, de ses doigts, elle entrouvrit son sexe et titilla la petite protubérance ô combien sensible. Elle laissa échapper quelques gémissements de plaisir. La vision du mousquetaire revint. Elle se rappela cette petite fossette qu'il avait sur la joue gauche, au coin de la bouche, qui s'accentuait lorsqu'il souriait. Un détail si séduisant. Ses feulements s'intensifièrent, qu'elle étouffait de son autre main. Puis, encouragée par la sensation qu'Alexandre était tout à elle, elle se tordit dans un spasme. Elle était enfin apaisée.

Elle se laissa retomber, les bras et les jambes étendus sur le lit, le regard au plafond, perdue dans l'image du beau mousquetaire qui la fixait de ses yeux de braise. Elle mordit ses lèvres et se surprit à s'avouer, une fois encore, qu'elle le désirait…

Chapitre 7

Athénaïs chassa ces pensées subversives et se leva pour appeler ses domestiques afin de s'habiller et sortir faire ses œuvres de charité : elle aidait avec un dévouement sincère les prêtres de la paroisse à distribuer de la nourriture aux plus démunis. Elle passa ensuite chez le tailleur afin de donner commande pour un nouveau mantelet. Maximilien la reçut, comme toujours, avec entrain et gentillesse.

— Athénaïs ! appela une voix reconnaissable entre toutes, celle de la duchesse de Chevreuse.

— Madame, salua poliment Athénaïs.

Maximilien se retira discrètement.

— Ma chère enfant, comment allez-vous ?

— Je vais bien, je vous remercie, répondit Athénaïs, un soupçon d'angoisse dans la voix.

Le revers que la duchesse avait subi avec le mariage annulé d'Alma et Jean de Férignac, quelques semaines auparavant, et dont, pourtant, elle avait fait le couple phare du printemps, l'avait quelque peu ébranlée. Surtout que les prophéties provenant de la troupe de théâtre royale, s'étaient révélées exactes. Elle qui semblait régenter son monde, n'était pas infaillible…

Athénaïs qui avait parlé à plusieurs reprises, seule et en public, à ce séduisant Alexandre de Castillan, avait bien entendu attiré l'attention de la duchesse.

— Et comment va votre époux, Alphrède ?

— Bien, également.

— Ma chère, je n'irai pas par quatre chemins…

La duchesse lui fit signe de s'approcher.

— Dites-moi, avez-vous par hasard une bonne nouvelle à m'annoncer ? lui murmura-t-elle à l'oreille.

— Non, j'en suis la première navrée…

— Ma pauvre enfant. Alphrède est-il inquiet ? Gardez-vous une bonne entente malgré cet enfant qui tarde ?

Athénaïs savait très bien où la duchesse voulait en venir. Celle-ci avait donc bien remarqué ses conversations avec l'intrépide mousquetaire.

— Madame, je puis vous rassurer, qu'Alphrède et moi, nous gardons la foi et avons convenu de ne pas nous rendre la vie insupportable dans cette attente. Nous œuvrons, dans le même temps, bien entendu, à ce que cela arrive. En outre, je prie régulièrement notre Mère Marie.

— Bien, bien… Je vous avoue que je suis étonnée d'une telle sagesse et patience chez votre époux.

— Je suis bien consciente, madame, de la chance qui est la mienne.

— Tant mieux, tant mieux. Tout de même, souhaitez-vous que je vous prenne un rendez-vous avec une dame qui étudie ces problèmes-là et qui peut vous conseiller une alimentation différente ou des habitudes à changer ?

— Pourquoi pas…

— Je vais lui proposer que vous passiez la voir. Je vous laisserai ici même, au bon soin de notre tailleur préféré, une petite enveloppe où vous trouverez son nom, son adresse et les détails du rendez-vous.

— Je vous remercie, madame, de vous préoccuper de cela, lui dit-elle cachant son malaise du mieux possible.

— C'est bien normal, entre femmes, il faut s'entraider.

Elle devait bel et bien rayer définitivement ce mousquetaire de sa vie. Et qui sait, cette apothicairesse pourrait lui permettre d'avoir enfin un héritier. Ils seraient une famille. Elle se souvint que son père s'était rapproché de sa mère à la naissance de leurs enfants. Au moment même où elle se réjouissait de cela, au fond de sa poitrine se forma comme une petite boule noueuse. Et si ce n'était pas le cas, avoir des enfants lui suffirait-elle à être heureuse ?

Lorsqu'elle descendit les petites marches qui menaient dans la rue, elle entreprit de passer acheter des œufs chez Justine, une vieille dame qui avait été cuisinière chez elle, et qui vivait désormais de la vente d'œufs pour le voisinage. Elle avait un terrain en fond de cour où une bonne vingtaine de poules vivaient en semi-liberté. Dès qu'une poule ne pondait plus assez, elle était remplacée. Athénaïs avait indiqué au chef cuisinier qu'elle se procurerait elle-même les œufs chez Justine. Cela l'amusait de les chercher, car ils étaient enfouis ici et là dans le jardin.

Alors qu'elle longeait la rue où habitait l'ancienne cuisinière, à dix minutes de chez elle, elle aperçut le jeune mousquetaire sortir de l'une des maisonnettes qui faisait presque face à celle où elle se rendait. Son air joyeux ne laissait pas de place au doute. Bien entendu, il sortait de chez une femme. Une prostituée ou une amante.

Athénaïs fut terriblement gênée à cette idée. Pire, ses rêveries de la veille et du matin même, ressurgirent dans sa mémoire et elle eut honte. Elle fit demi-tour.

— Comtesse de Laroche de Briand ! la héla-t-il.

Le mousquetaire marcha à grands pas vers Athénaïs.

— Madame, quel bonheur de vous croiser, dit-il le visage épanoui. Vouliez-vous m'éviter, par hasard ?

— Cela est juste, en effet, répondit-elle sèchement.

— Quel ton désagréable, dites-moi !

— Je suis toujours gênée de discuter avec un homme… qui vient de batifoler en compagnie douteuse. Voilà, c'est dit.

Le front d'Alexandre se rida dans une expression étonnée, les yeux grands ouverts. Puis, il se mit à rire. Un rire franc.

Elle ne savait quoi penser.

— Vous avez raison. Je sors de chez une femme absolument délicieuse et je viens de passer un très bon moment.

Athénaïs se sentit rougir et n'avait qu'une envie, fuir.

— Venez, je vais vous présenter si vous avez le temps.

— Je n'ai aucunement le temps, monsieur, dit-elle outrée.

— Athénaïs, venez, vous n'allez pas le regretter, je vous l'assure.

Son prénom prononcé de cette voix chaude, la désarma. Décidément… Un sourire se dessina sur le visage du jeune homme. Et il n'était pas dénué d'un charme exaspérant.

— Très bien, puisque vous insistez, c'est qu'il doit y avoir une bonne raison. Juste quelques minutes.

Athénaïs eut le sentiment de se laisser facilement amadouer, mais cette curiosité qui cognait au fond de son cœur était plus forte.

Après avoir jeté un œil dans la ruelle vide, ils s'engouffrèrent à l'intérieur. Quelle ne fut pas sa surprise lorsque Athénaïs aperçut la femme qui y habitait…

*

— Germaine, je vous présente madame de Laroche de Briand, une amie.

Athénaïs fut soulagée, mais elle eut tout à coup honte d'avoir accepté. Quelle mouche l'avait donc piquée !

— Je suis enchantée de faire votre connaissance, dit la vieille femme, d'une voix enjouée et claire.

— De même, répondit poliment Athénaïs.

— Germaine est une femme extraordinaire. Non seulement, elle est la mémoire de la France, mais elle a un humour et une intelligence aiguisée. Si vous souhaitez passer un moment de paix et de convivialité, c'est chez Germaine qu'il faut aller !

La femme devait bien avoir autour des quatre-vingts ans. Elle était petite et menue, habillée d'une robe en lin beige très simple, ses cheveux blancs et propres relevés en un chignon derrière la tête, le visage fort ridé, mais l'œil vif et jeune. Elle semblait, en effet, avoir toute sa tête et être en parfaite santé. Elle dégageait également quelque chose de paisible qui vous envahissait.

Athénaïs remarqua que la femme l'observait avec bienveillance.

— Voulez-vous un rafraîchissement, jeune dame ?

— Je vous remercie, madame, mais je ne peux rester.

La femme opina du chef.

— Et ce n'est pas tout, continua Alexandre, Germaine m'a sauvé la vie après mon attaque une nuit par des malfrats. Ils m'ont pris par surprise, m'ont roué de coups, et je n'étais pas en état de me défendre. Je me suis traîné péniblement jusque devant cette maison… Germaine est sortie et les a fait fuir ! Elle m'a recueilli et m'a soigné. Elle connaît les remèdes à tous les maux.

— N'exagère pas, mon petit ! Tu viens de Marseille ?

Elle prit à part Athénaïs et lui confia qu'à Marseille, on appelait un chat un lion, une souris un éléphant, et quelqu'un qui s'y connaît en plantes, un magicien !

Cela fit sourire Athénaïs.

— Si jamais vous êtes malade ou blessée, n'appelez pas de médecins, venez demander des soins à Germaine, fit Alexandre en hochant la tête d'un air convaincu.

— Cela dit, madame, si c'est le cas, je vous soignerai avec plaisir.

— Je garde cette proposition dans un coin de ma tête, répondit sincèrement Athénaïs.

Après quelques autres mots échangés, elle s'excusa de devoir partir.

— Je suis heureuse de vous avoir rencontrée, dit-elle à la vieille femme.

— C'est la première fois qu'il amène une dame ici… bien qu'il me parle souvent de ses conquêtes, s'esclaffa la femme. Vous, c'est différent, j'ai bien compris.

Athénaïs n'osa pas considérer Alexandre et ne s'attarda pas à des questionnements intérieurs.

— Je vous remercie, madame dit-elle. Je vais, d'ailleurs, de ce pas aller chercher quelques œufs chez l'une de vos voisines.

— Justine ! Nous sommes amies.

— Une femme très gentille, répondit Athénaïs.

— Elle m'a parlé de vous. Il faut dire que ce n'est pas courant, une dame de votre rang qui se déplace à pied, de plus pour aller elle-même chercher des œufs. Et je comprends maintenant pourquoi elle vous trouve charmante, dit Germaine, son œil vif fixé sur elle.

— Je suis bien d'accord avec elle, renchérit Alexandre, qui eut presque l'air surprit de ses paroles.

Athénaïs sentit ses joues rosir. Elle salua en toute hâte, avant de s'en aller au pas de course, sans même attendre qu'on lui ouvre la porte, ce qu'elle regretta une fois dehors, lorsqu'elle se tint immobile, l'espace de quelques secondes.

Pourquoi suis-je partie d'une manière si précipitée ? se flagella-t-elle. Honteuse de cette attitude, mais aussi en colère d'avoir céder à la curiosité, elle se jurait de mieux se maîtriser à l'avenir lorsqu'elle entendit la porte s'ouvrir derrière elle.

— Athénaïs…

Elle partit à grands pas sans se retourner.

Chapitre 8

Dans l'après-midi, Athénaïs se retrouva en promenade sur les bords de Seine avec ses parents, son frère Côme et sa sœur Candice, la famille de Choisy, ainsi qu'Alma et Gabriel.

Alors qu'ils marchaient à pas lents le long du fleuve, les jeunes mariés se sentaient comme seuls au monde.

— Madame de Saint-Brieuc, veuillez accepter cette modeste offrande, fit Gabriel en lui tendant une petite fleur cueillie avec amour.

— Vous êtes le plus original des maris ! s'amusa Alma tout en la humant.

Gabriel la plaqua contre lui d'un seul geste.

— Cette fleur ne vous transporte-t-elle pas ?

Ils s'embrassèrent brièvement d'un baiser appuyé.

Une partie de jeu de raquettes s'improvisa ensuite. Les jeunes époux s'affrontaient tout en pouffant comme des enfants, sous les yeux attendris des parents d'Alma.

En fait, ils n'arrêtaient pas de jouer l'un avec l'autre avec tant d'harmonie et d'amour qu'Athénaïs en perdait sa relative bonne humeur. C'était comme si un poignard la frappait encore et encore en plein cœur.

Elle regrettait d'ailleurs bien amèrement que Louise soit absente, et perdait patience. Malgré une volonté de fer, elle sentit son humeur vaciller et elle s'emporta contre elle-même, contre son époux, contre la vie.

— Quel est donc cet air renfrogné, ma fille ?

— Ce n'est rien, mère, mentit-elle, juste un peu de fatigue. J'ai mal dormi cette nuit.

— Ah ! eh bien, il faut vous dépenser. Une partie de badminton vous fera le plus grand bien et vous dormirez mieux ce soir ! Côme sera ravi de jouer avec vous.

— Vous avez raison, mère.

Athénaïs se leva sous l'impulsion de son frère.

Du haut de ses seize ans, Côme était déjà un rebelle. Railleur et sûr de lui, il aimait titiller les nerfs de ses sœurs. Mais son cœur était loyal et généreux. Même si Athénaïs soupçonnait qu'en cachette, avec ses deux meilleurs amis, il se rendait parfois dans des endroits indécents où l'alcool et certaines femmes faisaient l'animation du lieu, elle était persuadée, en outre, qu'il restait un simple observateur. Elle cachait donc à ses parents les escapades de son frère.

Alors que Côme lui lança le défi de gagner un seul point, elle se vexa sans trop savoir pourquoi et posa sa raquette au sol puis s'en alla bouder seule sur un coin d'herbe. Décidément, elle n'arriverait pas à conserver une humeur légère et joyeuse.

— Tu es ridicule, Athi… allez viens jouer ! lança son frère.

— Je suis fatiguée, Côme, demande à Candice de me remplacer.

— Ce bébé… autant ne pas jouer. Je vais demander à Alma ou à Gabriel.

— Bonne chance ! Plus rien n'existe qu'eux deux…

— Ce n'est pas faux… dit-il, les observant s'embrasser et se défier avec malice. Dommage qu'Alphrède ne soit pas là.

— Ton oncle préfère ses amis à sa femme… répondit Athénaïs, avant de regretter cette saillie.

— Ce que je peux comprendre ! plaisanta son frère.

Elle lui lança un regard noir, se leva et partit rejoindre ses parents.

— Mère, père, je vous quitte. Je rentre chez moi me reposer.

Oscar, ce père au caractère plutôt autoritaire et distant, leva les yeux de son journal.

— Athénaïs ? Vous sentez-vous bien ? Un heureux événement en est peut-être la cause ? Mettez-nous dans la confidence. Promis, nous ne dirons rien. Nous serons, votre mère et moi, des tombes, n'est-il pas, ma mie ?

Jacinthe scruta sa fille à la recherche d'un indice qui pourrait confirmer ce à quoi son époux faisait allusion.

— Vous serez les premiers au courant, ou presque, je vous l'assure. Mais pour l'heure, je suis juste fatiguée.

— Reposez-vous bien, lui dit alors son père, avant de replonger la tête dans *La Gazette*.

— Merci, père.

Avant qu'elle ne se retourne, Oscar fit une drôle de tête qu'il releva vers sa fille.

— Athénaïs… Savez-vous que l'on parle de vous dans ce journal ?

— Comment cela, père ?

— Eh bien, écoutez : « Lors de la fête de mariage organisée par les époux de Choisy et la duchesse de

Chevreuse… » etc., je vous passe les détails… « l'ambiance festive semblait irradier tous les convives, et l'on a pu observer des discussions enflammées entre personnes qui habituellement ne se côtoient guère, tels l'archiduchesse de Montillac et le baron d'Artois, la duchesse de Chevreuse et l'éditeur Théophraste Renaudot ou encore la comtesse Athénaïs de Laroche de Briand et le mousquetaire Alexandre de Castillan. C'est dire si ce mariage fut inattendu, et ce jusqu'à la dernière note. »

Oscar leva la tête, un sourcil curieux. Athénaïs ne savait plus où se mettre. Il faut dire qu'elle craignait le jugement de ses parents plus que tout.

— Qu'attendez-vous que je vous dise ? réussit-elle à répondre sur un ton qui se voulait décontracté. J'ai en effet discuté avec ce mousquetaire, comme avec bien d'autres invités.

— Il est écrit, je cite : « discussions enflammées », précisa Oscar.

— Je ne vois vraiment pas pourquoi ce terme est employé ! s'insurgea Athénaïs.

— Rien d'extraordinaire, mon cher époux. Vous savez bien à quel point les faits sont souvent exagérés pour être rendus intéressants ! intervint Jacinthe.

— Certes, mais où était donc votre époux, Athénaïs ? demanda encore Oscar, l'air dubitatif.

— Eh bien, à ce moment-là, avec ses amis à boire du whisky jusqu'à plus soif…

— Athénaïs ! gronda son père.

— Je dis simplement la vérité.

— Il est normal de s'alcooliser dans un mariage, comme il est normal de discuter avec les convives présents. Ma fille, si vous êtes fatiguée, allez donc vous reposer, s'impatienta Jacinthe.

Sa mère, Athénaïs le savait, tentait d'éviter un conflit entre sa fille et son mari, dont elle savait que cela finissait toujours par une violente dispute qui pouvait durer des semaines, tant l'un et l'autre étaient têtus.

— À bientôt, mère, père, Candice.

Sa mère lui fit signe de hâter son départ.

— À bientôt, chuchota Candice qui se régalait seule d'un jeu de mémoire.

Son père, lui, conserva un visage fermé, concentré sur son journal.

Quant à Côme, il était à quelques mètres de là, comptant les points pour les amoureux transis. Athénaïs se fit violence pour aller les saluer.

— Je vous dis au revoir, dit-elle de loin. Je rentre à la maison.

— Attends…

Alma vint jusqu'à elle et lui prit le bras pour l'emmener un peu à l'écart de Gabriel, qui la salua.

— Je suis désolée d'être autant accaparée par mon époux.

— C'est sûr, vous ne vous êtes pas beaucoup vus ces temps-ci, rétorqua avec ironie Athénaïs. Et puis, vous ne partez pas en lune de miel…

— Je vois, tu m'en veux vraiment. Rappelle-toi tes premiers instants avec Alphrède ! Et puis, tu sais ô combien nous avons souffert avant notre mariage, non ? Peux-tu faire preuve d'indulgence, s'il te plaît ? lui dit-elle d'une voix tendue.

Athénaïs la fixa. Elle ne pouvait, en effet, lui en vouloir.

— Pardonne-moi, dit-elle, je ne suis pas en forme aujourd'hui. Je vais d'ailleurs aller me reposer. Mais on se voit avant ton départ, avec Louise.

— Oui, bien entendu !

Athénaïs l'embrassa tendrement sur la joue et fit volte-face.

— Attends… fit encore Alma.

Elle se retourna.

— Comment vas-tu ?

— Je vais très bien, mentit-elle.

— À très vite, alors, répliqua Alma avec tendresse.

— Profite de cette belle journée et de ton époux, lança Athénaïs avant de s'en aller, la gorge nouée.

*

Sur le chemin principal, qu'elle avait emprunté pour retrouver son carrosse qui l'attendait, le cœur d'Athénaïs manqua un battement lorsqu'elle croisa Aramis, un autre jeune mousquetaire qu'elle ne connaissait pas et… Alexandre.

Le feu aux joues, elle voulut esquiver la rencontre, mais c'était compter sans Aramis qui la salua sans aucune discrétion.

Elle trouva l'inconnu fort grand et costaud. Quant à Alexandre, il était malheureusement toujours aussi charmant…

— Madame de Laroche de Briand, comment allez-vous ? Vous partiez ?

— Bonjour messieurs, répondit-elle, en effet, je rejoins ma demeure.

— Je vous présente Paul d'Alembert, mais je ne vous présente pas Alexandre, en revanche, ironisa Aramis.

Alexandre la dévisageait, une curiosité dans la pupille qui ébranla Athénaïs, si bien qu'elle eut du mal à calmer sa respiration qui s'accélérait.

— Je m'excuse, j'ai un rendez-vous que je me dois d'honorer. Je vais bien, je vous remercie.

Aramis acquiesça.

— La famille de Choisy est-elle dans les parages ? demanda-t-il d'un ton enjoué.

Décidément, Aramis était toujours d'humeur joyeuse et avenant avec tous. Du moins, tous ceux qu'il appréciait. Car elle le savait être un redoutable adversaire envers ses ennemis.

— Tout à fait, répondit-elle. Vous allez sûrement les rencontrer. Je vous souhaite une bonne matinée.

— À vous également.

Paul la salua, suivi d'Alexandre.

Et alors qu'elle avait repris la direction du carrosse, elle entendit des pas derrière elle. Elle sut immédiatement à qui ils appartenaient.

Alexandre se retrouva à ses côtés. Elle stoppa sa marche et ils se firent face.

— Athénaïs…

— Nous nous sommes déjà salués, il me semble ?

Il la jaugea.

— Athénaïs, pourquoi vous êtes-vous enfuie de chez Germaine ?

Elle prit sur elle pour répondre d'un air détaché.

— Parce que je n'aurais jamais dû vous suivre. Et je vais être directe avec vous… Je suis fidèle à mon époux et jamais je ne tomberai dans vos bras ! Aussi, veuillez cesser de m'appeler par mon prénom, je vous prie.

— Je vous ai proposé de rencontrer cette femme parce que vous vous faisiez des idées sur les raisons de ma présence dans cette maisonnette, et je ne souhaitais pas que vous pensiez…

— Très bien, le coupa-t-elle, mais il faut que vous me laissiez en paix, maintenant. Voulez-vous bien ?

— Non !

Elle le fixa, stupéfaite.

— Non… je ne veux pas vous laisser tranquille, et vous ne le voulez pas non plus.

Même s'il avait raison, elle préférait se priver des plaisirs certains qu'il lui procurerait. La remise en question de son bonheur était déjà bien assez difficile à assumer.

— Je ne vous permets pas, asséna-t-elle sèchement.

Il prit une inspiration et lui sourit d'un air triste.

— Très bien, répondit-il les mains levées au ciel. Au revoir, dans ce cas.

Sur ce, il tourna les talons et partit. Athénaïs, qui ne s'attendait pas à ce revirement, resta interdite plusieurs secondes, avant de continuer son chemin, les yeux rivés sur le sol terreux, tentant d'apaiser son cœur qui s'affolait de sa décision.

À son arrivée, le cocher fit basculer le marchepied en bois pour qu'elle puisse monter avec aisance dans la voiture, après avoir ouvert la portière.

— Merci, Avel.

Celui-ci referma la porte derrière elle. Elle s'installa sur le canapé de velours doré, rembourré et confortable.

Le cocher joua des rênes et les chevaux partirent au pas.

À peine quelques secondes plus tard, Athénaïs entendit Avel stopper les chevaux, et le carrosse s'arrêta. Elle tira le rideau de velours blanc de la petite fenêtre. La silhouette de dos ressemblait à s'y méprendre à Alexandre.

L'homme se retourna. C'était bien lui. Il avait dû emprunter une allée de traverse.

Le cocher vint à la fenêtre en compagnie du mousquetaire.

— Madame. Ce monsieur dit que vous le connaissez et il souhaite que vous le raccompagniez.

— C'est le cas, en effet, affirma-t-elle, mais…

— Madame, la coupa le mousquetaire, je n'ai pas de voiture pour me raccompagner et j'ai une entorse à la cheville qui me fait atrocement mal. Voyez ! Supplia-t-il, boitant.

Athénaïs fut estomaquée de l'audace de sa demande alors qu'elle était seule. Elle savait qu'elle ne devait surtout pas accepter sa requête.

— Très bien. Montez, dit-elle quand elle s'attendait à l'envoyer paître.

Une fois Alexandre installé devant elle, elle le toisa. Elle s'en voulait d'avoir cédé.

— Vous ne vous êtes, bien entendu, aucunement foulé la cheville, n'est-ce pas ?

— Quelle perspicacité, dites-moi. Et pourtant vous avez permis que je monte ! s'amusa-t-il.

Le sang d'Athénaïs ne fit qu'un tour.

— Faites bien attention, monsieur de Castillan, je peux vous faire descendre d'une minute à l'autre. Et même me plaindre de vous…

— Vous n'en ferez rien, madame, lui répondit-il, un sourire coquin au coin des lèvres.

— En êtes-vous si certain ?

L'intrépide vint s'asseoir à côté d'elle.

— Je ne vous veux aucun mal, vous le savez fort bien.

— Que… voulez-vous ?

La fossette qu'il avait sur la joue gauche se creusa sous l'effet d'un sourire canaille.

Chapitre 9

Être courtisée, Athénaïs le permettait par coquetterie, mais de manière aussi grossière, cela était inadmissible pour une femme qui fréquentait le salon des Précieuses et prônait la délicatesse de la séduction.

Elle en était donc mal à l'aise et pourtant, elle le laissa approcher. Son regard était si pénétrant qu'elle eut même des difficultés à respirer. C'était comme si tout en elle fondait en sa présence. Et lorsque la rêverie qu'elle avait eue la veille, où elle l'avait imaginé lui donner du plaisir, revint à sa mémoire de manière presque physique, elle refoula son attirance et plaça le sceau de l'interdit dessus. Elle se devait d'être froide et distante. Voire de faire d'Alexandre un ennemi.

— Athénaïs, vous êtes si…

— Ne serait-ce pas plutôt un désir continuel de plaire qui vous anime ? le coupa-t-elle.

Alexandre s'éloigna d'elle, et Athénaïs souffla.

— Certes, j'aime plaire, je dois l'avouer, déclara-t-il, amusé.

Le sourire et le regard du jeune homme se firent francs… et magnétiques.

— J'aime jouer avec le feu et vous ? lui demanda-t-il.

Elle secoua légèrement la tête. Non, elle n'aimait pas cela.

— Pourtant je suis sûr du contraire…

Tout en approchant à nouveau son visage, il plissa ses grands yeux aux éclats dorés.

— Je vous sais rebelle, mais vous, vous ne le savez pas encore, lui susurra-t-il.

Athénaïs, dont l'impulsivité la surprit elle-même, lui asséna une claque tonitruante. Parce qu'elle ne sut pas comment lui résister autrement, autant que parce qu'elle se sentait humiliée par ce qu'il se permettait avec elle.

Alexandre ne réagit pas. Seule une expression d'étonnement se dessina sur son visage. Il se mordit alors les lèvres, tout en la fixant d'un regard incrédule agrémenté d'une pointe de fascination tout au fond de la prunelle, aurait-elle juré.

— Vous alors… C'est bien la première fois qu'une femme ose un tel geste.

Athénaïs ne montra aucune gêne. Au fond d'elle, elle resta interdite, car elle était sous le choc. Elle n'avait jamais giflé personne !

Ils se défiaient du regard, perdus dans leurs pensées réciproques, lorsqu'ils perçurent que la voiture avait ralenti. Le cocher arrêta la course devant l'adresse qu'Alexandre lui avait donnée. Ils étaient arrivés devant chez Aramis.

Juste avant de se lever pour descendre, le mousquetaire caressa avec légèreté la joue d'Athénaïs, du dos de la main. Elle sentit ses doigts imperceptiblement tremblants. Ce geste doux et tendre, elle ne l'aurait pas cru, la bouleversa. Soudain, une faiblesse l'envahit comme si toutes ses convictions volaient en éclats.

Il dévala d'une enjambée le marchepied qu'avait préparé le cocher, avant de lui faire signe de partir, sans un seul regard pour Athénaïs.

Qu'est-ce que cela voulait dire ? Elle l'avait giflé, il lui avait caressé la joue… cette pensée la laissait perplexe.

Retrouvant ses esprits, tout ce qu'elle espérait maintenant était que l'intention de la séduire lui soit passée. Car la pression que cela lui infligeait était trop difficile à gérer. Or un trouble au fond de son cœur fit naître une excitation qu'elle n'arrivait pas à expliquer. Elle se sentait… vivante.

Sur le chemin qu'il restait à parcourir jusqu'à chez elle, elle essaya de penser à autre chose… sans succès.

*

Installée maintenant dans le petit salon privé attenant à sa chambre, calée dans un large fauteuil, Athénaïs mordit son poing pour étouffer un cri de rage, car cette caresse sur sa joue tournait en boucle dans son cœur. Elle devait pourtant l'oublier. Comment ? En se concentrant sur sa vie. Quelle vie ? Peut-être devait-elle trouver une occupation ? Écrire un livre, mais sur quel thème ? Se lancer dans la couture de manière frénétique ? Apporter une aide plus régulière à l'hospice ? Elle devait y réfléchir sérieusement, sinon, elle le savait, elle allait tomber dans les bras de cet homme… Alexandre… Elle aimait ce prénom, le prononcer… bien plus que celui d'Alphrède.

Elle décrocha la petite bourse attachée à la ceinture de sa jupe. Elle la posait machinalement sur le guéridon marbré de noir et de blanc, à sa gauche, lorsqu'un détail attira son attention. Un minuscule morceau de vélin dépassait de la bourse. Elle s'en empara et tira sur le papier.

« Rêvez de moi… » Décidément, quel impudent ! Il l'avait écrit à l'avance. Pour une autre, sûrement ! En effet, comment pouvait-il savoir qu'il la rencontrerait ? C'est sûr, elle allait se brûler les ailes si elle lui portait la moindre attention. Et surtout, elle n'était pas de celles qui plongent dans l'infidélité.

Pourtant, être convoitée de la sorte lui plaisait plus qu'elle ne l'aurait voulu. Parce que c'était lui, ou parce qu'elle était délaissée par son époux ? Elle ne savait que penser. D'ailleurs, arrêter de penser était la meilleure chose à faire à l'instant, car un mal de tête s'annonçait. Elle alla dans sa chambre et se laissa tomber sur le lit. Les yeux d'abord rivés au plafond, elle les ferma et fit le vide.

Au demeurant, ce mousquetaire était vraiment agaçant, car elle le savait, cette nuit, elle allait rêver de lui…

On frappa à la porte. Le valet annonça que M. de Laroche de Briand était rentré. Elle avait oublié qu'ils dînaient ensemble, sans en avoir oublié la raison. C'était bien uniquement parce que le club, où Alphrède passait ses soirées, était fermé. Elle se leva, la tête haute.

*

Alexandre savait qu'il lui plaisait, mais elle le mettait au défi de la conquérir et il aimait cela. Elle ne pouvait pas mieux attiser son désir, car d'habitude, les femmes mariées tombaient dans ses bras sans difficulté. Certainement, il allait la vouloir à lui plus d'un jour.

De retour dans sa demeure de Saint-Cloud, il ressentit une telle fougue qu'il eut l'envie de faire quelques exercices sportifs dans une pièce dédiée. Une longue séance de musculation débuta où, torse nu, il enchaîna les tractions et autres mouvements, avec une énergie rare.

Le soir venu, il dîna seul dans le calme de son modeste manoir, que seuls trois domestiques entretenaient. Un couple, Melchior et Marianne, et leur fille Suzette.

Après avoir écrit une longue lettre à son frère, installé dans l'atmosphère feutrée de son bureau, il rejoignit sa chambre, une excitation au fond de lui. Cette gifle et cette émotion qu'il avait ressentie chez Athénaïs lorsqu'il lui avait caressé la joue – geste qu'il n'avait pas prévu – ne l'avaient pas quitté, et cela le transporta dans une rêverie érotique où l'audace de cette caresse n'eut d'égale que son idéalisme excessif.

Lorsque, au petit matin, il se réveilla, sa première pensée fut pour elle. Il avait une vive envie de la voir. Ses yeux d'un bleu particulier et ce regard perçant où il se perdait si facilement, ses lèvres pleines qui l'attiraient irrésistiblement, ses rondeurs, son naturel, son caractère bien trempé, son port de tête gracieux – et la liste était encore longue – lui faisait tourner la tête. Plus encore, c'était cette fougue et cette sensualité qu'il sentait chez elle, tapies sous une cuirasse, qui l'excitait. Il voulait être celui qui la révèlerait à elle-même.

Il se rappela alors qu'elle ne voulait pas de lui et se félicita de ce jeu enivrant.

C'est donc le cœur léger qu'il ouvrit les rideaux de sa chambre. Et face à la fenêtre, il offrit son corps nu aux rayons de ce soleil matinal qui annonçait une belle journée.

Alors qu'il se prélassait, il entendit des martèlements à la porte de sa maison. Qui pouvait bien frapper avec une telle virulence, de bon matin ? Comme il se trouvait au rez-de-chaussée, il reconnut aussitôt les éclats de voix animés de ses amis mousquetaires lorsque Melchior les fit entrer. Il fit sa toilette, s'habilla à la hâte, et fut presque prêt lorsque Marianne vint le prévenir que ses camarades l'exhortaient à les rejoindre au plus vite. Une réunion de la plus haute importance les attendait…

Chapitre 10

À quelques kilomètres, au cœur de Paris, la duchesse avait convié Aramis dans son hôtel particulier, rue Saint-Thomas-du-Louvre, son époux étant absent pour plusieurs jours. Dans l'élégant salon de ses appartements personnels, au premier étage, elle avait fait servir du café qu'Aramis avait accueilli avec gourmandise. À peine avait-il bu une gorgée du nectar et terminé de lire l'article de *La Gazette* dont elle lui avait parlé, qu'elle arracha le journal des mains de son hôte avec une telle rage, qu'elle faillit bien le déchirer.

— Marie… cela vaut-il la peine de s'emporter ainsi ? s'amusa-t-il.

— Ne voyez-vous pas… cela recommence ! Vous avez lu comme moi ! Et je devrais rester calme ! Cet auteur sous pseudonyme s'attaque encore à l'une de mes plus brillantes créations, Athénaïs et Alphrède ! M'humilier avec Alma et Gabriel ne lui aura pas suffi. Lorsque je trouverai ce scélérat, je l'écraserai comme on écrase un cafard, vociféra-t-elle sous le regard paisible d'Aramis, qui se cala plus confortablement dans son fauteuil.

Le corps raidi, du haut de son mètre soixante-huit, elle lui relut le passage outrageux.

— « L'ambiance festive semblait irradier tous les convives, et l'on a pu observer des discussions enflammées entre des personnes qui habituellement ne se côtoient guère, tels l'archiduchesse de Montillac et le baron d'Artois, la duchesse de Chevreuse et l'éditeur Théophraste Renaudot ou encore la comtesse Athénaïs de Laroche de Briand et le mousquetaire Alexandre de Castillan. C'est dire si ce mariage fut inattendu, et ce jusqu'à la dernière note. »

— Simple constat d'après moi. Vous voyez des complots partout, Marie. Faites attention…

— Ne m'agacez pas plus, Gascon que vous êtes !

— La dernière fois que vous m'avez nommé ainsi, c'était il y a deux mois, lorsque vous m'avez jeté un verre en cristal à la figure qui, de plus, était rempli d'un vin fort cher. Quel gâchis ! Et il s'en est fallu de peu qu'il me taillade le visage…

— Comme vous y allez, mon ami. Mais voyez à quel point la colère me serre le cœur. Et j'imagine que ce Théophraste Renaudot doit être en joie de me maltraiter… mais je lui tirerai les vers du nez. Croyez-moi, il avouera qui est cet auteur. Parole de Chevreuse.

— Vous y voyez plus que ce qu'il n'y a vraiment, je vous assure. Il n'est pas question seulement d'eux. L'auteur parle d'une manière générale, et même de vous…

— Ne vous faites pas plus naïf que vous l'êtes ! J'avais réussi à museler cette troupe de comédiens de malheur et maintenant, c'est à travers *La Gazette* que le méfait continu… Me ridiculiser, me discréditer, telle est sa mission. Et ça, je ne peux ni le supporter ni l'accepter. Vous savez aussi bien que moi combien cela est dangereux pour ma personne de perdre ma crédibilité !

Elle se rua sur Aramis, s'agenouillant devant lui, dans un froissement bruyant de taffetas et d'un geste théâtral, elle prit les mains du mousquetaire, les embrassa, et posa sa tête blonde sur ses genoux.

Aramis caressa sa chevelure en lui massant le crâne avec délicatesse. C'était l'une des deux choses qui apaisait instantanément la duchesse lorsqu'elle se transformait en furie. L'autre étant un massage des pieds dont lui seul avait le secret. Bien évidemment, une fougueuse étreinte la calmerait tout autant, mais cela était une interdiction absolue de son point de vue à elle, depuis qu'elle l'avait quitté quelques années plus tôt pour se donner corps et âme au jeu du pouvoir, dont il était trop éloigné.

Aramis pensa avec une pointe d'amertume à l'amant actuel de la duchesse qui était encore et toujours ce marquis de Chateauneuf, le garde des sceaux de Louis XIII. Il permettait à Marie Aimée d'obtenir des informations précieuses sur les projets politiques du cardinal de Richelieu, premier ministre du roi, afin de les contrer autant qu'elle le pouvait. Cela, en toute discrétion, bien entendu.

Si elle avait fomenté moult complots par le passé, avec la participation de la reine Anne d'Autriche, Marie Aimée devait aujourd'hui faire profil bas. En jouant les entremetteuses auprès de la gent aristocratique pour arranger les mariages, elle rassurait ainsi le roi et son cardinal qui espéraient qu'elle se contente de cette influence, néanmoins réelle, auprès du microcosme de la noblesse de cour.

Mais si cette influence fléchissait, elle pouvait rendre à nouveau fort suspicieux Louis XIII et être exilée de Paris, malgré la protection de son époux. Son autorité auprès de la noblesse ne devait donc pas faiblir.

Et effectivement, Aramis savait bien qu'elle espérait encore contrer le pouvoir absolu que tentait d'imposer la royauté, retirant à la haute noblesse l'autorisation de participer au processus de décision politique. Et les nobles, estimant devoir continuer à disposer de ce droit commençaient à bouillonner, prêts pour certains à reprendre goût à la révolte.

Marie Aimée voulait, bien entendu, être au cœur de l'intrigue ! Il lui fallait donc cette couverture pour rester discrète. Évidemment, Aramis n'était d'aucune aide, car jamais il ne se mêlerait de contrer le pouvoir. Son rôle était de protéger la stabilité du royaume. Et il s'y tenait.

Un regard sur ses mains massant la douce chevelure blonde de cette femme singulière, et ses pensées s'évadèrent encore. Il n'avait jamais cessé de l'aimer, mais elle, l'aimerait-elle un jour plus que son obsession à comploter ? Car pour être honnête, elle complotait pour l'amour du complot et l'adrénaline que cela lui procurait. La puissante énergie dont elle était dotée lui commandait d'être toujours en mouvement, dans les actions les plus dangereuses, pour se sentir vivante.

Il était son seul réel confident, il le savait. Tous ses malheurs, ses bonheurs, ses tourments, ses petites et grandes conspirations, ses relations… elle lui disait absolument tout. Elle lui faisait une confiance totale et elle avait raison. Jamais il ne la trahirait.

Or, il n'était pas homme de pouvoir alors elle ne voulait pas tomber dans ses bras, car, lui disait-elle, amoureuse, ses ambitions faibliraient. Et elle ne voulait rien de plus au monde que chérir celles-ci.

Mais, un jour, Aramis l'espérait, Marie Aimée lui reviendrait. Et il attendait ce jour avec impatience, lui qui n'aspirait qu'à une vie d'amour avec elle et seulement elle.

Il fut sorti de ses pensées par la voix de Marie Aimée.

— Rendez-vous compte, même vos caresses ne peuvent m'apaiser !

Elle se leva d'un bond.

— Arrêtez de vous faire du mal et attendez tout de même d'avoir plus de preuves de ce que vous avancez…

— Mon ami, non seulement Athénaïs retournera à sa place de bonne épouse, mais dès que possible, j'irai rendre visite à ce patron de journal. Vous avez remarqué comme je l'ai déjà piégé dans mes filets lorsque vous me l'avez présenté au mariage d'Alma et de Gabriel ?

— Faites, ma tendre Marie, faite. Mais, je vous le dis, ne vous battez pas contre du vent !

Marie Aimée s'approcha de lui avec grâce, et Dieu sait qu'elle en avait.

— Mousquetaire, vous qui êtes mon âme sœur, qui me soutenez toujours, que vous prend-il sur cette affaire cruciale pour moi ? Depuis le début de la saison, je ne vous sens pas tout à fait investi à mes côtés…

Elle le regardait littéralement de haut et il n'aima pas cela. Il se leva donc pour lui répondre. Une fois debout, il la toisa de son mètre quatre-vingt-cinq. Marie Aimée le défia du regard.

Son visage d'un ovale pur aux traits délicats, ses lèvres naturellement vermeilles et engageantes, qui, à elles seules expliquaient en partie qu'aucun homme ne puisse lui résister, sans parler de ses yeux clairs et pénétrants, avec un soupçon de mystère, qui le troublaient bien trop. Il porta son attention sur ses petites narines mobiles qui dénonçaient un tempérament volcanique. Même elles le séduisaient.

Il la prit par la taille qu'elle avait svelte et souple.

— Marie, ne me demandez pas de vous suivre aveuglément. Vous savez que je n'ai pas votre tempérament.

Elle se dégagea de son emprise et se mit à arpenter le salon.

— Et moi qui pensais passer un chaleureux moment avec vous, ma chère, se plaignit Aramis tout en touillant sa cuillère dans la tasse de café froid, qu'il prit sur le guéridon attenant à son fauteuil.

Les yeux habituellement bleus de Marie Aimée s'étaient soudain assombris et cherchaient à percer le regard du mousquetaire.

— Je ne sais pas pourquoi je vous fais encore confiance, Aramis. Vous n'avez que faire de moi. Je préfère que vous partiez si c'est pour balayer d'un revers de main ce que je vis. Allez, oust… veuillez quitter mon salon, s'emporta-t-elle.

Cet éclat de voix fit rire sous cape Aramis, qui se dirigea non pas vers la porte, mais vers Marie Aimée, pour l'enlacer à nouveau.

— Viens t'asseoir sur ce sofa. Je vais te faire ton massage préféré. Celui des pieds… Ceci est un ordre, Marie !

Il vit qu'elle hésitait et en conclut qu'après un refus pour la forme, elle allait accepter. Il s'en régala d'avance.

— Marie, allons, ne te fais pas prier. Je sais bien que tu cherches déjà comment tu vas m'empêcher de partir… sans en avoir l'air. Tu ne peux que succomber au souvenir de ces massages de pieds.

— Certainement pas. Allez-vous-en ou je fais intervenir mes valets pour vous mettre dehors.

Aramis rit franchement à cette menace. Marie Aimée savait tout aussi bien que lui qu'il ne ferait qu'une bouchée de ses valets.

Elle se radoucit. Il est vrai qu'elle ne pouvait que succomber. Pourquoi s'en priver, d'ailleurs ? Même si un dérapage était à prévoir, elle se sentit capable d'y mettre un frein. Et puisqu'elle avait envie de ce massage, elle finit par s'allonger sur le sofa.

Aramis, un genou à terre, s'attelait à enlever avec douceur ses mules à talons dorés. Marie, elle, se délectait de cette tignasse épaisse et brune, avant de suivre des yeux le contour de ce visage aux traits virils. Cette mâchoire carrée, ces grands yeux ténébreux au regard profond et sensuel, cette peau hâlée par le grand air, cette musculature qui lui faisait se mordre les lèvres. Tout était si plaisant chez Aramis. Et que dire de sa force tranquille, déterminée et toujours confiante ? Elle devait arrêter là de ressasser ses qualités, au risque de se jeter sur lui.

— Permets que je te débarrasse de tes bas de soie, proposa-t-il, arborant ce sourire enjôleur auquel elle avait tant de mal à résister.

Et si elle se laissait aller ? Non, pas question. Elle avait à tenir ses objectifs.

— Fais donc…

Arrivé là où terminaient les bas de soie, à la naissance de ses cuisses, il tira sur chaque fine lanière qui les retenait, pour les rouler avec lenteur jusqu'à ses pieds adorables, qui furent bientôt nus. Il déposa les bas sur l'immense tapis oriental couvrant une partie du salon.

Marie Aimée s'était détendue, la tête rejetée en arrière, un bras aligné sur le dossier du sofa, l'autre posé négligemment sur sa poitrine, les pieds offerts aux mains expertes d'Aramis.

Le mousquetaire se cala sur le canapé aux tons poudrés, tout en posant ces chevilles si féminines sur ses cuisses.

Il enveloppa d'une main son pied droit, et œuvra sans attendre.

Jamais Marie Aimée n'avait connu massage aussi divin que ceux de son ancien amant. Celui-ci la calma instantanément. Le pied gauche était maintenant à l'honneur et le bien-être avait effacé sa colère.

Maintenant, ces mains expertes remontaient dangereusement. Pourquoi se limiter aux pieds ? L'envie irrépressible que le mousquetaire honore tout son corps se déversa en elle, en un flot torrentiel. Elle plaqua soudain son pied droit sur la bouche d'Aramis. Le beau mâle ne s'en offusqua pas, mais il la jaugea, interrogateur. *Cesse*, hurlait-elle en son for intérieur.

D'un bond, elle se redressa.

— Aramis, pars, je t'en prie.

Elle le suppliait. Il sut alors que la tentation était à son comble. Allait-il insister et abattre chez Marie Aimée, toute résistance…

Il hésita à peine quelques secondes avant de se lever, de s'incliner en lui saisissant délicatement la main, afin de la porter à ses lèvres avec le plus de respect possible.

Même si le désir était puissant, il ne voulait certainement pas lui faire faire une chose qu'elle regretterait et lui reprocherait.

Dans un regard, ils se dirent combien ils auraient aimé se donner corps et âme à l'autre. Puis, d'une démarche vive, Aramis s'engagea vers la porte des appartements, qu'il ouvrit et referma d'un seul geste.

Marie Aimée hurla sa frustration en silence tel un animal blessé…

Chapitre 11

De bon matin, Athénaïs était allée chercher une vingtaine d'œufs chez Justine avant de retourner dans son hôtel particulier. Elle les donna au chef cuisinier qui monta, pour l'occasion, au rez-de-chaussée afin de les récupérer.

Elle s'était réveillée avec l'empreinte d'Alexandre dans le cœur. Alors, pour se changer les idées, elle décida de suivre le cuisinier dans son antre. Pour y accéder, il fallait descendre quelques marches, sous le vaste escalier principal de l'entrée, avant d'arriver dans le demi-sous-sol que des fenêtres éclairaient.

La cuisine grouillait de femmes et d'hommes qui s'attelaient avec animation à leurs tâches. Les unes, assises sur des bancs, épluchaient des légumes sur de grandes tables en bois, d'autres debout, surveillaient une cuisson à l'étuvée ou faisaient revenir des cuisses de poules dans des poêles en fonte, au-dessus de la cuisinière. Le crépitement des cuissons parvenait d'ailleurs agréablement aux oreilles d'Athénaïs.

Elle prit un temps pour observer toute cette agitation. Entre les allées et venues des uns et des autres, les mots ou phrases courtes lancés à la volée, le bruit des différents ustensiles, l'air était dynamique, dense et chaud, et le sourire bien accroché sur toutes les lèvres. Le chef cuisinier orchestrait cette symphonie d'une main de maître.

Soudain, une forte odeur d'herbes aromatiques, telles que du persil, thym ou encore romarin, lui fit friser les narines. Elle se tourna vers les effluves : un commis en ciselait d'énormes bottes. Elle assista également à la découpe au couteau d'un cochon, ainsi qu'à la préparation d'une soupe de légumes dans une grande marmite de cuivre.

Athénaïs pensa qu'au moins, ils allaient se régaler, à défaut de passer une belle soirée. En effet, elle recevait une quinzaine de personnes à dîner le soir même, qui n'étaient que des connaissances mondaines qu'il leur fallait, Alphrède et elle, garder en bons termes, mais qu'elle n'appréciait que modérément.

Remontant l'escalier de pierre qui menait au rez-de-chaussée, elle marcha tout droit vers le petit salon, où se dressait une bibliothèque chargée. Les œuvres rangées là étaient surtout des acquisitions d'Athénaïs qui adorait s'instruire tout autant que lire pour le plaisir.

Elle y prit l'œuvre de Shakespeare, *Roméo et Juliette*, roman enivrant d'après les avis du salon des Précieuses. Elle ne l'avait pas encore lu et voulait pouvoir en parler lors d'une prochaine réunion dédiée aux œuvres anglaises. Elle s'installa sur l'un des plus moelleux fauteuils, à la robe crème, pour commencer la lecture, avant le rendez-vous avec sa mère. Elle devait la rejoindre chez elle pour l'accompagner au centre de Paris préparer un déjeuner de charité que celle-ci organisait.

Après moult pages qu'elle dévorait pourtant, elle stoppa sa lecture. Alexandre se rappelait sans cesse à sa mémoire. Cette histoire d'amour interdite entre deux jeunes gens lui faisait penser à son attirance coupable pour le mousquetaire. Elle s'irrita contre elle-même et reprit son livre. Un détail sur le déguisement de Juliette au bal masqué lui rappela alors qu'elle avait oublié de préciser à Maximilien, le tailleur pour dames, qu'elle souhaitait des boutons dorés pour son mantelet. Elle décida, pour s'aérer l'esprit, d'aller elle-même l'en informer, telle une échappatoire à cette pièce de théâtre qui martyrisait son cœur. Et puisqu'elle habitait dans la même rue, elle irait à pied.

Dehors, elle croisa sa cousine qui marchait seule et resta interdite lorsqu'elle la vit. Que faisait-elle sans chaperon ? Où se rendait-elle ?

Louise habitait chez ses parents, dans la même rue qu'Athénaïs, la belle rue Saint-Honoré, l'une des plus chic de Paris, proche du Louvre. Ses parents, qui n'étaient pourtant pas aussi riches que les autres familles de ce quartier prisé, avaient accepté une opportunité offerte par un grand-oncle fortuné qui leur avait légué, par testament, son hôtel particulier.

— Louise ! interpella Athénaïs.

Celle-ci se jeta littéralement sur elle.

— Athénaïs ! Je venais chez toi, justement !

Athénaïs comprit alors pourquoi sa cousine n'avait pas de chaperon.

— J'ai des choses croustillantes à te raconter. Où vas-tu ? Où que tu ailles, je t'accompagne.

— Chez Maximilien. J'ai oublié de lui donner un détail pour mon futur mantelet.

Les deux jeunes femmes marchèrent ensemble.

— Quelles sont ces piquantes informations dont tu voulais me faire part, Louise ? lui demanda Athénaïs, curieuse.

— Eh bien, elles sont à propos de ce mousquetaire avec qui tu as l'air de bien t'entendre…

Athénaïs sentit une bouffée de chaleur l'envahir et tenta de stopper le rouge qui lui montait aux joues. Elle fixa sa cousine de ce regard froid qu'elle avait lorsqu'elle était vraiment mal à l'aise.

— Je n'ai pas été dupe, continua Louise, de ce comportement étrange que tu as eu lorsque Aramis nous a présenté le séduisant Alexandre de Castillan. *La Gazette* non plus, visiblement.

— Louise ! Tu me maltraites !

— Point du tout, Athénaïs, mais le fait est qu'un amant est la réponse à ton mal-être sans remettre en cause ta vie confortable. Cette infidélité pourrait même améliorer ta relation avec ton époux. Vois, la vicomtesse de Lamarque qui est souvent présente au salon des Précieuses, l'a eu comme amant une seule nuit et cela a suffi à améliorer son entente avec son époux.

— Je ne suis pas ce genre de femme. Ce serait dramatique d'en arriver là. Rien que d'y penser, j'en conçois une telle honte ! Je n'ai pas ta légèreté de mœurs.

— Parfois, une unique infidélité change la donne dans la façon dont on se comporte, et par la même occasion, fait évoluer une relation… insista Louise.

Athénaïs se souvint du bref rapprochement entre Alphrède et elle lors de la soirée du mariage, à cause d'Alexandre. Or ce n'était pas comparable puisque son époux avait été témoin de sa complicité avec le mousquetaire. D'ailleurs, cela n'avait rien changé à leur relation.

— Je n'y crois pas…

— J'ai pourtant une information qui te fera changer d'avis ! asséna sa cousine.

Athénaïs fronça les sourcils. Allait-elle lui annoncer qu'Alphrède la trompait ?

— Écoute-moi bien. J'ai ouï dire qu'un très beau jeune homme faisait la joie de quelques femmes mariées de notre entourage, jeunes et moins jeunes…

— Où as-tu entendu une chose aussi gênante ?

— Eh bien, c'est Marguerite qui l'a entendu de la bouche de la duchesse de Chevreuse. Celle-ci, fidèle à son amant de garde des sceaux ou plutôt fidèle à ses ambitions politiques, n'a pas goûté à ce joyau masculin. Or, au vu des pâmoisons qu'il sème, elle hésite tout de même !

— Et en quoi cela me concerne-t-il ?

Louise la regarda, consternée.

— Cet homme a dû acquérir une sacrée expérience de ce qu'aiment les femmes. Il te le faut comme amant, Athénaïs ! Certes, il faut d'abord découvrir qui il peut être… Mais lorsque tu auras goûté à ses charmes, je veux être ta confidente !

— Louise !

— De toute façon, accorda cette dernière, tes galipettes ne me passionneront pas. Je n'aime que le jeu de la séduction. Sauf avec Marguerite.

— Comment ça « sauf avec Marguerite » ?

Louise sourit.

— Eh bien, nous nous retrouvons parfois dans des draps soyeux… Nous nous caressons…

— Stop, la coupa net Athénaïs, je ne veux pas en savoir davantage. Et, je te le répète, il est hors de question que je prenne un amant. S'il te plaît, n'insiste plus…

— À vos ordres, mon capitaine ! rétorqua Louise, raide comme un piquet et arborant une moue on ne peut plus sérieuse.

Cela fit sourire Athénaïs malgré elle.

— Il se dit que ce demi-dieu a une tache de naissance en forme de cœur sur un endroit caché de son corps… au niveau du muscle *latissimus dorsi* gauche, poursuivit néanmoins Louise.

— Il est destiné aux choses de l'amour, ne put s'empêcher de commenter Athénaïs. Et je te le répète, le sujet m'intéresse peu.

— D'accord, je ne t'embête plus avec ce jeune homme qui doit être le meilleur des amants. Mais éclaire ma lanterne. Sais-tu où se trouve le *latissimus dorsi* ?

— Je traduirai par « le muscle le plus large du dos »… mais quelle partie du dos est-ce ? Je ne sais pas.

— Tu es aussi nulle que moi en anatomie ! se moqua Louise.

— Il est vrai que je n'ai pas étudié le corps humain de manière aussi poussée… Nous arrivons et je ne veux plus entendre un seul mot sur le sujet.

Les cousines montaient maintenant les marches qui menaient à la boutique du tailleur pour dames.

Maximilien et son assistante, Marie, étaient déjà en rendez-vous. On les fit patienter dans un élégant petit salon aux tentures turquoise dont les différentes assises créaient un agréable confort. Les cousines s'installèrent sur le canapé à deux places, au tissu orné de fleurs délicates et à l'assise rembourrée.

Louise gesticulait dans tous les sens et souriait généreusement, le regard pétillant.

— Je me sens épanouie. Athénaïs, si tu savais… dit-elle, le regard rêveur, l'index caressant ses lèvres.

— Ah… ?

— Je trouve que la vie est belle ! s'égaya-t-elle dans un étirement.

— Tu trouves toujours que la vie est belle, Louise…

— Oui, eh bien, aujourd'hui particulièrement. Et je ne t'en donnerai pas la raison…

Louise planta son regard lumineux, un brin provocateur, dans celui de sa cousine.

Au fond, Athénaïs jalousait Louise de cet enchantement constant de la vie et d'assouvir ses désirs sans se préoccuper de la morale ni du regard des autres.

— Quelle en est la raison ? demanda-t-elle, curieuse.

— Athénaïs, penses-tu que j'aille parfois trop loin ?

— Bien sûr que oui ! répondit-elle sans réfléchir.

— Certes… mais j'ai tout de même la tête sur les épaules, n'est-ce pas ?

— Tu n'es pas folle… juste un peu… hésita Athénaïs, tendrement.

— C'est que je veux mordre la vie à pleines dents !

— Je sais, répondit Athénaïs qui, dans un éclair de conscience, s'avoua qu'elle jalousait Alma pour sa relation avec Gabriel, et Louise pour sa liberté. Si elle les enviait, c'est que sa vie ne lui convenait pas ! Une partie du moins. Or cette partie commençait à la rendre… aigrie. Ses pensées s'abîmèrent dans le souvenir du beau visage d'Alexandre et cela lui fit peur. Si elle continuait à songer à lui, elle pourrait bien commettre une bêtise… Et elle ne pourrait pas gérer une telle situation, elle le savait. Elle mit brusquement sa main devant la bouche, horrifiée.

— Athi ? Qu'y a-t-il ? Ça ne va pas ?

— Non, non, tout va bien, c'est juste que je viens de me rappeler que je dois me rendre à la préparation du déjeuner de charité avec mère. Je vais être en retard, mentit-elle. Et depuis quand m'appelles-tu Athi ?

— Depuis environ dix secondes ! Tu n'aimes pas ?

— Si, si. Je dois y aller, dit Athénaïs, tout en se levant, pour justifier son geste, et parce qu'elle ressentait le besoin de réfléchir à sa situation. Je verrai le tailleur plus tard.

— Athi ?

— Oui.

— Rassieds-toi. Je serai présente avec mère à la préparation de ce repas de charité. Donc, je sais que nous avons encore une demi-heure devant nous, ma chère cousine, ironisa Louise.

Athénaïs fut gênée de son comportement et décida de se confier.

— Bon, je t'avoue tout. Je ne me sens pas dans mon assiette à cause d'Alphrède.

— Qu'a-t-il fait ? répondit Louise, la voix trahissant une certaine angoisse.

— Rien… C'est juste que…

— Tu es malheureuse parce qu'il te délaisse et qu'il n'y a pas, entre vous, l'amour que tu aurais voulu vivre avec lui, c'est bien cela ?

Athénaïs acquiesça et baissa les yeux.

C'était exactement cela. Et depuis qu'elle s'était confiée à ses cousines, cela ne faisait qu'empirer. Elle repensa au dîner de la veille, seule avec son époux. Ils avaient échangé quelques mots sur leurs amis communs, puis parlé un peu des nouvelles chorégraphies de danse à la mode, pour finir sur une touche plus politique, intéressante, mais brève. Une fois le repas terminé, Alphrède l'avait embrassée sur le front et avait rejoint ses appartements, arguant une bonne fatigue. Elle aurait dîné avec ses parents que cela n'aurait fait aucune différence.

Louise lui enserra les mains avec tendresse.

Maximilien frappa deux coups à la porte. Athénaïs rassura Louise d'un regard et permit au tailleur d'entrer, avant de lui expliquer ce qu'elle voulait à propos de son mantelet.

Les deux cousines repartirent jusqu'à la demeure des parents d'Athénaïs où elles avaient rendez-vous pour préparer le déjeuner de charité.

— Parlons de toi, cela me remontera le moral, proposa Athénaïs. Tu me disais que tu étais particulièrement épanouie.

Les yeux de Louise pétillèrent de plus belle.

— Je pars dans quelques jours à Marly ! annonça-t-elle.

— Et c'est ce qui te rend si joyeuse ?

— Oui ! Et si tu en trouves la raison cachée, je te raconte tout. Tu as deux chances.

— Joseph ? tenta Athénaïs.

Louise sauta au cou de sa cousine, manquant la faire tomber.

— Oui !

Athénaïs prit peur. Qu'est-ce qu'elle allait bien lui annoncer ?

— Joseph, Joseph, que ce prénom est doux, n'est-ce pas ? Je l'ai écrit mille fois et prononcé tout autant, tant il est beau... Tout comme lui...

Louise sortit de son sac à main une feuille de vélin sur laquelle était écrit, à plusieurs reprises et de différentes manières, *Joseph*, ainsi que des ébauches de poèmes.

— Tu devrais terminer tes poèmes. Les vers en sont jolis... Dis-moi, vous êtes censés n'être qu'amis... des amis d'enfance ?

— Il fait très chaud, non ?

Athénaïs lorgna sa cousine, gênée.

— Ne me dis pas que…

— Ne fais pas ta rabat-joie, s'il te plaît. Joseph et moi avons franchi un pas, mais ne t'inquiète pas. Nous nous amusons chastement.

— « Ne t'inquiète pas », s'exclama-t-elle ! « Nous avons franchi un pas », que cela veut-il dire ? Louise, où cela va-t-il te mener ?

— Nulle part, je sais bien. Je profite de nouveaux sentiments sans que cela porte à conséquence, c'est tout. Tout comme tu devrais le faire.

— Et Marguerite ? Est-elle au courant ?

— Bien sûr que non ! Tu es mon unique confidente à ce sujet, ma cousine chérie. N'en parle à personne, je compte sur toi. Pas même à Alma, car elle part bientôt et je ne veux pas la perturber avec mes histoires personnelles.

— Et me perturber moi, aucun souci ?

Pour toute réponse, Louise lui sourit.

— De son côté, dans quel état d'esprit est-il ? finit par demander Athénaïs.

— On ne pense pas à l'avenir. On se séduit et s'amusote gentiment, c'est tout.

— « S'amusote », ça n'existe pas !

— Cela veut dire ce que cela veut dire. La langue évolue. Ne fais-tu pas partie du salon des Précieuses ? Nous y avons rendez-vous cet après-midi, d'ailleurs. Tu viens, n'est-ce pas ? Alma ne pourra être présente. Et tu sais à quel point, je n'aime pas y aller sans vous.

— Oui, oui, j'y serai. Pour en revenir à Joseph…

— Non, pour en revenir à ton amant…

— Quel amant ? s'énerva Athénaïs. Tu ne m'écoutes donc pas ?

— Si tu franchis la ligne, je suis là pour te soutenir, répondit simplement Louise. La vie, c'est quoi ? Je vais te le dire, c'est un jeu joyeux où le mot *liberté* est vital ! Tu as le droit de ne pas aimer ta vie telle qu'elle est. Alors, joue Athénaïs, sois libre et permets-toi de vivre une vie dont tu puisses jouir !

— Louise… Comment fais-tu pour être comme tu es ?

Athénaïs fixait sa cousine tout en hésitant entre *immature* et *sage*.

— Ne sens-tu pas l'énergie ensoleillée qui se dégage de moi ? C'est celle de la liberté !

Athénaïs ne put s'empêcher de lever les yeux au ciel.

— Un jour, tu te libéreras aussi, assura Louise.

*

Athénaïs avait écourté l'aide au repas de charité à cause d'une interrogation qui ne cessait de la malmener. Elle s'était donc excusée pour son départ hâtif et était repartie chez elle. Sa curiosité au sujet de cette tache en forme de cœur qu'avait cet amant dont on vantait les mérites, l'intriguait. Plutôt, l'endroit sur lequel il était placé. *Latissimus dorsi*… où, précisément, pouvait se trouver ce muscle ?

Il lui fallait savoir dans l'instant. Elle ne détestait rien de plus que de ne pouvoir répondre à une question. Ou peut-être, était-ce parce que ce mystère concernait un jeune homme dont elle aurait aimé, elle aussi, obtenir des plaisirs charnels qui lui manquaient cruellement ? Ses pensées dérivèrent malgré elle vers l'image d'Alexandre, qu'elle balaya d'un revers de main. Dans sa collection de livres, elle déplora l'absence d'un ouvrage sur l'anatomie humaine en latin. Alors elle entreprit de se rendre en carrosse à la bibliothèque de l'abbaye de Saint-Germain-des-Prés. C'était le centre de l'érudition parisienne qui commençait, d'ailleurs, à acquérir un certain prestige à travers le monde.

Elle allait faire cette recherche en cachette, et elle n'en parlerait surtout pas à Louise…

Chapitre 12

Celui qui s'immisçait de plus en plus dans la vie d'Athénaïs allait devoir se départir d'une mauvaise posture. Le roi ayant été menacé de mort par lettre anonyme, les mousquetaires les plus valeureux avaient été convoqués chez leur capitaine qui habitait en face de l'abbaye de Saint-Germain-des-Prés. Mais à peine furent-ils réunis pour honorer la convocation, qu'ils furent pris dans un guet-apens.

Devant la porte de la maison, dans le jardinet, Alexandre, Aramis, d'Artagnan, Athos et Portos, se retrouvèrent encerclés par dix hommes armés d'épées et de couteaux, le regard acéré et le sourire vicieux.

Ils furent acculés sous le porche.

Dans un même geste, les cinq mousquetaires s'emparèrent de leurs épées, n'ayant pris leur mousquet pour une simple réunion.

— Qui sont donc ces voyous ? murmura Athos.

— Les bougres sont passés par les toits, car le portail était fermé… grommela Aramis.

— Situation peu rassurante, commenta Alexandre.

— Nous allons les manger tout crus, railla Porthos.

— Es-tu sûr ? Ils m'ont l'air bien féroces ! ironisa d'Artagnan.

Les dix hommes se rapprochèrent, resserrant le piège.

— Détrompez-vous, messieurs, ce n'est pas nous qui sommes piégés, c'est vous qui l'êtes, formula calmement Aramis à leur encontre.

Un bruit soudain venant de l'extérieur vint perturber l'attention de chacun, mais d'Artagnan put en profiter pour reculer discrètement et ainsi, d'un coup de pied adroit, ouvrir la malle qui se trouvait juste derrière lui. Là étaient rangées quelques capes bleues – uniformes que les mousquetaires du roi portaient pour les sorties officielles – destinées à la lingère qui passait régulièrement pour les laver. Le jeune mousquetaire s'empara avec rapidité de l'une d'elles et la lança habilement, visant l'un des agresseurs. La cape vola tout en se dépliant et vint aveugler quatre des hommes et décontenancer les six autres. Alexandre vit que deux mousquets étaient rangés dans la malle et s'en empara avant d'en lancer un à Aramis.

— Ils sont bel et bien chargés, vérifia Aramis.

Les mousquetaires reprenaient l'avantage sur leurs adversaires.

— Et si nous nous battions épées contre épées ? Qu'en pensez-vous, mes chers amis ? questionna d'Artagnan.

— Est-ce que l'âge aura un jour raison de ta fougue, d'Artagnan ? s'esclaffa Aramis.

— Je ne pense pas, puisqu'à ton grand âge, tu es toujours le même, plaisanta-t-il.

— De vrais jeunes loups ! s'égaya Porthos.

— Parlons bien, parlons peu… Épées contre épées ? coupa Athos.

Les quatre autres mousquetaires acquiescèrent en chœur.

— Veuillez déposer vos couteaux dans cette malle, messieurs les malfrats, et nous y déposons nos mousquets, ordonna avec politesse Alexandre.

Ceux-ci obtempérèrent, y voyant la possibilité de sortir vainqueurs du combat, étant plus nombreux.

Puis, les dix hommes, la mine menaçante, se retrouvèrent face à face, épées en main. Les mousquetaires avaient des étincelles dans les yeux. Cette situation était de celles qu'ils aimaient.

Un combat à l'épée débuta dans un bruit de métal aigu et dense.

— Vous ai-je dit que le tombeur de ces dames, j'ai nommé Alexandre, a encore frappé, cria Aramis afin de couvrir le bruit des lames aiguisées. Cette semaine, il a été le sujet de conversation préféré de la gent féminine, sans que son nom ne soit officiellement prononcé. Seule l'évocation d'un petit cœur sur la peau m'a permis de le reconnaître. Outre des rumeurs sur tes exploits, cher Alexandre, j'ai entendu malgré moi, une conversation animée entre la comtesse de Deneville qui ne tarissait pas de propos élogieux sur tes prouesses. En revanche, celle-ci fut fort jalouse lorsque la vicomtesse de Latour lui dit qu'elle avait pu profiter de ta coquine présence deux jours d'affilée ! Madame de Deneville a alors étouffé un souffle de rage, poursuivit Aramis à l'intention de l'intéressé, tout en entaillant, de la moitié de sa lame, l'aine gauche de son adversaire qui tomba à genoux, le regard hagard à la vue du sang qui giclait par à-coups.

— Tu crois à ces rumeurs, Aramis ? lui demanda Alexandre dans un sourire narquois.

Avant de répondre, Aramis perfora le poumon gauche de l'homme qui venait de se jeter sur lui. Celui-ci cracha alors un mélange de salive et de sang. Aramis le repoussa sans attendre et fit volte-face pour parer l'attaque d'un autre malfrat, qui, animé par la rage, se ruait sur lui avec un cri sauvage. Mais Alexandre se jeta sur ce dernier et le reçut dans ses bras. Comme il reculait, emporté par l'élan de l'assaillant, il se laissa tomber en arrière, non sans le maintenir contre lui et, d'un coup de pied porté à l'entrejambe de son adversaire, il le projeta par-dessus lui.

L'homme retomba sur une chaise de bois qu'il démembra en totalité. Il demeura plaqué au sol, les jambes suspendues en l'air, les yeux roulants en tous sens, comme s'il ne comprenait pas ce qui lui arrivait. Alexandre le mit hors d'état de nuire en attachant ses membres avec une grosse corde qu'il trouva dans un coin, sous le porche.

— Je te connais, Alexandre et ce n'est pas la première fois que j'entends de telles choses à ton endroit. Sache que l'on parle de toi jusqu'au salon des Précieuses. Une certaine duchesse de Lamarque, élégante et belle femme de quarante-cinq ans, a chuchoté à sa voisine qu'elle avait apprécié la nuit passée avec un tout jeune amant qui avait une tache de naissance en forme de cœur. Elles parlent toutes de toi, n'est-ce pas ?

— Ma foi, cela est fort probable, fit Alexandre, l'œil coquin.

— Tu es à Paris depuis peu, continua Aramis, mais tu ne passes pas inaperçu et…

— Je confirme ces propos, coupa d'Artagnan, railleur. Tu es le chouchou de ces dames et même celui des jeunes filles des quartiers populaires. Tous les âges et toutes les classes sociales… mes respects !

Alors qu'un des scélérats allait se jeter sur d'Artagnan, en ébauchant un mouvement brutal pour le frapper de deux épées, Porthos se déplaça avec une agilité et une souplesse étonnante, au vu de sa masse herculéenne. Puis, il le désarma et profita de sa proximité pour le frapper du poing sur le nez. Il y eut un bruit d'os qui se rompt. Il finit alors d'écraser le cartilage, tout grimaçant par pitié pour l'homme qui hurlait de douleur. Le malfrat porta ses mains à son visage. Et, de sa face répugnante d'une laide cruauté, il fixa Porthos et se baissa pour reprendre ses armes. Mais le mousquetaire, d'un seul coup de pied sur son flanc droit, le fit basculer en avant. L'homme, ventre à terre, ne bougea plus. Alexandre lança une corde à Porthos qui le ficela.

Alors qu'un autre ennemi bondissait sur Alexandre, ce dernier se jeta sur lui, plus vif, et le poussa au sol. En se relevant, l'homme sourit d'un rictus arrogant et s'élança de nouveau sur Alexandre, son épée le précédant. Le jeune mousquetaire esquiva et dans le même temps lui sabra la gorge. Le souffle court, l'homme s'agenouilla. Alexandre lui asséna un coup de pied, sûrement trop léger, car il fut bloqué par deux mains qui le projetèrent à terre et lui firent perdre son épée. Après quoi, l'homme lui sauta littéralement dessus. Alors qu'ils roulaient ensemble sur les dalles de pierres dures et froides, ils se cognaient à tour de rôle sous le regard d'Aramis, avant que ce dernier ne lance une épée à son jeune protégé. Celui-ci l'attrapa avec dextérité et l'enfonça dans l'estomac de son adversaire avant de la retirer, laissant le sang couler.

Porthos, qui croisait le fer avec l'un des hommes, semblait plutôt s'amuser lorsqu'il prit Alexandre à partie.

— Comment fais-tu pour séduire autant de femmes ! Tu n'es pourtant pas bel homme, gringalet que tu es. Vraiment pas appétissant, pouah !

Puis, d'une force brute, à l'aide de ses deux épées dont les lames étincelèrent dans un rayon de soleil, aveuglant son adversaire, Porthos lui porta l'estocade. L'homme gisait maintenant à terre, raide mort.

— Gringalet, moi ! railla Alexandre. Ton heure sera la mienne, ainsi que le lieu, pour un duel dans les règles de l'art, et crois-moi, je ne serai pas en retard pour te donner une bonne leçon, Porthos !

— Ne perds pas ton temps, Alexandre, confia d'Artagnan, tout en ferraillant avec l'un des hommes. La jalousie a pris possession de ce bon vieux Porthos. Que veux-tu, il a du mal à plaire à la gent féminine !

À ce moment-là, par un tour de main aguerri, d'Artagnan ôta son épée à son adversaire et l'empêcha, de sa lame, de prendre le couteau qu'il avait gardé caché dans sa botte. Puis, il bondit sur ce dernier et se servit de la garde de son épée pour le frapper à la tête. Le malheureux tomba à terre, évanoui.

Porthos se rua alors sur les deux impertinents, à savoir Alexandre et d'Artagnan, les menaçant du poing.

— Certes, osa Alexandre, tu es tel un ours fort et puissant. Mais vois-tu, cher Porthos, les femmes préfèrent les hommes plus… sensuels.

— C'est faux, hurla celui-ci. J'ai pour preuve ma maîtresse qui me répète sans cesse que je suis un homme, un vrai, gaillard et robuste ! D'ailleurs, c'est par fidélité que je ne lorgne pas sur les autres femmes. Mais j'ai du succès, crois-le bien ! Je vois comme elles me reluquent avec cette envie que je les gâte.

Pour toute réponse, Alexandre leva les yeux au ciel.

Vexé, Porthos fit un mouvement brusque vers ce dernier, stoppé par Athos.

— Pouvez-vous, s'il vous plaît, arrêter vos enfantillages et vous concentrer sur ce combat ? s'agaça le plus sage des mousquetaires.

Puis, par un jeu d'épées qui l'amena à se retrouver face à face avec l'un des attaquants, Athos, le toisa d'un air chafouin.

— N'ai-je pas raison, monsieur ?

Ce dernier lui lança un regard mauvais, avant de le défier.

— N'y pensez même pas ! Je suis au regret de devoir vous mettre hors jeu, le prévint Athos.

Le mousquetaire leva son épée au-dessus de sa tête et lui fit décrire une torsion descendante. La lame tomba au milieu du crâne de son ennemi, lequel évita le coup fatal, de peu. Un combat bruyant qui donnait le tournis, débuta et se termina lorsque Athos, qui venait de déjouer un estoc mortel, lui trancha la gorge dans un acte de pure légitime défense.

Puis, d'une œillade rapide, Athos mesura la situation entre Alexandre et l'un des hommes, qui prenait dangereusement l'avantage. Il s'avança vers eux et le brigand préféra fuir que d'affronter deux mousquetaires en même temps.

— Ne me remercie pas, c'est bien normal, railla Athos, apercevant l'air renfrogné d'Alexandre.

— Mon cher Athos, je l'aurais écrasé, sois-en assuré, dit Alexandre, froissé. Mais je suppose que je dois te remercier quand même.

À quelques pas de là, Aramis avait son épée à moitié enfoncée dans le thorax d'un homme au visage déformé par la rage, méditant sur la manière dont il allait s'y prendre pour le maîtriser, car ils devaient bien maintenir en vie quelques hommes, pour les interroger. Malheureusement, celui-ci tenta de se dégager de l'emprise et Aramis dut en finir avec lui, ce qu'il fit facilement.

— Je plaide coupable s'excusa alors ce dernier, le regard malicieux à l'attention d'Athos. Je n'aurais pas dû lancer un sujet si délicat.

Ce dernier venait vers lui, accompagné de l'homme qui avait fui, les mains liées dans le dos. Athos l'avait retrouvé mousquets en main, s'apercevant que ces deux fusils n'avaient point de munitions et qu'ils s'étaient fait avoir comme des bleus.

Puis, il se tourna vers Alexandre qui surveillait les trois survivants assis et solidement maintenus par d'épaisses cordes. Athos ramena son prisonnier à qui il ordonna de s'asseoir.

— Pour conclure, ce que je voulais te dire, Alexandre, reprit Aramis, c'est de faire attention à ne pas te mettre à dos ces femmes. Je t'assure que tu commences à être un sujet de conversation par trop en vogue. Une pause pourrait être sage. Profil bas, mon ami ! Fais-moi confiance.

— Ne serait-ce pas la peur que la duchesse de Chevreuse finisse par lâcher son dévolu sur ton protégé, Aramis ? s'amusa d'Artagnan.

L'accusé lui envoya un regard navré.

— Si tu savais combien cela m'est égal. Bien heureusement, d'ailleurs, sinon ô combien malheureux je serais !

— Alors, ce doit être parce que Alexandre a été le seul homme au monde à avoir eu le privilège de fricoter avec la fille des vendeurs de légumes, Linette la farouche, dont tu as tenté à plusieurs reprises d'avoir ne serait-ce qu'un baiser ? J'avoue que moi-même je m'y suis frotté sans succès…

— Comment ça ? s'insurgea Aramis. Tu as donc bien tenté de la séduire, après avoir nié la chose avec tant de force ! Goujat ! Or je ne suis pas du genre jaloux, vois-tu, alors qu'Alexandre y soit parvenu, eh bien, ma foi, tant mieux pour lui !

— Les six autres bandits sont bel et bien morts, déclara Porthos qui revenait vers ses amis.

— Alexandre, peux-tu nous dire comment est-ce d'avoir une expérience sexuelle avec une femme d'âge mûr ? s'enquit d'Artagnan. Je crois qu'ici, aucun de nous n'a eu cette expérience !

— Sauf Porthos peut-être, clama Aramis, sa maîtresse n'est plus d'un âge tendre…

— Certes, mais tendre, elle l'est encore, je vous l'assure, répondit l'intéressé, d'un air fier.

— Oui, mais Alexandre en a plusieurs à son actif et bien plus âgées, claironna d'Artagnan.

— Bien plus âgées, n'exagérons point, l'ami. Mais pour te répondre, ce n'est pas désagréable et surtout, elles m'ont transmis bien des secrets sur les plaisirs féminins, ce que j'ai mis en pratique avec appétit et qui fait de moi un demi-dieu auprès des plus jeunes ! se vanta-t-il.

— Je devrais peut-être m'intéresser à l'une de ces femmes mûres… songea, rêveur, d'Artagnan.

— Toi, Aramis, tu n'as pas eu besoin d'avoir ces expériences si l'on en croit ce qu'il se dit de tes exploits. Car nous aussi, avons entendu les louanges que chantent des jeunes femmes dont les yeux brillants ne mentaient pas !

— Tu vas me faire rougir, Alexandre ! plaisanta Aramis.

Alors que les dix malfrats n'étaient plus en mesure de représenter un danger, le capitaine des mousquetaires fit son entrée dans le jardin. Face à l'air ahuri de ce dernier,

Aramis expliqua le guet-apens, non sans lui faire une remarque humoristique sur son retard.

La troupe de mousquetaires empoigna les hommes encore vivants et ficelés, et les firent marcher au pas de course jusqu'au Louvre. Ces prisonniers allaient y subir un interrogatoire des plus sévères. C'est pourquoi Aramis aimait à leur tapoter l'épaule, en leur suggérant de se décharger de leurs secrets au plus vite. Quant aux trépassés, les mousquetaires volontaires reviendraient avec une charrette les emmener en dehors de la ville pour faire brûler leur corps.

*

L'attention d'Alexandre fut attirée par une femme qui sortait à l'instant d'un carrosse, sur le parvis de l'abbaye. Elle était gracieuse, vêtue d'une robe claire et fluide, sans vertugadin. Elle portait une coiffure tirée en un chignon haut, qui laissait admirer une nuque fine et un profil racé, à moitié caché par un élégant chapeau. Elle était seule et il eut une forte envie de mieux l'appréhender. Il salua alors ses camarades trouvant un prétexte pour bifurquer vers l'objet de sa convoitise…

Chapitre 13

La femme marchait la tête baissée, comme si elle souhaitait ne pas se faire remarquer. Alexandre décida de ne pas se montrer et se cacha au coin de la rue, la suivant des yeux. Elle se dirigeait vers l'imposant portail de l'abbaye, gardé par les statues des rois, des reines et des saints ornés du nimbe ou de l'auréole sacrés. La belle y pénétra.

Alexandre était fort curieux de savoir ce qui amenait cette femme en ce lieu. Il attendit une petite minute, faisant taire son impatience, avant de s'engager. Le moine au visage jovial qui gardait les lieux, avait reconnu en lui un mousquetaire du roi, et il le laissa passer avec respect. Puis, Alexandre vit la mystérieuse créature au loin ouvrir une porte qu'il savait mener à la bibliothèque. Il longea, à son tour, le chemin qui jouxtait les jardins botaniques, pour y arriver. Puis, il gravit les escaliers jusqu'à l'entrée.

Il porta alors son regard sur la majestueuse pièce toute de bois revêtue, où trônaient, en son centre, une trentaine de petites tables avec leur chandelier et leur chaise, entourées d'immenses étagères, sur plusieurs niveaux, remplies de manuscrits et de livres, et où des échelles étaient accrochées de-ci de-là. De grandes fenêtres baignaient le lieu d'une lumière naturelle.

L'ambiance était studieuse malgré le nombre important de visiteurs. Plusieurs moines se promenaient avec bonhomie, à travers les tables, les différents recoins et étages des bibliothèques. Alexandre vit avec amusement l'un d'eux qui tempérait une discussion un peu trop animée entre deux hommes. Il remarqua ensuite un moine bien plus jeune que les autres, installé derrière un grand bureau proche de l'entrée. Il semblait inspecter des documents à la loupe.

D'autres pièces interdites au public, avait-il entendu dire, contenaient encore des milliers de documents historiques. Rien d'étonnant à ce que l'on se déplace du monde entier pour s'instruire ici. Si bien que les tavernes alentour s'enrichissaient, des magasins s'installaient, et ce quartier de Saint-Germain-des-Prés prenait des allures de fief de la culture où se côtoyaient artistes, intellectuels et chalands.

Il se remémora alors sa leçon sur ceux qui avaient fondé cette bibliothèque, lorsqu'il était en apprentissage à l'école des mousquetaires où toute recrue passait avant d'être admise. La congrégation de moines bénédictins français fondée en 1618 était connue pour son érudition de haut niveau. C'était l'une des plus grandes sociétés de savants de l'époque moderne. Il ne pouvait que s'émerveiller.

Ses pensées vagabondes disparurent lorsque son regard tomba sur… Athénaïs ! Quelle ne fut pas sa surprise lorsqu'il la reconnut sous les traits de celle qu'il croyait être une inconnue.

Elle s'installait à l'une des tables, un grand livre à la main. Il n'en revenait pas. Il était retombé sous le charme de la femme qui obsédait son esprit ! Cette idée le conforta dans sa convoitise.

Elle ouvrit son ouvrage, l'air absorbé. Athénaïs était donc une intellectuelle. L'idée lui plut.

Il s'attelait à chercher un livre lorsqu'un moine lui demanda s'il pouvait l'aider. Il demanda où se trouvaient les ouvrages sur la Gascogne qu'il connaissait bien, au cas où on lui poserait des questions. Le moine l'emmena non loin d'elle, ce qui l'arrangea. Et, lorsqu'il se trouva un manuscrit, il vint s'asseoir à une table libre.

Rapidement, il releva les yeux et les promena en direction de sa charmante proie, qui se trouvait à deux tables sur sa droite, espérant attirer son attention. Quelques secondes passèrent et Athénaïs finit par relever la tête. Elle la tourna en sa direction et le fixa de ses iris bleu acier dont la prunelle aiguisée comme un éclat métallique l'intimida. Il la salua d'un hochement de tête et entreprit de se déplacer jusqu'à elle.

— Madame, chuchota-t-il.

— Monsieur, répondit-elle, l'air gêné, après avoir refermé son livre d'un geste sec.

— Je vous avoue que jamais je n'aurais cru vous trouver ici ! Une encyclopédie sur le corps humain en latin ? Eh bien, ma foi, cela est…

— Surprenant ?

— En effet !

— Et pour quelle raison, je vous prie ?

— Des idées préconçues… je suppose. Venez-vous souvent ?

— Et vous ?

— Je viens rarement. Je suis passé aujourd'hui afin d'élucider les quelques mystères qu'il me reste à découvrir sur l'histoire de ma région, la Gascogne.

Athénaïs opina et se leva promptement, son livre à la main.

— J'ai fini mes recherches. Monsieur, le quitta-t-elle avec empressement.

— Moi aussi. Pourriez-vous me raccompagner à Saint-Cloud ? Je suppose que vous êtes en carrosse.

— Je ne peux bien évidemment accepter. Je suis seule, vous comprenez, le fusilla-t-elle du regard.

— Un mousquetaire du roi ne peut-il accompagner une femme pour sa protection ?

Elle le dévisagea, comme si elle cherchait une réponse.

— Votre dernier voyage en ma compagnie ne vous aura-t-il pas dissuadé ? demanda-t-elle d'un ton sévère.

Dieu que cette femme pouvait être froide.

— Vous voulez parler de cette gifle…

— Vous êtes-vous déplacé à pied de votre demeure ? le coupa-t-elle.

— Non pas. J'ai mon cheval au Louvre.

— Dans ce cas, au revoir monsieur, fit-elle avant de tourner les talons.

Alexandre n'insista pas et la regarda partir non sans une pointe d'amertume.

Athénaïs alla rendre le livre à un moine, avant de quitter la salle sans même se retourner une seule fois. Ce comportement très affirmé irrita fort Alexandre. Et pour la première fois, il eut un doute sur sa capacité à la séduire un jour.

— Ai-je envie de jouer ? En vaut-elle la peine, finalement ? Eh bien, je ne crois pas, murmura-t-il pour lui-même, avec une mauvaise foi certaine qu'il ressentit au fond de lui, tout en la chassant d'un revers de main.

Vexé comme jamais, il quitta à son tour l'abbaye, bien résolu à s'intéresser à d'autres femmes moins farouches…

Chapitre 14

— Savez-vous la meilleure ? « On », ou plutôt certains hommes, nous compare aux bourgeoises sottes qui ne pensent qu'à leurs toilettes et à leurs gestes. « On » pense que notre salon parle uniquement de la manière dont nous pouvons plaire au monde. Que cela est risible, n'est-ce pas ? déclara Catherine, la marquise de Rambouillet.

— Il y aurait donc les vraies précieuses, nous, et les fausses ? répondit d'un ton amusé, la comtesse Colette de Longeville.

— Finalement, ne contredisons pas ce « on ». Dans l'ombre, nous aurons plus de force, conclut la duchesse de Chevreuse.

Athénaïs, qui était sortie de l'abbaye le cœur battant à tout rompre, si gênée d'y croiser Alexandre dans ces circonstances, avait, quelques heures plus tard, rejoint Louise au salon littéraire des Précieuses. Celui-ci se tenait dans l'un des plus chics hôtels particuliers de la non moins chic rue Saint-Thomas-du-Louvre, proche de celui de la duchesse de Chevreuse.

La marquise de Rambouillet recevait dans sa chambre, où la couleur bleue régnait sur toutes les tentures de velours rehaussé d'or et d'argent, alors que, pourtant, le rouge était à la mode. C'est pourquoi le salon se faisait également appeler, le *salon de la chambre bleue*. Mais le nom officiel était le *salon des Précieuses*, ce terme faisant référence à la délicatesse, à l'intelligence de l'esprit et à l'assouplissement des mœurs, notamment en faveur de la femme, prônés par les membres.

Très fréquenté en ce jour, il y régnait comme à son habitude une agréable odeur de fleurs fraîchement coupées, qui émanait de plusieurs imposants bouquets disséminés dans la pièce. Tous étaient déjà assis sur les chaises de bois, placées pour l'occasion entre le lit de la marquise et le mur, en demi-cercle très serré. Les hommes présents, tels les brillants écrivains Vincent Voiture et Guez de Balzac se levèrent lorsque Athénaïs et Louise arrivèrent, afin de les saluer galamment.

Athénaïs se réjouissait toujours que ce salon existât car il avait maintenant suffisamment d'influence pour qu'une grande partie de la gent masculine préfère converser de façon raffinée, loin des habitudes de la cour du roi Henri IV, père de Louis XIII, où la grossièreté et la grivoiserie étaient de mise.

Elle se félicitait également de leurs débats qui, en se propageant, avaient de réelles répercussions dans les mentalités, et elle espérait ainsi que la femme y gagne en liberté et en égalité avec l'homme.

— Mes dames, mes demoiselles, mes sieurs, je déclare ouverte la séance du salon des Précieuses, où l'on apprend à réfléchir par soi-même et non à être seulement savant, déclama la marquise Catherine de Rambouillet, dans un sourire radieux, ses yeux noirs au regard acéré, pétillant et rieur.

Les applaudissements fusèrent.

Lors de cette séance, le travail sur les solutions concrètes à apporter au sujet du divorce, du célibat, du mariage et de l'espacement des maternités, se poursuivait avec détermination. Les mœurs devaient absolument changer quant aux droits des femmes en ce qui concernait les impératifs sociaux.

Puis vint la séance fort distrayante sur l'invention de mots ou d'expressions pour le plaisir de s'exprimer de manière juste et originale. Outre les néologismes comme *s'encanailler*, *féliciter*, *s'enthousiasmer*, *anonyme*, *pommade*, *hardi*, et bien d'autres, que le salon avait inventés et qui étaient repris dans les romans, essais ou pièces de théâtre des intellectuels présents, influençant le langage dans la société, de nouvelles expressions étaient nées elles aussi ici. Il y avait eu pour exemple, *un billet doux* qu'Alma avait trouvé, *perdre son sérieux*, *être brouillé avec quelqu'un*, *avoir de l'esprit*. Athénaïs se régalait de cette modernité qui n'était pas du goût de tout le monde à la Cour. Mais qu'importe, un esprit frais et vivifiant soufflait sur ce salon.

La marquise de Rambouillet demanda que silence se fasse. Une question de la plus haute importance demandait une concentration extrême.

— Comment pourrions-nous, nous exprimer pour dire qu'une personne relate vos propos de manière inexacte ? En donne une interprétation infidèle ?

Les uns avaient leur index devant la bouche dans une moue de réflexion intense, les autres se mordaient l'intérieur des joues le regard perdu dans leur intériorité, d'autres encore pensaient avoir trouvé la pépite pour finalement ravaler leur enthousiasme. Puis, on entendit un petit cri de joie poussée par Louise.

— Que pensez-vous de… *travestir la pensée* ?

L'expression fut votée à l'unanimité. Toutes les mains s'étaient levées et Louise fut complimentée.

Athénaïs qui était maintenant la seule des trois cousines à n'avoir rien proposé, se creusa les méninges pour trouver une formule plaisante et ainsi laisser sa propre empreinte.

Pendant ce temps, d'autres expressions fusaient, *les commodités de la conversation* pour le fauteuil, *les écluses du cerveau* pour le nez, furent adoptées afin de supprimer ces mots trop populaires. Il fut encore trouvé les expressions, *laisser mourir la conversation*, *le mot me manque, revêtir ses pensées d'expressions nobles,* ou encore *le masque de la vertu* pour parler de l'hypocrisie.

Guez de Balzac prit la parole pour franciser le mot latin *urbanus,* qui décrivait l'environnement de la ville, en le transformant en *urbanité* et lui donnant le sens de *courtoisie, raffinement des manières, politesse, savoir-vivre.* Le contraire de *grossièreté*, en somme.

Tandis que Guez de Balzac, essayiste novateur, corrigeait la langue française par la rhétorique, et démontrait une véritable maîtrise du style en introduisant une prose française claire, précise, nouvelle, affranchie du latin. Vincent Voiture, non moins novateur, l'assouplissait. De l'avis de ce dernier, il fut d'ailleurs adopté que les membres du salon emploieraient le mot, *car* au lieu de la locution *pour ce que.* Cet écrivain et poète, qui avait une influence notable sur la poésie française, maniait, lui aussi, la langue avec brio et lui donnait de la légèreté tout en recherchant une facilité d'expression.

Et si Guez de Balzac était le héros sérieux, Vincent Voiture était le héros galant et badin.

— Si vous permettez ?

Athénaïs demanda avec aplomb l'attention de l'auditoire.

— Chacun de vous se fait remarquer dans la conversation, inventant des expressions toutes plus exquises les unes que les autres, alors je vous propose d'employer *briller dans la conversatio*n pour décrire le fait de se faire remarquer, d'exceller ! Qu'en dites-vous ?

— Magnifique ! répondit la marquise.

— Vous brillez par votre inventivité, madame, s'exclama la jeune demoiselle Paulet que sa chevelure avait fait surnommer la Lionne et dont on aimait entendre la superbe voix, lorsqu'elle acceptait de chanter quelque mélodie, accompagnée de son luth.

Athénaïs avait enfin son expression et elle savoura les applaudissements. Même la duchesse de Chevreuse se demanda à voix haute pourquoi elle n'y avait pas pensé elle-même !

La marquise avait aussi interrogé la petite assemblée, à propos de l'orthographe : à savoir, si on ne devait pas soulager certains mots des lettres parasites, et écrire *tête* au lieu de *teste*, *éclat* au lieu d'*esclat,* pour exemple. Tous se prirent au jeu et, d'un commun accord, on écrirait, dorénavant, sans lettres parasites.

Enfin, la séance se termina avec une critique littéraire, comme souvent, où les membres présents éclairaient de leurs avis les écrivains qui soumettaient leurs œuvres avant d'affronter l'impression. Ce jour-ci, on s'intéressa à l'essai *Le Prince* de Guez de Balzac, un discours à la louange de Louis XIII… en demi-teinte.

— Ce que j'aime dans votre ouvrage, est la troisième voie que vous préconisez pour diriger notre beau pays, souligna la duchesse de Chevreuse. Il va sans dire que vous savez que vous allez vous attirer la curiosité de mes deux ennemis préférés, le roi et son cardinal !

— Et je compte sur leur intelligence pour y reconnaître le talent ! rétorqua Guez.

— Ah ces gouvernants, mon cher Guez, se peuvent-il supporter, sans une certaine envie d'assassinat ? En toute urbanité, bien entendu ! railla la duchesse.

Après un débat enflammé, les cœurs s'emballèrent un instant autour de *Roméo et Juliette* de l'anglais William Shakespeare, qui ferait l'objet d'une prochaine séance. Le cœur d'Athénaïs, lui, tentait en secret de chasser l'image d'Alexandre.

— Cette histoire n'est pas sans rappeler le mythe de Pyrame et Thisbé relaté dans *Les Métamorphoses*, d'Ovide. Je ne sais quelle version a ma préférence. Les deux peut-être, s'emballa la comtesse Léonie de Lérins.

— Si vous voulez mon avis sur le choix de vie sentimentale, conclut la duchesse de Chevreuse, mes demoiselles, épousez un bon parti et prenez un amant ! C'est la meilleure vie que vous pouvez vous offrir !

La majorité des femmes mûres, toutes bien mariées, approuvèrent vivement. Et lorsque la duchesse fixa particulièrement Athénaïs, elle comprit le message.

— Eh bien, conclut la marquise de Rambouillet, je crois que nous allons laisser mourir la conversation.

— Il est, en effet, grand temps de rejoindre les moult occupations qui font notre quotidien. Saluons-nous, mes beaux-esprits, clama la duchesse de Chevreuse.

Tous se levèrent. Et alors que les uns et les autres se dispersaient dans la chambre avant d'en partir, la duchesse crut bon de retenir Athénaïs quelques instants.

— Ma chère enfant, lui chuchota-t-elle, j'ai lu la chronique mondaine de *La Gazette* ! Un conseil… qu'on ne vous y reprenne plus avec cet Alexandre de Castillan. Ce n'est point flatteur pour votre réputation.

— Je suis d'accord avec vous, madame.

La duchesse la regarda, satisfaite, n'ayant pas l'air de se méfier de cette réponse. Ce qui était assez rare pour le souligner.

— Aussi, si amant vous prenez, choisissez-le bien. Et sachez, pour votre gouverne, que ce jeune mousquetaire dont nous parlons n'accorde plus aucune attention à une femme lorsqu'il a eu ce qu'il voulait. Peut-être a-t-il déjà concédé deux jours à une belle, mais cela semble un exploit de sa part.

— Cela ne m'étonne guère, répondit sincèrement Athénaïs.

— Et soyez discrète… tel est le maître mot dans ce genre de situation. En outre, qui sait… l'infidélité pourra peut-être vous permettre d'avoir cet enfant, ajouta-t-elle à l'aide d'un subtil clin d'œil.

— Ne vous inquiétez pas au sujet de ce mousquetaire, il ne m'intéresse aucunement, et je compte ne plus m'afficher avec lui. Prendre un amant, ne m'intéresse point non plus, à vrai dire…

La duchesse la jaugea d'un regard direct qu'Athénaïs avait appris à apprivoiser, même si elle en était toujours quelque peu intimidée.

— Je vous ai fait envoyer la petite lettre chez Maximilien pour un rendez-vous avec cette apothicairesse. Passez-y lorsque vous le pourrez et tenez-moi au courant si vous le voulez bien.

Non, Athénaïs ne le voulait pas.

— Certainement, je passerai, dit-elle simplement.

Après avoir salué Louise et ses connaissances, Athénaïs se remémora sa rencontre fortuite avec Alexandre à la bibliothèque. Il était arrivé au pire moment. Et s'il avait eu le temps de lire par-dessus de son épaule ? Car peut-être, avait-il entendu parler de cet homme volage et de cette tache de naissance en forme de cœur ? Qu'aurait-il pensé alors ? Qu'elle recherchait qui était cet amant talentueux et qu'elle espérait en recevoir du plaisir ?

Puis, une perspective nouvelle vint s'immiscer dans son esprit. Et si, cet amant était Alexandre ? Athénaïs sentit une vague de chaleur lui monter aux joues…

*

Le soir même, le dîner chez Athénaïs eut lieu et elle s'amusa à observer ses invités. Ce qu'elle découvrit la surprit, car elle n'avait jamais prêté attention à la façon dont les couples de son entourage s'entendaient.

Elle avait, bien entendu, remarqué depuis fort longtemps que ses parents n'étaient pas attentionnés l'un envers l'autre et qu'il n'y avait plus de tendresse entre eux, contrairement à ceux d'Alma et de Louise. Mais elle n'avait jamais réfléchi au sujet, et surtout, elle avait toujours pensé que son mariage à elle, même arrangé, saurait la satisfaire. D'autant plus qu'aux premiers temps, Alphrède, déjà bel homme, était également plein d'attentions.

Les couples qu'elle jugeait ce soir et qu'elle pensait tout à fait compatibles, ne l'étaient pas pour tous. Elle s'aperçut que le comte de Bragesse ne perdait pas une occasion de rabaisser sa femme. Elle, lui lançait des œillades méprisantes ou accusatrices, et semblait réprimer des paroles qu'elle ne pouvait décemment prononcer. Avaient-ils pour l'une un amant, pour l'autre une maîtresse ? Que dire du duc et de la duchesse d'Armon ? Alors qu'elle tentait d'exister, il ne la laissait pas s'exprimer plus de quelques secondes et lui coupait systématiquement la parole, pour difficilement la passer à une autre personne, du reste. Sa femme arborait alors un sourire de circonstance. Or, fait étonnant, elle buvait ses paroles et semblait admirative. Elle devait avoir une piètre image d'elle-même. Le comte et la comtesse de la Rochas, eux, s'envoyaient des éclairs chaque fois qu'ils se regardaient.

Lorsque les hommes furent invités par Alphrède au fumoir, ces époux-là le suivirent sans même un regard à leur femme, se frottant déjà les mains de se retrouver entre eux. Tout comme Alphrède.

Seuls le duc et la duchesse d'Artois ainsi que le duc et la duchesse de Varennes avaient l'air de se respecter et d'entretenir des sentiments doux.

L'heure du bal masqué chez la marquise de Rambouillet avait maintenant sonné. Hôtes et invités ajustèrent un masque sur leurs yeux, conformément à la thématique de la soirée, et rejoignirent l'hôtel particulier qui n'était qu'à quelques petites minutes de marche.

Ce fut presque avec l'envie de se trouver un amant lors de ce bal qu'Athénaïs descendait la rue au bras d'Alphrède. Elle était la première étonnée de cette idée qui avait fait son chemin, et aussi de s'apercevoir que la perception qu'elle avait du mariage commençait à évoluer. Même les mots de la duchesse sur l'éventualité de tomber enceinte plus facilement devenaient acceptables à ses yeux. Bien entendu, d'Alexandre, il n'était pas question. Il lui fallait trouver un homme digne d'être son amant…

Chapitre 15

Athénaïs et Alphrède traversèrent le porche, suivis de ceux qui avaient été leurs invités, avant de monter les marches du perron de l'hôtel. Inspirant l'air chaud de cette belle soirée d'été, Athénaïs se sentait pousser des ailes, presque devenir une autre femme. Elle lorgna vers son époux, à travers son masque de dentelle rouge, et s'avoua qu'elle n'avait plus l'élan de le conquérir.

Lorsqu'elle donna son fin mantelet aux domestiques, une fois arrivée dans l'immense vestibule marbré, elle lui raconta quels furent les gigantesques travaux réalisés par la marquise afin d'en moderniser l'intérieur, lorsqu'elle hérita de feu son père. Celle-ci avait dessiné elle-même les plans pour qu'il comporte des pièces plus adaptées aux somptueuses réceptions qu'elle donnait. Elle avait créé une enfilade de salons communicants dans le style italien, et avait aussi placé les escaliers sur les côtés et non au centre de l'hôtel.

Ce soir, l'or et l'argent, qui dominaient l'ensemble des pièces, brillaient de tout leur éclat à travers les flammes des multiples torches et chandeliers, créant une ambiance féérique, comme dans toutes les fêtes de la marquise. D'énormes vases, où des bouquets de fleurs multicolores s'épanouissaient, avaient été savamment dispersés de-ci de-là et réussissaient à embaumer l'espace, ce qui chatouillait délicatement le nez.

Alors qu'Athénaïs discutait avec Alphrède, tout en arpentant les différents salons, un jeune homme attira son regard. Il portait un masque de velours noir qui retombait de chaque côté de ses joues. Elle en fut persuadée, il s'agissait d'Alexandre. Ses cheveux bouclés aux reflets dorés, sa façon tout à lui de se mouvoir, très sensuelle, et ses mains volubiles lorsqu'il s'exprimait, ne pouvaient la tromper. Il semblait fort captivé par une charmante jeune femme. Le sang d'Athénaïs se réchauffa dans ses veines et un sentiment s'éveilla en elle… la jalousie… Que lui prenait-il donc ? Elle devait, au contraire, se réjouir qu'il ait jeté son dévolu sur une autre. Il allait enfin la laisser tranquille !

Elle tenta d'oublier son trouble en se mêlant à une discussion avec Alma, Gabriel, Louise, Aramis, ainsi que la duchesse de Chevreuse, dont le masque orange vif où de larges plumes se haussaient bien au-dessus de son front, créait un effet de surprise. Les rejoignirent rapidement les comtesses de Longeville et de Lérins.

C'est alors qu'elle apprit que cette demoiselle, qu'Alexandre ne quittait plus, était sa sœur cadette, Charlotte, comtesse et veuve depuis quelques mois, qui montait à Paris pour la première fois. Son cœur s'apaisa, quoiqu'elle s'en défendît.

Et alors qu'elle écoutait avec attention Aramis conter son dernier exploit, à savoir un guet-apens auquel sa meilleure recrue, Alexandre de Castillan, avait participé avec un sang-froid remarquable, Athénaïs fut abordée par sa mère qui souhaitait lui parler. Irritée de ne pouvoir entendre le dénouement de l'histoire, elle la foudroya du regard, mais elle ne pouvait refuser de la suivre.

Jacinthe l'entraîna ensuite au plus près des musiciens, afin d'être à l'abri d'oreilles indiscrètes. La musique proposait alors un rythme presque guerrier où les cordes des violons vibraient avec intensité.

— Ma fille, pourquoi avoir si précipitamment quitté le repas de charité ? se plaignit-elle, un regard sévère jaillissant derrière son masque de dentelle bordeaux, comme sa robe volumineuse.

— Mère, j'avais omis un rendez-vous chez Maximilien, le tailleur. Je ne m'en suis souvenu qu'à la dernière minute, car l'heure fixée avait été changée la veille, mentit-elle, rougissant légèrement.

— Tout de même, Athénaïs, cela ne se fait pas !

— Mère, c'est bien la première fois que je m'éclipse durant un repas de charité. Vous ne pouvez m'en vouloir ! Et puis, vous étiez accompagnée de votre sœur et de Louise.

— Certes, admit Jacinthe. Changeons de sujet, voulez-vous. J'aimerais parler de votre relation avec Alphrède qui, je le remarque depuis quelque temps, ne vous adresse pas même un regard lorsqu'il daigne participer aux festivités. J'exagère à peine le propos !

— Vous avez noté cela… contrairement à père !

— Votre père ressemble un peu à votre époux… et pourtant, il ne veut l'avouer.

Jacinthe secoua la tête dans un sourire ironique.

— Le mariage, reprit-elle, n'est pas souvent affaire de cœur, comme vous le savez. Et qu'importe, nous avons tant à faire, nous aussi les femmes, que nous ne trouverions pas de temps à leur consacrer ! N'est-ce pas ?

Athénaïs ne sut que répondre à la franchise de sa mère.

— Parlons de ce qui a le plus d'importance, ma chérie, chuchota-t-elle. Trouvez-vous des moments pour accomplir votre devoir ?

Athénaïs n'aimait pas parler de son intimité avec sa propre mère. Surtout, elle regrettait qu'elle ne se soucie point de son bonheur. S'était-elle jamais préoccupée de savoir comment elle se sentait ? Lui avait-elle jamais demandé si elle était épanouie, heureuse, malheureuse, triste ? Elle se savait aimée par sa mère, certes, mais pour cette dernière, les sentiments n'avaient que peu d'importance, seul le devoir comptait. Elle le regrettait amèrement, et, pour autant, elle n'osait pas en parler. On n'exprimait pas ce que l'on ressentait, c'était ainsi.

Athénaïs prit le parti de répondre sobrement.

— Nous accomplissons notre devoir, oui.

— Cela fait un moment que je n'ose vous demander… Jacinthe s'approcha au plus près de sa fille, Alphrède a-t-il un souci de ce côté-là ?

— Que voulez-vous dire, mère ?

— Un problème avec les femmes ? Ou avec son anatomie sexuelle ?

Athénaïs se sentait très mal à l'aise. Elle lui répondit tout de même.

— Je ne pense pas… Je ne me suis pas aperçue d'un problème en particulier.

— À la bonne heure, souffla Jacinthe. Espérons que ce ne soit qu'une question de temps.

— Oui, mère.

— Allez, ne vous faites pas de mauvais sang, vous allez bientôt l'avoir, cet héritier, sourit-elle, tout en lui enserrant les deux mains tendrement.

Athénaïs savait que sa mère commençait à s'impatienter et à ne plus savoir quoi répondre lorsque les mauvaises langues la plaignaient de n'être point encore grand-mère. Elle, pour qui donner l'image d'une famille parfaite était plus important que tout.

Quoi qu'il en soit, Athénaïs se devait de l'avoir bientôt, cet héritier, car elle voulait que la vie continue à être douce. Si Alphrède demandait le divorce pour faute grave, elle serait la honte de la famille, de la noblesse, et aucun homme ne voudrait d'elle, mis à part quelque vieillard. À la pensée qu'elle aurait alors le choix entre se remarier de force à un homme d'âge trop mûr ou entrer dans un couvent, elle frissonna de terreur.

Donc oui, l'infidélité pourrait être une chance de tomber enceinte plus rapidement. En espérant qu'elle-même soit capable d'enfanter. Elle priait pour cela la Vierge Marie, à l'instar de la reine Anne d'Autriche, qui n'avait toujours pas donné d'héritier au trône de France et qui vivait avec la possibilité d'être répudiée et méprisée de la royauté espagnole et du reste du monde ou pire décapitée. Comparé à la reine, son sort serait enviable, certes !

Plus motivée que jamais, elle eut en tête de faire part à Alma et à Louise de sa décision. Elle ne pouvait garder cela pour elle. Louise serait en joie. Quant à Alma, elle ne savait pas si elle approuverait, mais elle l'espérait.

À travers son masque de dentelle, elle les chercha des yeux. Ne les trouvant pas, elle dut se mêler à la foule et jouer des coudes. Elle évita le centre de la salle que les danseurs avaient investi, et longea les murs. Malgré l'étendue des trois salons, on ne pouvait que difficilement circuler, car les bals chez la riche marquise de Rambouillet étaient bien évidemment très prisés de la haute noblesse parisienne. On ne refusait jamais une invitation, également parce que les règles de l'étiquette, assez strictes à respecter lors des divertissements, étaient ici bien plus légères que ce qu'osaient proposer la plupart des hôtes de bals. Et force était d'avouer que la liberté que l'on trouvait ici plaisait grandement.

Sur le chemin qui la menait vers le deuxième grand salon, Athénaïs passa à côté de l'objet de ses tourments. Il offrait une coupe à une jeune femme qui n'était point sa sœur Charlotte. Athénaïs se retrancha dans un coin, cédant à une curiosité coupable, observant sans en avoir l'air Alexandre courtiser cette demoiselle. Le voir à l'œuvre lui fit penser à la façon dont ils avaient échangé au mariage. Le mousquetaire se comportait de la même manière qu'avec elle. Son cœur était indéniablement fermé à tout attachement amoureux. Il incarnait le chasseur par excellence.

Lorsqu'elle reprit son chemin, elle ralentit le pas en entendant celle qui semblait être la mère de la jeune femme se plaindre à son époux que leur fille ne devait point accepter d'être courtisée par ce jeune homme, qui, d'après une certaine vicomtesse, était mousquetaire. Elle en fut heureuse et satisfaite. Cette demoiselle, sans charme au demeurant, ne l'approcherait plus ! Soudain horrifiée de ses pensées immatures et mauvaises, Athénaïs se flagella elle-même. Cela ne lui ressemblait pas. Elle devait sans attendre se trouver un amant avec qui passer du bon temps si elle ne voulait pas s'aigrir.

— Allez-vous bien ? Vous semblez préoccupée, chère Athénaïs.

Aramis la fit sursauter, tant ses pensées l'accaparaient.

— Je vous prie de m'excuser, je vous ai fait peur ?

— Ce n'est rien, cher Aramis. En effet, je suis soucieuse au sujet d'affaires toutes personnelles. Je vous remercie.

— Alphrède vous épaule, j'espère ?

— Oh, je ne vois pas assez mon époux pour qu'il sache même que je suis soucieuse ! lâcha-t-elle spontanément avant de le regretter aussitôt.

Si elle commençait à s'épancher sur son couple, elle allait en payer le prix.

— Ah… j'en suis navré. Il est vrai que je le vois souvent au club du Petit-Bourbon. Je suis célibataire alors le club me permet de ne pas me sentir trop seul. Mais votre époux… pour tout vous dire, je lui en ai fait la remarque, un soir dernier. Je me suis permis de lui demander comment vous alliez. Il m'a répondu brièvement et est parti dans un tournoi de poker jusqu'au bout de la nuit.

— Ainsi sont les époux… la plupart du moins, affirma Athénaïs.

— Vous n'êtes pas seule dans ce cas, en effet. Beaucoup d'hommes préfèrent la compagnie de leurs amis masculins. J'espère que vous vous sentez libre de faire votre vie à côté ? Pardonnez-moi si je suis trop indiscret, lui dit-il sans malice.

Elle le connaissait depuis quelques années maintenant, puisqu'il était un ami proche du père d'Alma, et elle savait que ses propos étaient bienveillants.

— Peut-être que je devrais… répondit-elle, ayant bien compris ce que sa question sous-entendait.

— C'est souvent le secret d'un mariage heureux !

— Vous avez sans doute raison, dit-elle en jetant involontairement un œil vers Alexandre.

Aramis avait surpris vers qui son regard s'était tourné. Un subtil sourire traversa son visage. Ses joues à elle s'empourprèrent et elle mit poliment fin à la conversation.

Louise arriva alors comme une furie joyeuse. Puis, elle vit Alexandre marcher dans leur direction. Passant devant elles, il les salua, lançant un regard appuyé à Louise. Il ne lui jeta qu'une œillade, comme on jette négligemment une miette de pain à un moineau.

La mine d'Athénaïs s'assombrit tandis qu'elle le suivait des yeux, ce que nota sa cousine.

— Athénaïs !

— Oui… répondit-elle, semblant être ailleurs.

— Apaise-toi ma chérie, et dis-moi tout. Qu'y a-t-il entre vous ? chuchota Louise d'un air entendu.

— Comment cela ?

— Il t'ignore volontairement, donc c'est que tu lui plais, et toi, tu le fusilles du regard ! Assurément, tu ne veux pas me mettre dans la confidence.

— Comment ? répondit Athénaïs, prise au dépourvu. Et crois-tu vraiment qu'ils nous aient reconnues ? Je ne pense pas.

— J'exige les détails de ce qu'il y a entre vous !

— De quoi parles-tu ? s'agaça Athénaïs. Il n'y a rien entre nous. Et il n'y aura jamais rien. En revanche, je suis bien décidée à prendre un amant digne de ce nom.

— Ne t'emporte pas pour si peu ! Et c'est une excellente nouvelle que tu m'annonces. Mettons-nous en quête de ton amant dès ce soir ! Je connais plein d'hommes ici, célibataires ou malheureux en ménage, qui succomberont à ton charme !

— Je te suis… répondit avec empressement, Athénaïs.

Chapitre 16

Les deux cousines arpentèrent les salles à la recherche d'une perle rare.

— Là-bas, au buffet, Athi, je vois un homme que je sais misérable dans son mariage. De plus, il y a beaucoup de monde, on ne se fera pas remarquer à lui parler.

— Il est en pleine conversation avec une femme. Nous ne pouvons pas le déranger…

— Allons grignoter quelques quartiers de fruits, nous aviserons à ce moment-là.

Alors qu'elles picoraient juste à côté de leur proie, elles comprirent qu'il tentait de se débarrasser de sa partenaire qui n'avait pas l'air très maligne.

Après quelques mots de courtoisie, il y parvint et se tourna vers elles, dans un sourire qui s'élargit lorsqu'il aperçut Athénaïs.

— Mesdemoiselles, puis-je vous offrir une coupe ? Vous devez avoir soif après avoir savouré ces victuailles ?

— Comtesse de Laroche de Briand, se présenta-t-elle.

— Mademoiselle de la Verrière, fit Louise.

— Baron Ernest du Pont. Pour vous servir.

— Nous accepterions volontiers un petit rafraîchissement, en effet, fit Louise.

Lorsque le baron partit s'acquitter de sa tâche, Louise questionna des yeux sa cousine, l'air de lui demander ce qu'elle en pensait.

Athénaïs avait la tête pleine de questionnements. Il était certes séduisant, mais elle n'avait jamais convoité un amant auparavant. Serait-ce lui qui l'amènerait à ce qu'elle souhaitait, s'il était intéressé ? Comment ne pas être trop directe ou au contraire trop farouche ? Finalement, pour une fois, elle arriva à stopper ses pensées et à se laisser porter par le courant.

L'homme, sûr de lui, devait avoir la trentaine. Ses fins yeux bleus et rieurs perçaient sous son masque de céramique argenté qui avait l'originalité de se finir en étoile au-dessus de sa tête. Il était grand, élégant, et ses cheveux longs et noirs ondulaient jusqu'à la naissance de ses épaules. Une petite barbiche ainsi qu'une fine moustache à la Louis XIII mettaient en valeur les contours de son visage. Du moins, c'est ce que pensait Athénaïs.

— C'est un bel homme qui m'a l'air charmant.

— À la bonne heure ! Et tu as vu comme il t'a regardée ? s'exclama Louise.

Athénaïs oscillait entre l'excitation et la réserve.

Lorsque le jeune homme leur tendit leurs coupes de vin de champagne, Louise s'empara de l'une d'elles et trouva une excuse pour s'éclipser.

— Madame, êtes-vous seule ce soir ? demanda-t-il d'une voix suave.

— Oui et non, répondit-elle. Mon époux est présent, mais comme à son habitude, il préfère la compagnie de ses pairs.

— Je vois… Je ne comprends pas comment cela est possible ? Si j'avais une femme telle que vous, je ne la lâcherais pas une seule seconde.

Athénaïs lui offrit un sourire sincère.

— C'est aimable de votre part. Mais il en va ainsi, alors j'essaie de profiter de la vie, de mon côté…

Elle lui lança une œillade insistante, avant d'être bousculée par deux hommes en proie à une légère ivresse. Elle se retrouva alors malencontreusement dans les bras du baron qui s'inquiéta de savoir si elle ne s'était pas fait mal. Ils se jaugèrent un instant avant de reprendre leur distance.

— Je vais leur dire le fond de ma pensée, dit-il s'avançant vers les malotrus.

— Ne perdez pas votre temps avec ces personnes, ce n'est rien, lui répondit-elle.

Athénaïs était déçue : dans ses bras, elle n'avait ressenti aucun frémissement. Dans leur échange de regard non plus : aucun frisson. Il n'y avait pas d'attirance. Elle voulut tout de même lui laisser une chance. Peut-être que quelque chose viendrait plus tard.

— Et votre femme, la délaissez-vous aussi ? questionna-t-elle timidement.

— Ma femme, elle, est très malade… et…

— Oh, je suis désolée, veuillez m'excuser, je…

— N'en faites rien, c'était un badinage, dit-il tentant d'étouffer un fou rire.

Athénaïs ne trouvait pas cela drôle, mais elle se força à sourire.

— Je suis désolé, je ne peux m'empêcher de rire à tout va. Avec moi, on ne s'ennuie jamais, ajouta-t-il, visiblement content de lui.

Cette attitude avait quelque peu refroidi l'élan d'Athénaïs, jusqu'à ce qu'elle ne supporte plus les plaisanteries incessantes de cet homme, et se décide à le saluer, prétextant devoir parler à sa cousine qu'elle venait d'apercevoir à travers les fenêtres. Elle songea avec amertume qu'il ne serait pas si aisé de trouver amant.

Dans les jardins de l'hôtel particulier, d'immenses torches plantées au sol éclairaient merveilleusement bien les alentours. Ainsi, les invités étaient nombreux à s'y promener, se délectant de la tiédeur de ce début d'été.

— Alors ? lui demanda Louise, tout émoustillée.

Athénaïs la prit par le bras pour l'entraîner dans un coin désert.

— Il est insupportable ! Il se croit drôle alors qu'il ne l'est en aucune façon.

— Mince… répondit Louise, d'un air désolé.

Alma, qui venait de quitter ses parents, passant devant elles, les rejoignit.

— Vous m'avez l'air bien mystérieuses toutes les deux. Que manigancez-vous ? plaisanta-t-elle, le regard amusé sous son masque en dentelle dorée qui ornait son joli minois du front jusqu'au bas des pommettes.

Athénaïs prit sur elle pour lui avouer la vérité.

— Je vais franchir le pas de l'infidélité, Alma. Ne me juge pas…

Cette dernière écarquilla les yeux de stupeur.

— Je vais être franche. Mon mariage avec Alphrède est dénué d'amour et de complicité. Je t'en ai déjà parlé. Je dois maintenant arrêter de me mentir. Alphrède ne changera pas et notre relation non plus. C'est un mariage arrangé, voilà tout ce qu'on peut en dire. Alors, bien sûr, je suis heureuse de ma position sociale, mais…

Elle baissa les yeux dans une moue triste.

— Elle a donc enfin décidé de s'amuser, enchaîna Louise.

C'est avec une certaine nervosité qu'Athénaïs attendit la réaction de sa cousine.

— Je te soutiens complètement, lui dit Alma. Dans ta situation, je ferais de même.

Athénaïs fut soulagée.

— Merci Alma, c'est important pour moi que tu comprennes.

— Comment as-tu appris qu'Alphrède abusait de ta confiance ? fit Alma, mal à l'aise.

— Oh non, il ne voit pas d'autres femmes, si c'est ce que tu…

Devant le regard embarrassé d'Alma, Athénaïs ne termina pas sa phrase.

— Je suis désolée, j'ai cru que…

Athénaïs enserra les mains d'Alma.

— Tu as cru quoi… Alma ?

— J'ai cru que tu étais au courant pour Alphrède… or tu ne l'es pas, c'est cela ?

— Comment… ? cria-t-elle presque, avant de plaquer sa main devant sa bouche.

— Eh bien, j'ai entendu Aramis en parler à père. Ils étaient ensemble à prendre le café, ce matin, dans la bibliothèque, la porte ouverte. Je voulais récupérer un livre que j'y avais laissé la veille au soir. Oui, je dors chez mes parents quelques jours pour y faire le tri dans les dernières affaires laissées dans mes appartements. Lorsque j'ai surpris leur conversation, je me suis cachée pour écouter.

Louise avait aussi porté la main à la bouche, tandis qu'Athénaïs sentit maintenant sa poitrine se nouer.

— Que disait… ?

— Aramis disait qu'il savait qu'Alphrède te trompait avec des femmes de petites vertus, comme on dit. Il y en a d'ailleurs une qu'il fréquente en particulier. Et il trouvait cela triste pour toi.

Athénaïs fut plus perturbée qu'elle ne l'aurait pensé, même si dans le fond, elle n'était pas jalouse, plutôt blessée, vexée, humiliée…

Elle crut un instant qu'elle allait éclater en sanglots, mais elle réussit à ravaler ses larmes au prix d'une gorge douloureuse.

— Je suis désolée, ma cousine chérie. Je m'en veux d'être celle qui t'apprend cela…

— Je ne t'en veux pas. J'en veux à Alphrède… ou peut-être à moi-même, de ne pas être à la hauteur de ce qu'attend un époux… Je ne sais sûrement pas m'y prendre, je suis une calamité…

— Je t'interdis de dire des choses pareilles, Athénaïs, fulmina Louise.

— Ce n'est en aucun cas ta faute, ajouta fermement Alma. Tu as tant de qualités, Athénaïs. Et ne laisse personne te dire le contraire, pas même toi ! C'est juste que vous n'êtes pas faits l'un pour l'autre. Crois-en mon expérience avec mon ex-fiancé, Jean…

— Alma a raison, affirma Louise. Tu es une femme magnifique dans tous les sens du terme. Alphrède ne se rend pas compte de la chance qu'il a… pfff… Mais profite de cette fâcheuse annonce, parce que connaître la vérité va te permettre de choisir une vie plus heureuse, sans culpabilité.

Athénaïs essayait de sourire, mais ses lèvres tremblantes n'y parvenaient pas.

— Écoute, hésita Alma, je me demandais… Penses-tu qu'Alphrède accepterait de divorcer ?

— Inenvisageable. Sauf s'il me congédie pour manquement à mon devoir, celui de lui donner un héritier, déplora Athénaïs. Ce serait terrible. Et pour mes parents, ce serait une telle honte !

— Oui, bien sûr... concéda Alma. Mais tu peux, peut-être, tenter quelque chose. Proposer à Alphrède une séparation de corps et de biens, sans parler de divorce. Il prendra conscience qu'il peut te perdre ! Alors, il te chérira enfin.

— Je n'y crois pas une seule seconde... malheureusement.

Alma fixa sa cousine d'un doux regard.

— Dans ce cas, prendre un amant est une véritable bonne idée ! Tu peux avoir n'importe quel homme qui te plaît. Je suis sûre qu'un charmant jeune noble mal marié tout comme toi, te rendra la vie... joyeuse ! Je te soutiens totalement. Et, tu le sais, je ne peux te juger !

— C'est aussi mon avis ! ajouta Louise.

Athénaïs tentait de se détacher de ce sentiment d'humiliation qui avait envahi son corps, son cœur, son esprit. Elle luttait.

— Mon cousin, Alexandre, pourrait-il être celui-ci ? D'après *La Gazette*, vous vous êtes particulièrement bien entendus, dit Alma, un sourire malicieux accroché aux lèvres.

— Tu vois, ma chère cousine, même Alma pense à lui, exulta Louise.

— Par pitié ! Ne m'en parlez plus. Père m'a fait la remarque et m'a mené un odieux interrogatoire. Cela a bien failli finir en bataille si mère n'était pas intervenue avec diplomatie. La duchesse de Chevreuse m'a également tenu un discours à ce propos ! Comme vous le savez, le fait de ne pas avoir encore d'enfants, rend mon mariage fragile... et il ne faudrait pas que la rumeur parle d'amant à mon sujet, car si je tombe enceinte, la filiation en sera toujours suspecte. Je ne veux endurer cela. Et cet Alexandre manque en tout point de discrétion.

Ses cousines acquiescèrent vivement.

Athénaïs ne cessait de repenser à Alphrède. Qu'il lui soit infidèle ou non ne changeait rien à leur relation, en fin de compte. Ils n'avaient pas la même façon d'envisager la vie de couple ni de s'aimer. Et elle savait bien que prendre maîtresse ou amant était chose courante.

La voix d'Alma la fit tressaillir.

— Tu as raison… pardonne-moi. Il te faut, en effet, rester discrète sur le sujet, admit Alma. Et avec la duchesse qui surveille ses *œuvres* comme une louve… Elle te rendrait vite la vie infernale si ton infidélité ne restait pas un secret bien gardé !

— D'ailleurs, celle-ci m'a précisé qu'il ne s'offre pas plus de deux jours à la même femme. Ce n'est pas un amant, c'est un amusement de quelques heures. Non merci, renchérit Athénaïs. Et puis, il est très irritant, en réalité.

— Il est vrai qu'il a cette réputation d'être des plus volages… mais avec toi, je suis certaine qu'il resterait bien plus que deux jours, ajouta Alma. Cela me fait sourire, lorsque tu dis *irritant*. C'est exactement ce que je pensais de Gabriel au premier abord !

Athénaïs regarda sa cousine par en dessous.

— Compris… la rassura Alma. Oh, j'y pense, il y a peut-être un jeune homme bien sous tout rapport et assez beau garçon qui ne souhaite pas se marier, mais cherche en ce moment une compagnie, disons-le franchement. C'est un ami de Gabriel. Le comte Léon de Soulac. Il est ici ce soir. Je vais demander à nous le présenter. Athénaïs, je suis sûre que vous vous plairez mutuellement…

Chapitre 17

Installés autour d'un buffet, une discussion légère débuta entre Athénaïs, le comte de Soulac qui y avait été convié, Alma, Louise, Gabriel et son ami Jules. Il fut question d'un pari que ces deux derniers avaient fait en rapport avec le mythe d'Éros et de Psyché, et que Gabriel avait perdu, car il était tombé amoureux d'Alma.

Le sujet clos, Athénaïs et Léon se retrouvèrent seuls. Bien qu'il fût charmant et intéressant, elle ne ressentait aucune attirance. Pire, lorsqu'elle perçut, par le plus grand des hasards, Alexandre qui conversait avec trois messieurs, elle ressentit une envie tout à fait absurde de le rejoindre.

Après quelques longues minutes, lorsque le jeune comte lui fit part de son intention de la revoir de façon plus intime, elle ne sut que répondre. Devait-elle lui laisser une chance ? À ce moment précis, Alexandre la bouscula légèrement en reculant. Il ne l'avait sans doute pas vue.

— Veuillez me pardonner madame de Laroche de Briand, lui dit-il, d'un ton où pointait l'indifférence.

— Ce n'est rien, répondit-elle, secrètement flattée qu'il l'ait reconnue malgré son large masque de dentelle rouge.

Apparemment, il avait très mal pris l'attitude ferme qu'elle avait eue à la bibliothèque. Sa froideur avait été excessive, elle en convenait, car il l'avait en quelque sorte prise en flagrant délit d'un acte subversif.

Finalement, elle refusa la proposition du comte après s'être excusée de ne pas se sentir prête pour un rendez-vous secret. À peine l'eut-elle quitté, qu'elle passa devant Alexandre, qui, seul, savourait quelques macarons.

— Monsieur… Alexandre, dites-moi, je profite de vous croiser ce soir, pour savoir comment va votre amie Germaine ? Vous la remercierez encore pour son accueil chaleureux, s'il vous plaît.

— Je le ferai. Elle va fort bien dit-il sur un ton si neutre, qu'il réussit à agacer le cœur d'Athénaïs.

En même temps qu'il mettait un point final à la conversation, elle le regarda partir. Il avait été aussi glacial qu'elle. D'après Louise, personne n'arrivait à l'égaler dans ce domaine. Mais Alexandre rivalisait ô combien.

Elle resta quelques minutes, songeuse, dégustant une citronnade qu'elle avait prise au buffet, ainsi qu'un petit macaron pastel, avant que ses cousines n'arrivent au pas de course pour en savoir plus sur ce Léon.

— Je lui plais, certes. Me plaît-il assez pour lui offrir mon intimité ? Je ne crois pas…

— Oh… sais-tu combien de femmes aimeraient être à ta place ? Il est très difficile de lui plaire ! s'étonna Alma.

— Ce n'est pas chose aisée que de dénicher un amant… conclut simplement Athénaïs.

— Tu es difficile… mais tu as raison ! reconnut Louise.

— Si je ne trouve aucun homme à mon goût, Alma, fais-m'en parvenir un d'Italie ! plaisanta Athénaïs. Les Italiens sont doués pour les choses de l'amour, fit-elle, l'œil malicieux.

Les cousines partirent dans un fou rire.

— Tu vas tellement nous manquer Alma… finit par dire Athénaïs.

Louise acquiesça, prenant ses cousines dans ses bras.

— Je sais… à moi aussi. Mais je vous écrirai souvent. Au fait, vous venez au goûter d'au revoir organisé par mes parents, n'est-ce pas ?

— Bien sûr, répondirent-elles en chœur.

Les jeunes femmes se regardèrent un instant, avec une intensité qui confirmait l'amitié forte qui les liait.

— Je suis vraiment heureuse pour toi, Alma.

— Je le sais, Athénaïs.

*

Le bal touchait à sa fin, Alma était déjà rentrée, mais Louise tenait compagnie à Athénaïs. Alphrède, qui avait salué ses amis, vint à leur rencontre et lui proposa de rejoindre leur demeure. Elle ne l'avait pas vu de toute la soirée, car il lui avait préféré la compagnie des autres membres du club qu'il voyait tous les soirs. Ou peut-être pas, finalement… Les révélations d'Alma lui revenaient en mémoire. Son estomac se contracta alors et elle lui demanda de lui faire envoyer un carrosse pour minuit, arguant qu'elle souhaitait profiter jusqu'au bout de ce bal masqué.

— Parfait. Belle fin de soirée, les salua-t-il, l'œil interrogateur à destination de son épouse, qui d'habitude aimait à rentrer plus tôt.

Athénaïs se fit la réflexion que son regard sur lui avait déjà changé.

Louise interpella, dans la foulée, une jeune femme qui n'était autre que Marguerite, son amante cachée. La grande cousine de celle-ci, la duchesse de Chevreuse, avait voulu la marier à Gabriel et elle avait refusé de le séduire. Elle était alors retournée vivre en province pour quelque temps, afin d'éviter de subir les foudres de celle-ci, car c'était elle qui l'hébergeait, et elle était fort en colère. Marguerite assistait néanmoins aux bals de la marquise qui l'appréciait et la logeait pour la nuit.

Avait-elle finalement avoué à sa grande cousine qu'elle aimait les femmes ? Athénaïs questionnerait Louise plus tard.

— Chère Marguerite, comment allez-vous ?

Elle connaissait bien la jeune femme. Louise les avait présentées après lui avoir confessé leur relation non conventionnelle. Marguerite savait donc qu'Athénaïs était au courant de leur secret.

— Je vais bien, si l'on ignore les petites piques de ma chère cousine.

Puis, elle se tourna vers Louise.

— La bonne nouvelle est qu'elle va me laisser en paix jusqu'en septembre !

— Comment ça ? demanda Louise, interloquée.

— Arrive à Paris, fin septembre, un prince polonais auquel elle pourrait vouloir me marier.

Louise perdit son sourire.

— Mais… qu'adviendra-t-il de nous ? fit-elle, la voix chevrotante.

— Ne t'inquiète pas. J'ai décidé de me trouver un futur mari qui aime les hommes et qui habite en France. J'ai trois mois pour le trouver ! Je suis sûre qu'il y a plus d'hommes qui ont ce penchant qu'on ne le croit. Nous serons tous deux gagnants. C'est la meilleure solution. Marie Aimée ne me laissera jamais tranquille autrement, je l'ai bien compris.

— Ah, voilà une belle résolution ! félicita Louise, avant de se jeter sur elle pour lui donner un baiser sur la joue. Et je vais t'y aider !

Athénaïs pensa à Joseph. Comment Louise pouvait-elle s'amouracher aussi facilement ? Et de plusieurs personnes dans le même temps, de surcroît ? Puis, elle réfléchit à sa propre situation. Trouverait-elle un homme qui la séduise assez pour en faire son amant ?…

Chapitre 18

Athénaïs avait laissé Marguerite et Louise profiter l'une de l'autre. Assise sur une chaise confortable, dans un coin du premier vaste salon, elle observait la foule et se laissait bercer par l'ambiance encore festive du bal masqué. Les rires, les éclats des conversations, la musique, les danses, les disputes, les baisers volés étaient un véritable spectacle. Puis, elle détailla la panoplie des différents masques que portaient les invités, du plus discret au plus excentrique. Être seule lui allégeait l'esprit.

Elle redoutait de se retrouver en face à face avec Alphrède. Allait-elle pouvoir faire comme si de rien n'était ? Fallait-il lui dire qu'elle savait ? Elle ne pourrait jamais plus le regarder ni lui parler comme auparavant. Et elle n'avait en aucun cas envie d'engager un conflit. Dans ces moments-là, il lui faisait peur.

La situation était fort désagréable, même si elle-même était sur le point de lui être infidèle… il fallait l'admettre. Oui, tel était le destin de la majorité des mariages arrangés, pensa-t-elle tristement. Elle avait cru que cela ne lui arriverait pas avec son époux, mais il fallait maintenant qu'elle s'habitue à sa nouvelle vision du mariage, à sa nouvelle réalité… Alors, c'était décidé, elle ferait comme si de rien n'était.

Athénaïs déclina plusieurs tentatives de discussion avec des amies. Elle ne se sentait plus d'humeur sociable. La voiture n'arriverait qu'à minuit et il n'était pas encore vingt-trois heures, alors afin de se dégourdir les jambes, elle se leva et entreprit une marche à travers les trois salons de réception.

Elle se retrouva devant l'une des doubles portes de bois sculpté, grande ouverte sur un large couloir menant au vestibule. Elle s'y engouffra et s'engagea dans un corridor plus étroit, qui elle le savait, menait aux chambres des invités. Elle s'adossa contre le mur et ferma les yeux. Le calme lui fit du bien.

Elle était déconcertée, comme si sa vie était lourde à porter, comme si tout cela n'avait plus de sens. Ce sentiment était très fort. Elle eut même l'envie de pleurer. Elle savait ce qu'elle ne voulait plus, mais que voulait-elle ? Voilà la question la plus importante à laquelle il lui fallait répondre. Perdue dans un tourbillon de questionnements, elle sentit une présence, suivie d'un léger craquement du parquet, qui la fit sursauter.

Elle tourna la tête et le vit…

Alexandre était là, à quelques pas, la jaugeant d'un air perplexe, lui sembla-t-il, avec un soupçon d'admiration. Elle jugea alors qu'il était préférable de revenir se mêler à la foule pour attendre les douze coups de minuit et l'arrivée de son carrosse. Or elle ne bougea pas.

Sa raison lui criait ardemment de s'en aller, et pourtant, impossible de faire un pas. Son corps ne lui répondait plus. Elle ne pouvait que le regarder. Même ses pensées disparurent lorsqu'il se mit à marcher lentement dans sa direction…

*

La jeune femme mariée qu'Alexandre avait aguichée, s'était, comme toutes les autres, laissé séduire très facilement. Il la reverrait de façon plus intime, le lendemain matin, dans la garçonnière parisienne de son ami Léon de Soulac.

Alors qu'il pensait avec gourmandise à la matinée qu'il allait passer, il voulut prendre un peu l'air et rejoindre le vestibule pour sortir dans les jardins. Il s'engagea dans le couloir principal désert et remarqua une silhouette féminine adossée contre le mur d'un des étroits couloirs perpendiculaires.

Par curiosité, il s'approcha. Et il la reconnut… dans son éclatante robe de soie coquelicot, telle une apparition irréelle. Si belle, si farouche, comme toujours. Sa longue chevelure brune et savamment ondulée bougea avec élégance. Elle venait de tourner la tête et le fixait de son regard perçant. Avec l'envie de tourner les talons, il s'avança vers elle. Quelque chose dans ses yeux l'y encourageait.

Il n'osait, néanmoins, marcher trop vite de peur de la voir fuir. Il se dit que s'il y allait à pas de velours, elle ne bougerait pas. Bien sûr, il avait conscience que cela était complètement idiot.

D'ailleurs, voulait-il lui parler à nouveau et s'humilier une fois encore ? Car s'il était audacieux, voire tête brûlée, et qu'il aimait jouer, il n'était pas fou. Et s'acharner à séduire une femme qui restait si froide, si hautaine même, ce n'était pas ce qu'il recherchait. Alors pourquoi continuer son chemin ainsi ?

Face à elle, l'air devint lourd et une coulée chaude afflua comme un torrent dans ses veines. Il remarqua que la poitrine d'Athénaïs, mise en valeur par un décolleté qui laissait entrevoir le rebondi de ses seins, se soulevait à un rythme qui s'accélérait et que ses yeux, à travers le masque de dentelle rouge, avaient une intensité et une profondeur presque douloureuse. Ses lèvres entrouvertes étaient figées.

Toute pensée le quitta. Il était hypnotisé, attendant… n'attendant rien… Il était juste prisonnier de ses yeux. Comme si un autre langage, au-delà de cette réalité, s'était engagé et qu'il n'y avait rien de plus important au monde…

Athénaïs avait posé sa main sur sa joue et l'avait ainsi rapproché d'elle, avant de coller ses lèvres sur les siennes. Il avait tant rêvé de ce moment que ses lèvres gonflées par le désir lui firent mal lorsqu'elles s'unirent à celles, bien pleines, de l'objet de son désir. Depuis qu'il avait croisé son regard au mariage d'Alma, il avait imaginé ce baiser, cependant celui-ci était bien plus intense que dans ses fantasmes. Il n'était plus un corps, mais le baiser lui-même. Leurs langues se mêlaient avec volupté et fougue. Ils s'étaient enlacés avec ferveur. Cette étreinte ne faisait d'eux qu'une seule personne.

Dans un élan vif, elle rompit leur folie pour l'emmener vers une porte du couloir qu'elle referma à clé derrière eux. Là, dans cette chambre, elle alluma l'une des deux grandes torches accrochées au mur de chaque côté de l'huis.

Il la regarda faire. Il n'avait pas envie d'être ailleurs, ni avec une autre, il ne voulait vivre que ce moment précis. Avait-il déjà ressenti cela avant ?

— Alexandre… chuchota-t-elle.

— Athénaïs… souffla-t-il.

Elle le jaugea à travers son masque de dentelle rouge, de ses yeux qui vous font vous sentir exister.

— Je vous prie de m'excuser, dit-elle doucement. Je ne sais pas ce qui m'a pris…

— Ne vous excusez surtout pas. Je sais ce qui vous a pris… Le désir… murmura-t-il.

Elle secoua la tête.

— C'est une folie pure. Et avec tout ce monde ! Nous ne savons même pas si quelqu'un nous a vus !

— Il y a peu de chance, rassurez-vous. Le couloir était désert.

— Vous avez sans doute raison. Espérons-le fortement. Je n'ose pas même penser que le discret journaliste des potins de *La Gazette* puisse être passé par là… Si tel est le cas, c'en est fini de moi.

— Athénaïs, ne vous inquiétez pas. La probabilité est infime.

— Mais elle existe…

Il lui releva le menton. Leurs yeux s'accrochèrent encore.

— Je suis à votre service. Si vous souhaitez sortir de cette chambre discrètement, nous le ferons. Si vous souhaitez être aimée et laisser libre cours à votre envie, je suis tout à vous. Personne ne rentrera ici.

Elle savait qu'à chaque bal de la marquise de Rambouillet, une ou deux chambres étaient ainsi empruntées. Ce qui faisait la joie de celle-ci. La légèreté, l'amusement et la griserie étaient de mise lors de ses festivités. Il n'y avait point de code de conduite strict et une certaine liberté d'être était même tout à fait encouragée.

Alexandre lui offrit un sourire qu'il voulut doux malgré la flamme qui le consumait. Si elle acceptait cette offre indécente, il l'aimerait avec passion.

Les secondes d'attente s'égrenaient comme des heures de supplice.

— Nous allons, bien sûr, sortir de cette pièce...

— Êtes-vous certaine de le vouloir ? insista-t-il, car l'idée de la laisser partir lui paraissait impossible.

Elle se mordait les lèvres, son regard bleu perdu dans ses pensées, ce qui était bon signe.

— Sachez qu'une telle situation ne m'est encore jamais arrivée. Et je suis heureux qu'elle se passe en votre compagnie. Nous sommes visiblement attirés l'un vers l'autre... Profitons de ce moment. Qu'en pensez-vous ?

— Que ce serait immature de se laisser aller.

— Immature, non. Exaltant !

— Avez-vous fait exprès de m'ignorer tout à l'heure, lorsque vous nous avez saluées, Louise et moi ? demanda-t-elle d'un air suspicieux.

— Exact !

— Avez-vous fait exprès de me bousculer ? Pour ensuite me négliger ?

— Exact !

— J'en conclus que vous êtes...

— Que je suis...

Sa bouche trop proche de celle d'Alexandre enflammait chacune des cellules de son corps, une par une, jusqu'à l'envahir lorsqu'elle effleura sa chair.

— Un coquin qu'il ne me plairait pas de fréquenter... réussit-elle à articuler dans un murmure, ses lèvres contre les siennes, envoûtée par sa sensualité rendue plus débridée encore par ce masque de velours noir.

— J'aime la façon dont vous me mentez, répondit-il, avant d'écraser ses lèvres sur les siennes.

Après un baiser ivre, Athénaïs lui arracha presque sa veste de velours noir et délia promptement les fins lacets de sa chemise blanche. Cette avidité excita Alexandre au plus haut point. Il ne se souvenait pas d'un tel vertige. Il ôta le reste de ses vêtements et voulut en faire de même avec la robe d'Athénaïs. Elle l'arrêta dans son élan et s'échappa de ses bras.

— Je… Mon époux est le seul homme que j'ai connu, dit-elle après avoir reculé d'un pas, faisant un réel effort pour ne pas regarder le corps nu d'Alexandre.

C'était vrai, mais ce qui l'avait également stoppée était qu'elle ne voulait pas s'offrir à lui si vite. Elle ne souhaitait pas qu'il prenne juste son plaisir.

— Je me doute bien… lui dit-il, respectant la distance qu'elle avait installée entre eux. Et je ne compte pas vous faire l'amour pour mon seul appétit. Si je veux vous dénuder si vite, c'est pour honorer votre corps. Je sais que vous en avez envie autant que moi. Néanmoins si vous préférez que nous en restions à quelques baisers, je me soumets à votre volonté.

La sincérité qui se dégageait de lui rassura Athénaïs qui avait bien sûr très envie de goûter à lui… tout entier.

Elle s'approcha à nouveau, jetant un coup d'œil rapide à sa nudité. Ce qui lui mit le feu aux joues. Dieu, qu'il était beau ! Elle se laissa déshabiller. Alexandre tantôt arrachait ses vêtements, tantôt les lui enlevait avec lenteur, tout en admirant d'un regard gourmand chaque partie de son corps. Lorsqu'elle fut nue, elle cacha pudiquement ses seins et son sexe de ses mains.

Au-delà d'être embarrassée de se montrer en tenue d'Ève, Athénaïs se demandait si elle était au goût d'Alexandre. Elle ne semblait pas l'être à celui de son époux, alors pourquoi la trouverait-elle désirable, lui qui avait possédé tant de femmes ?

— Vous êtes d'une beauté rare, Athénaïs, dit-il comme s'il avait lu dans ses pensées.

Il s'approcha et, dans un geste lent, du dos de la main, il lui caressa la joue, comme il l'avait fait dans le carrosse. Mais cette fois-ci, sa main tremblait. Athénaïs en eut des frissons. Elle ressentait si fort son désir d'elle, qu'elle s'abandonna.

Il lui donna des baisers chauds et tendres, et d'autres plus mordants, sur chaque parcelle de sa peau. Sa nuque, son cou, ses épaules, sa gorge, sa poitrine dévoilée. Puis il se mit à genoux et huma, embrassa, lécha, toutes les parties de son ventre avant de descendre jusqu'à l'orée de son intimité.

Elle pensa alors à Alphrède qui n'avait jamais vraiment exploré son corps. Puis, Alexandre lui prit la main et l'entraîna vers le lit à baldaquin. Là, il la fit asseoir au bord et la repoussa avec douceur pour qu'elle s'allonge. Il s'engouffra entre ses cuisses, usant de sa langue et de ses doigts avec une habileté divine. Athénaïs ne fut alors plus que ravissement. C'était à la fois doux et puissant. Tout son corps palpitait intensément. Il l'emmenait si loin qu'elle ne pouvait maîtriser ses gémissements. Et enfin, elle connut une jouissance bien différente de ce qu'elle avait ressenti jusqu'à présent. Plus profonde… plus animale.

Lorsqu'elle reprit ses esprits, Alexandre était allongé près d'elle, sur le côté, la tête appuyée sur son bras et ils se regardèrent un instant. Puis, elle lui replaça derrière l'oreille une mèche de ses cheveux rebelles et bouclés. C'était le même geste qu'elle avait fait dans son rêve éveillé, lorsque Aplhrède l'avait mollement honorée, le soir du mariage d'Alma.

Elle pensa à son époux qui la possédait sans vraiment la regarder. Son fantasme que chacune des parcelles de son corps, que chacun des grains de sa peau soit célébrés, venait de se réaliser pour la première fois de son existence.

— Alexandre, murmura-t-elle, c'était merveilleux…

— J'ai encore tant de plaisirs à vous offrir, Athénaïs, dit-il à travers son masque de velours noir… mais c'est à votre seul jugement. Je ne veux en aucun cas vous brusquer.

Leurs bouches se cherchèrent et, après un baiser d'une tendresse infinie, Athénaïs lui ôta son masque ainsi que le sien, et le plaqua contre elle, étreignant avec vigueur son dos, enfonçant même ses ongles dans sa chair.

Alexandre lui plaisait au-delà de toute raison et elle le voulait en elle de façon urgente. Il était à l'orée de son sexe et attendait. Elle plongea au plus profond de ses yeux brun doré et le supplia du regard d'entrer en elle.

Elle se noya alors dans l'âme du mousquetaire qui pénétrait lentement dans son intimité la fixant d'un air grave. Ce fut une sensation extraordinaire qu'elle n'avait jamais connue. Aussi incroyable, mais différente de ce qu'elle venait de vivre. Leurs ébats furent à la fois torrides, sensuels et tendres.

Athénaïs eut pour la première fois de sa vie cet orgasme, tel qu'avait tenté de le lui décrire l'une de ses amies, un soir qu'elles étaient un peu ivres. Elle comprenait, maintenant, tout cela dans sa chair. C'était au-delà de ce qu'elle avait imaginé. Jamais elle n'avait goûté à ce déferlement de sensations avec Alphrède.

Allongée sur le dos, Alexandre à ses côtés, elle savourait cette folie. Elle se retourna en même temps que lui. Ils se sourirent, apaisés tous deux.

Après ces quelques minutes d'extase, une angoisse s'immisça vicieusement dans les veines d'Athénaïs jusqu'à former une boule dans sa poitrine. Elle commença à avoir du mal à respirer quand la froide réalité de la situation se rappela à elle. Quelle heure était-il ? Le carrosse était-il déjà arrivé ? Et comment assumerait-elle ce qui venait de se passer ? Elle souhaitait un amant, certes, mais pas de cette manière… et surtout pas Alexandre.

Elle se releva d'un bond sous le regard interrogateur de ce dernier. Il lui fallait sortir de la chambre le plus vite possible. Elle cacha pudiquement son corps en s'enroulant dans les draps qu'elle retira du lit, laissant la nudité d'Alexandre se dévoiler dans son entièreté. Elle ne put s'empêcher de se mordre les lèvres. Quelle exquise vision… le galbe de ses muscles qui sculptaient son corps d'Apollon. Et lorsque son regard tomba sur une tache rosé en forme de cœur, au niveau de son flanc gauche, qu'elle n'avait pas remarqué auparavant, elle étouffa un cri de sa main. C'était donc Alexandre qui était considéré comme le meilleur amant du tout-Paris ! Il fallait bien admettre qu'elle ne pouvait en douter. Et cette façon qu'il avait de vous faire vous sentir unique, ainsi que la plus belle des femmes, ajoutait à ses autres talents. Il n'était pas monsieur Tout-le-monde.

Alexandre s'était levé et il vint jusqu'à elle.

— Athénaïs, que vous arrive-t-il ? Que se passe-t-il ? questionna-t-il.

— Je me rappelle que mon carrosse vient me chercher à minuit et je ne sais quelle l'heure il est, inventa-t-elle en catastrophe.

Alexandre fit une moue dubitative.

— Ce n'est pas la première fois qu'un carrosse attendra, il me semble. Pourquoi vous en souciez-vous ?

— C'est juste que…

— Vous vous demandez si vous n'avez pas commis une erreur, n'est-ce pas ? la coupa-t-il.

— Oui… Je ne peux le nier.

Dans le même temps, leurs ébats avaient éveillé un sentiment de fierté chez Athénaïs. Elle aussi était capable de tromper son époux. Ils étaient alors quittes. Mais elle n'avouerait pas cela à Alexandre.

— Non, ce n'est pas une erreur. Bien au contraire, Athénaïs, lui dit-il, retenant son menton d'une main.

Elle hocha la tête, avant d'aller à la recherche des différentes parties qui constituaient sa robe.

— En tout cas, j'ai apprécié… crut-elle bon d'ajouter.

Une fois ses vêtements trouvés, elle devait se faire aider par Alexandre pour s'habiller. Elle se tourna vers lui, ne fixant que ses yeux et le lui demanda.

Le mousquetaire se mit à son service, toujours nu.

— « Apprécié » ! s'offusqua Alexandre en tirant plus fort sur les lacets de son corset.

— Aïe… doucement, s'indigna Athénaïs.

— Je vous prie de m'excuser, chuchota-t-il au creux de son oreille, mais je ne peux vous laisser dire une chose pareille.

— Un peu plus qu'apprécié… je dois l'avouer.

— J'aime mieux cela.

— Dépêchons-nous, voulez-vous ? le pria-t-elle, alors qu'elle était dos à lui.

Alexandre accéléra.

— Il ne s'est jamais rien passé entre nous. C'était un égarement qui ne se répètera pas. Sommes-nous d'accord ? asséna Athénaïs d'une voix ferme.

— Oui, bien entendu, répondit-il d'un ton amusé.

— Je pense que je vais pouvoir me débrouiller seule maintenant, fit-elle.

Athénaïs se retourna et une douceur l'envahit. Pourquoi Alexandre n'était-il pas Alphrède ? déplora-t-elle en son for intérieur.

Alexandre avait l'air de vouloir lire dans ses pensées. Elle s'efforça alors de ne pas le regarder dans les yeux ni de loucher sur son corps parfait. Et elle fit taire une petite voix, sûrement celle du vice, qui lui disait de se laisser aller une dernière fois…

Alexandre avait encore envie d'elle. Il n'avait pas eu assez de temps pour découvrir son corps plus en détail alors que sa beauté l'envoûtait. Il n'avait pas eu assez de temps pour tout ce qu'il voulait partager avec elle.

Lorsqu'elle fut habillée, il fit un pas et il suça le lobe de son oreille droite, sans qu'elle ne s'y attende. Elle se dégagea avec délicatesse de son emprise

Athénaïs tentait de paraître sûre d'elle, alors qu'en réalité, elle était en train de lutter contre l'envie de réitérer ce plaisir intense qu'ils s'étaient donné. En outre, elle comprenait ô combien l'engouement qu'il y avait autour de ce diamant d'amant qu'était Alexandre. Elle regretta que cette nuit fût la seule qu'il lui offrirait. Comme pour toutes les autres. Comment prétendre à ce qu'il s'intéresse à elle plus longtemps ? Toutes les femmes se pâmaient devant lui et cela était son plaisir à lui de papillonner. Que pouvait-elle lui apporter ? Elle rit intérieurement de sa propre personne, si ordinaire. Il lui fallait, évidemment, prendre un amant ordinaire comme elle.

Alexandre lui avait pris les mains sans qu'elle s'en rende compte. Elle était en train de faillir… Ne devait-elle pas profiter de lui jusqu'à satiété ?

Les douze coups de minuit de la grande horloge du couloir principal retentirent et la rappelèrent à la réalité.

— Minuit ! Mon carrosse m'attend. Je dois y aller, dit-elle plus pour elle-même.

Elle acheva d'enfiler ses mules à talons dorés, se recoiffa comme elle put devant le grand miroir de la cheminée et se dirigea à toute vitesse vers la porte dont elle pivota la clé.

Elle se retourna et le vit, toujours nu, accoudé à l'une des épaisses colonnes du lit, les bras croisés, la contemplant, le regard encore teinté de désir.

— Au revoir, Alexandre. Il ne s'est rien passé. Je compte sur vous… ne put-elle s'empêcher d'insister.

Alexandre hocha la tête nonchalamment.

Athénaïs entrouvrit la porte et ne vit personne dans le couloir. Elle s'y engouffra, refermant doucement derrière elle, sans un regard pour le beau mousquetaire.

Chapitre 19

Athénaïs prit une longue inspiration avant de rejoindre le vestibule où elle croisa la duchesse de Chevreuse en pleine conversation avec la marquise Catherine de Rambouillet. Elle espéra passer inaperçue et marcha d'un bon pas tout en gardant les yeux baissés au sol.

— Madame de Laroche de Briand ! interpella la duchesse.

Athénaïs releva la tête et la salua poliment.

— Quel bal magnifique, Catherine. Comme toujours ! complimenta Athénaïs.

Cette dernière lui offrit un large sourire.

— Pour ma part, il est l'heure de rentrer. Mesdames, je vous souhaite une belle fin de soirée.

— Athénaïs, dites-moi, vous jouez les Cendrillon ? demanda la duchesse, curieuse.

— Je ne comprends pas… fit Athénaïs.

— Il est minuit, vous partez, et vous avez laissé votre masque quelque part dans cette demeure, qu'un jeune homme trouvera et dont il aimera l'odeur… et il partira alors à votre recherche ! déclama la duchesse, savourant ses paroles.

Athénaïs porta la main à son visage et, en effet, de masque il n'y avait point. Elle l'avait laissé dans la chambre...

— Je l'ai enlevé, car j'avais trop chaud, mentit-elle. Je ne sais plus où je l'ai laissé.

— Oh, ça n'a pas d'importance, ma chère, lui dit la marquise de Rambouillet, nous le retrouverons sûrement et je vous le ferai livrer chez vous. Il était rouge, n'est-ce pas ?

Athénaïs déglutit tout en acquiesçant.

— Dites-moi, chère Marie Aimée, quelle est cette histoire de Cendrillon ? questionna la marquise.

— C'est un conte populaire chinois. J'ai un ami italien Giambattista Basile, le frère de la célèbre cantatrice Adriana Basile, qui va écrire une adaptation de ce conte. Il a d'ailleurs choisi ce prénom de Cendrillon, pour l'héroïne, en rapport avec sa vie de quasi-esclave, toujours nichée dans la poussière et les cendres de la cheminée...

— Quel est le rapport avec notre Athénaïs ? s'enquit la marquise.

— Eh bien, ce conte renommé par mon ami *La Gatta Cenerentola*, comme vous le lirez bientôt, car je le ferai traduire en français, assiste clandestinement à un bal royal. La seule condition de cette intrusion est qu'elle rentre avant le douzième coup de minuit. Car alors, sa somptueuse robe redeviendra une tunique de servante, son carrosse, une citrouille et elle ne pourra même plus rentrer chez elle. Il y a un peu de magie, vous l'aurez compris ! Donc, la belle rencontre à ce bal le beau prince, danse avec lui, et lorsque le premier des douze coups de minuit sonne, elle dévale les marches du perron du château avec précipitation et rejoint son carrosse, perdant au passage son escarpin de vair, que le prince ramasse… je ne vous en dis pas plus !

— Vous m'avez intriguée, Marie Aimée, avoua la marquise.

— Moi aussi, renchérit Athénaïs, qui cachait son malaise.

La duchesse ne cessait de lui lancer des regards qui cherchaient à percer un mystère.

Athénaïs avait bien sûr fait le parallèle avec sa propre situation. Elle avait fait quelque chose de répréhensible, elle avait oublié un accessoire dans la chambre et, minuit sonnant, elle s'enfuyait.

Son cœur cognait dans sa poitrine et elle priait pour que sa culpabilité ne se lise pas sur son visage. Elle priait aussi pour qu'Alexandre trouve son masque de dentelle et l'emporte avec lui… car si la marquise apprenait où celui-ci avait été égaré, elle n'assumerait jamais cela. Quelle honte ! Et cela pouvait remonter jusqu'aux oreilles d'Alphrède. Il ne fallait pas négliger cette possibilité.

— Mesdames, je vous laisse, fit-elle abruptement.

— Votre époux est-il déjà parti ? questionna la duchesse.

— En effet, Alphrède retrouve ses amis au club !

— Comme beaucoup d'entre eux, reconnut la marquise.

— Rentrez bien, ma chère Athénaïs, fit la duchesse, une pointe de soupçon dans la voix.

Athénaïs s'inclina, avant de descendre les escaliers du perron et de s'engouffrer dans son carrosse, où elle se fustigea d'avoir oublié un tel détail…

*

Alexandre avait observé Athénaïs sortir de la chambre, entre frustration et bien-être. Ce qu'il venait de vivre... mon Dieu ! Cela faisait une éternité, ou peut-être même, était-ce la première fois qu'il avait ressenti une telle extase.

Un fort sentiment de possession mêlé à des sensations douces et fiévreuses, subtilement enchevêtrés, coulait toujours dans ses veines.

Il se rhabilla, encore étonné de cette parenthèse inattendue, lorsque son regard accrocha un tissu rouge qui venait de glisser sous le drap, qu'il avait replacé sur le lit. Il prit le morceau de dentelle et reconnut le masque d'Athénaïs. Il sourit. Si elle l'avait oublié, c'est qu'elle voulait lui laisser quelque chose d'elle, et qu'elle voudrait sans nul doute revivre ces instants inoubliables...

Chapitre 20

Quelques jours plus tard, le carrosse de la duchesse de Chevreuse traversa l'île de la Cité, entre le palais du Louvre et Notre-Dame, pour s'arrêter dans la petite rue de Calandre, à l'enseigne du *Grand Coq*, ancienne auberge devenue le siège du bureau des emplois et celui de *La Gazette*.

Cette artère se trouvait obstruée sur toute sa longueur par différents véhicules, ce qui horripila Marie Aimée. Sur un coup de tête, elle descendit pour finir à pied.

— Attendez-moi devant le *Grand Coq*, lança-t-elle à son cocher.

— Bien madame. Cependant je risque de bloquer la circulation. Peut-être, puis-je arrêter le carrosse sur l'avenue d'à côté ?

Un seul regard de la duchesse suffit au cocher.

— À votre convenance, madame. Je vous attendrai juste devant…

Marie Aimée marcha les quelques mètres la séparant de l'imposante maison à colombage, haute de quatre étages et dotée d'une double toiture cathédrale. Face à l'entrée, tout en s'excusant, elle se fraya un chemin entre celles et ceux qui faisaient la queue au bureau des emplois. Les regards qu'elle sentait se poser sur elle étaient pour certains respectueux, pour d'autres étonnés, ou encore malveillants.

Elle arrivait enfin dans le vestibule, lorsqu'un homme en haillons, l'air tourmenté, l'arrêta avec le bras.

— M'dame, j'vous en prie, vous avez pas un travail à m'proposer ? J'vous promets d'être l'meilleur pour vous servir.

L'homme se mit à genoux, les mains en prière, le regard suppliant.

— Pitié, ajouta-t-il.

La duchesse sentit chez lui une véritable urgence qui la bouleversa plus qu'elle ne l'aurait pensé.

— Relevez-vous, monsieur, s'il vous plaît, lui demanda-t-elle avec douceur.

L'homme s'exécuta, le regard accroché au sien, dans une attente intense.

— Monsieur, je suis sincèrement désolée. Je n'ai rien à vous proposer si ce n'est quelques sous que j'ai dans ma bourse.

Elle entreprit de joindre l'action à la parole, mais elle fut interrompue dans son geste. Et en fut soulagée. Si elle donnait à l'un, elle se devait de donner à tous. Et cela était impossible.

— Non, m'dame, vous comprenez pas. J'veux pas l'aumône, ni même aller aux repas de charité. C'que j'veux, c'est gagner mon pain quotidien et d'quoi m'loger. J'veux d'la dignité, vous comprenez ?

C'était la première fois qu'on refusait son aumône, et, oui, elle comprenait fort bien sa volonté. Dans le secret de son cœur, elle compatissait à la pauvreté dans laquelle devaient vivre ces personnes qui n'étaient point bien nées.

Certains s'en sortaient bien, d'autres avaient trop de difficultés sur leur chemin.

— M'dame, j'veux bien votre argent, moi, lui demanda d'un air avide, un autre homme, le regard affûté comme deux lames de rasoir.

Malgré l'attitude déplaisante, Marie Aimée comprenait. Qui aurait-elle été à leur place ? Elle secoua la tête, chassant ces pensées désagréables. Elle était duchesse et les règles du jeu de la vie étaient ainsi ! Elle refusa néanmoins la requête pour ne pas faire de jaloux.

— Je comprends votre détresse, messieurs, et vous êtes au bon endroit pour trouver un travail. Si ce n'est aujourd'hui, ce sera demain. Chaque jour, il y a moult propositions d'emplois, d'après ce que je sais.

L'homme qui lui avait demandé de l'argent disparut dans la file d'attente, maugréant quelques brutalités qu'elle ne comprit pas. Quant à celui qui cherchait de la dignité avant tout, il hocha la tête dans une moue fataliste.

La duchesse, dans un acte spontané, lui demanda de la suivre et s'engagea vers l'une des trois femmes qui, derrière leur petit bureau, accueillaient toutes ces personnes.

— Madame, pourriez-vous avoir l'amabilité de raccourcir l'attente de ce monsieur ? Il a grand besoin de trouver un travail.

La femme aux formes généreuses, qui ne devait pas avoir plus de vingt ans, écarquilla ses doux yeux bruns, d'étonnement.

— Eh bien, je n'ai pas pour habitude de…

— Je vous comprends et je vous remercie pour ce geste. Vous êtes charmante. C'est une question de vie ou de mort pour ce pauvre diable.

— Très bien, dans ce cas, je m'occupe de vous, dit-elle en se tournant vers l'homme, encore plus surpris qu'elle.

— Pour quoi êtes-vous fait, monsieur ?

— J'peux tout faire, mais c'que j'aime faire, c'est la cuisine, m'dame.

La jeune femme fouilla dans les différents papiers qu'elles avaient sur son bureau.

— Vous êtes chanceux, nous avons reçu une demande de la part d'une auberge qui recherche un marmiton, justement. Celle-ci est à deux rues d'ici. Tenez, présentez-vous-y dès aujourd'hui. Voici l'adresse, fit-elle lui tendant le vélin.

— Merci ! Merci, m'dame ! J'vous bénirai chaque jour.

L'homme, les larmes aux yeux, regarda alors la duchesse comme si elle était la Sainte Vierge en personne.

— J'vous bénirai chaque jour aussi. Qu'la vie vous offre le meilleur, m'dame. Vous êtes la personne la plus généreuse au monde. Merci !

— Ne faites pas attendre votre futur employeur et courez vers votre nouvelle vie ! lui dit-elle, sincèrement heureuse.

Cela faisait bien longtemps qu'elle n'avait reçu un tel compliment. Peut-être même était-ce la première fois ! Elle dut reconnaître que cela était agréable. Et elle admit, de même, que Théophraste Renaudot avait eu une idée de génie en créant ce bureau qui réunissait les employeurs et les travailleurs. Force était d'avouer qu'elle n'aurait jamais pu l'avoir, car elle ne se préoccupait pas assez de ces gens. Théophraste n'était point issu d'un milieu noble, cela lui était donc plus facile, conclut-elle.

Ces réflexions ne l'éloignèrent pas pour autant de son objectif.

— Madame, je me présente, Marie Aimée, duchesse de Chevreuse, et je souhaite voir M. Renaudot. Où puis-je le trouver, s'il vous plaît ?

— Venez avec moi, fit la jeune femme visiblement intimidée de parler à une dame de la haute noblesse. Je vous accompagne à son bureau.

Elles montèrent jusqu'au dernier étage. La jeune femme frappa à l'une des portes.

— Entrez ! entendit-on.

Elle ouvrit et annonça la duchesse de Chevreuse.

— Faites-la attendre, Ninon, voulez-vous.

— C'est qu'elle est avec moi…

Marie Aimée se montra à l'éditeur, se délectant de l'effet de surprise. Celui-ci secoua la tête, visiblement mécontent.

— Merci, Ninon. Vous pouvez disposer et retourner à votre travail, lui dit ce dernier.

— Très bien, monsieur.

Les fenêtres aux petits carreaux en losange du bureau étaient ouvertes en grand. Théophraste Renaudot était en chemise et il semblait avoir couru un marathon.

Marie Aimée scruta avec curiosité de grosses machines qui occupaient la moitié de la pièce.

— Ces machines sont des presses à imprimer. Mes fils, mon bras droit et moi-même avons travaillé toute la deuxième moitié de la nuit pour pouvoir distribuer, dès ce midi, *La Gazette*. Nos lecteurs sont si impatients qu'ils ne pardonneraient pas une journée de retard !

— Impressionnant ! s'émerveilla Marie Aimée.

— Je vous remercie, madame, que…

— Vous devez être épuisé… et je vous dérange, le coupa-t-elle. J'en suis navrée, mais l'affaire est pressante, surtout que cela fait quelques jours que j'espère vous voir. Vous étiez en province, il me semble, fit-elle mimant une fausse gêne qui, elle le vit, agaça son interlocuteur.

— Chère duchesse de Chevreuse ! Je ne vais pas commettre une impolitesse en vous disant que je suis enchanté de vous voir. De plus, mon associé doit me rejoindre d'ici une petite heure et j'ai encore du travail sur la planche, avant son retour.

— Bien entendu, cher Théophraste. Et pourtant, je me dois de venir deviser avec vous maintenant, dit-elle, un charmant sourire accroché à ses lèvres.

Le maquillage de Marie Aimée était sciemment doux et ses cheveux blonds lâchés, savamment ondulés autour de son visage, ce qui accentuait son air naturellement angélique. Une robe rose pâle concluait l'effet. Ainsi parée, elle offrait une image innocente à son ennemi.

— Je vous le répète, seuls mes amis m'appellent par mon prénom. Mais passons, quel est l'objet de votre venue, madame ?

— Appelez-moi Marie Aimée…

— En aucune façon.

Elle sourit, car s'il était coriace et méfiant, elle-même se savait redoutable.

— Voici ma requête. J'aimerais savoir qui relate la chronique mondaine ? Il n'y a pas de signature. Informez-moi et je m'en vais de ce pas.

— Il n'y a personne en particulier. Nous résumons les bavardages entendus çà et là. Ce qui est plus fiable.

— Le fameux bruit qui court sur les choses advenues ? dit-elle, maligne.

— En effet ! À ce propos, avez-vous lu le billet que j'ai écrit en préface de la première *Gazette* ?

— Bien entendu. Une véritable éthique de vérité qui vous permet d'afficher une liberté et une distance par rapport à la royauté. Et je m'amuse du fait qu'il faille faire semblant de croire que vous n'êtes point le porte-parole du roi !

— *La Gazette* est ce qu'il y a de plus impartial, madame !

— Allons ! Jouez franc jeu avec moi, vous savez bien que je ne suis pas dupe. Vos jugements et vos censures participeront à forger l'opinion publique. Vous allez former la *vox populi*. C'est bien pour cela que Richelieu vous soutient ardemment.

L'éditeur la jaugea. Diantre, que cette femme était dangereuse… Belle à se damner, séductrice de haut vol, et à l'intelligence acérée. Il devait faire l'aveu qu'il aurait aimé la posséder… dans tous les sens du terme.

— Faites très attention à ce que vous écrivez dans la chronique mondaine, cher ami. L'honneur et la représentation sont des valeurs fondamentales pour nous, la noblesse. Si vous froissez quelqu'une ou quelqu'un, vous pouvez tout perdre. Même en étant le protégé de Richelieu !

— Mon métier m'a appris à lire entre les lignes, chère madame, et j'en déduis que nous vous avons indisposée…

— Oh, vous vous doutez que j'ai le cuir plus tanné, mais d'autres pourraient s'offusquer et vous poursuivre de leur hargne.

— Ah ! fit-il, faisant semblant de trembler. Vous serez heureuse d'apprendre que je ne compte pas forcément garder longtemps cette chronique. Cela dépendra des retours de mes lecteurs.

— Et de vos lectrices… et vous devriez la remplacer par des indiscrétions sur les délibérations gouvernementales, ce qui serait plus intéressant. Mais revenons à ma question. Qui a résumé les indélicatesses qui se font l'écho de la vie mondaine des courtisans, dans ce premier numéro ?

— J'ai bien compris que vous vouliez le savoir… or je ne vous le révélerai pas, dit-il avec une pointe de suffisance.

— Pourquoi cela, je vous prie ?

— Vous comprendrez bien… s'il n'était anonyme, il ne pourrait sonder les bruits de couloirs. On se méfierait.

— C'est donc un homme… je garderai son patronyme pour moi, n'ayez crainte, répondit finement, et avec une pointe d'autorité, la duchesse.

— Chère duchesse de Chevreuse, je vous avoue que je n'aime pas le ton sur lequel vous me parlez. Inutile d'insister.

Marie Aimée s'avança vers l'éditeur en le fixant de ce regard, à la fois froid et séducteur, qui faisait frémir n'importe quel homme. Elle ne s'arrêta qu'au plus près de lui, le toisant sans relâche. Il soutenait son regard, le visage fermé.

D'une main vigoureuse, elle lui empoigna l'entrejambe et serra bien fort. L'éditeur n'eut pas un sursaut. Marie Aimée ne cilla pas. Le regard glacé de l'homme, lui, avait changé. La stupéfaction s'y lisait. La duchesse relâcha la pression et commença à le caresser d'un mouvement adroit, à la fois lent et ferme.

Elle constata que sa proie était fort réceptive. Son sexe s'était immédiatement durci, son souffle s'était soudain accéléré, et ses yeux plantés dans les siens s'étaient éclairés d'une lueur fiévreuse. L'homme se laissait faire, mais visiblement, il prenait sur lui pour ne pas se laisser aller. Le combat intérieur semblait féroce. Sûrement n'avait-il pas souvent l'occasion de faire des extravagances de son corps. Un bon point pour elle.

Elle prenait, du reste, un réel plaisir à le faire souffrir de cette manière. Cela excitait sa nature sensuelle… et cruelle.

L'éditeur fit tout de même une tentative pour la repousser de sa main, mais il ne put finir son geste. Au contraire, il avait agrippé les rebords du bureau derrière lui, les lèvres pincées.

Pauvre bougre, pensa-t-elle. En revanche, elle attendait qu'il se jette sur elle, ou pour le moins, elle voulait l'entendre gémir, le voir capituler. Elle approcha alors sa bouche gourmande et rosée de la sienne, et elle se laissa aller à sa propre excitation, pour le pousser dans ses retranchements. Elle se savait irrésistible.

Le souffle saccadé, elle prit de sa main libre, la main droite de l'éditeur qu'elle plaqua, sans la lâcher, sur la partie de sa poitrine en liberté qui se soulevait à un rythme effréné, avant de lui lécher les lèvres d'une langue experte.

Celui-ci l'embrassa à pleine bouche et, les yeux perdus dans les affres du désir, finit par émettre des grognements graves. Marie Aimée stoppa son geste avant que le plaisir n'atteigne son paroxysme, et recula.

— Je… suis désolée. Je me suis emportée, je n'aurais pas dû. Il est vrai que votre personnalité… a enflammé ma nature sensible aux choses de l'amour. Cela n'arrivera plus, fit-elle tout en agitant les mains afin d'appuyer ses propos.

Théophraste Renaudot était anéanti, entre la rage d'avoir baissé sa garde et celle de ne point arriver à faire baisser son excitation et sa frustration. Il ne pouvait la laisser partir. Il devait la soumettre à sa volonté. Cette garce devait finir ce qu'elle avait commencé, pour ces deux raisons.

Il se jeta presque sur elle, lui empoignant violemment les poignets et plaquant l'une des mains de la duchesse sur son sexe en souffrance.

— Finissez, ordonna-t-il d'une voix despotique et enfiévrée.

Les yeux troublés par la situation, il ne la vit pas se parer d'un sourire vainqueur.

Elle avait gagné une bataille, et bientôt la guerre. Elle le savait, c'était un don chez elle. Sa séduction venait à bout même des plus résistants. Et cet homme ne dérogerait pas à la règle. À partir de maintenant, il n'aurait de cesse de vouloir jouir d'elle entièrement. Il ne penserait qu'à elle. Elle n'en doutait pas une seule seconde.

Depuis qu'elle était en âge d'envoûter, elle avait compris comment se servir des seules armes qu'elle avait et dont elle usait maintenant en experte. Elle avait même réussi à séduire des hommes qui n'étaient censés être attirés que par leurs pairs, et les femmes, également, succombaient. Elle tenait cette arme fatale de son père, Hercule de Rohan-Montbazon, fieffé et fort talentueux bourreau des cœurs. Tous avaient d'ailleurs tôt fait le rapprochement entre le père et la fille.

Marie Aimée empoigna l'éditeur par son col de chemise.

— Donnez-moi le nom et je vous gâterai… murmura-t-elle à son oreille, ou je m'en vais sur-le-champ.

Elle ponctua sa demande en lui mordillant le lobe avec tact.

L'éditeur gémit de plaisir. Il attrapa la nuque de Marie Aimée et l'enserra pour la regarder en face.

— Pas question… prononça-t-il avec difficulté, le regard insolent.

Marie Aimée se dégagea de l'emprise.

— Alors, adieu Théophraste, chuchota-t-elle encore dans le creux de son cou, avant de s'éloigner promptement.

— Non… revenez.

La duchesse se retourna, évaluant la situation.

— Vous ne pouvez me laisser ainsi…

— Oh que si, je le peux… donnant-donnant, cher Théophraste.

L'homme offrit une bien déplaisante grimace.

— Alors, partez !

Elle resta un instant, profitant du spectacle qu'était le combat intérieur de l'éditeur.

— Partez, hurla-t-il, le visage déformé par le supplice. Je ne veux plus jamais vous revoir.

La duchesse s'en alla, heureuse, sachant qu'il chercherait au contraire, et à son grand désespoir, à la revoir bientôt. Elle se félicita également d'avoir, si facilement, capturé dans ses filets un homme semblant fort coriace.

Dans l'escalier, elle croisa celui qui devait être son associé. Elle déplora qu'il arrive après l'orage. Il les aurait confondus qu'elle en aurait été très joyeuse. En effet, Théophraste Renaudot surpris en plein acte d'humiliation par la duchesse de Chevreuse, quelle sueur froide pour Richelieu et le roi ! Mais elle aurait été alors surveillée comme jamais, ce qu'elle voulait éviter à tout prix. C'était, de ce fait, une bonne chose qu'il n'arrive qu'après.

— Madame, salua celui-ci, en passant devant elle, sans sembler la reconnaître.

— Monsieur, répondit-elle poliment à son tour, l'œil coquin.

Elle devait maintenant filer chez Henri et Suzanne de Choisy, pour le goûter d'au revoir à Alma et Gabriel. Elle surveillerait aussi Athénaïs et ce volage mousquetaire, Alexandre. Ce n'était pas tant qu'ils deviennent amants qui la dérangeait, elle s'en moquait comme d'une guigne. Mais Alexandre attirait par trop les regards et ses exploits se murmuraient dans tous les cercles de femmes célibataires comme mariées. La discrétion était inenvisageable avec cet homme et elle ne pouvait se permettre que l'on dénigre une autre de ses parfaites œuvres maritales…

Chapitre 21

Alma, Louise, Athénaïs, Anne et Diane, deux sœurs que les cousines connaissaient depuis toujours, et Julie, la fille de la marquise de Rambouillet, ne s'étaient pas séparées de l'après-midi, formant un sextuor uni que personne n'avait osé approcher. Ce, jusqu'à ce que le goûter d'au revoir d'Alma et de Gabriel, organisé chez le comte et la comtesse de Choisy, touche à sa fin, après moult discours adorables des uns et des autres.

Les amies se dispersèrent alors. Seules Alma et Louise prirent à part Athénaïs.

— Dis-nous, cousine adorée, comment gères-tu le face-à-face avec Alphrède, maintenant que tu sais ? chuchota Louise.

— Lui as-tu dit que tu savais ? ajouta Alma.

— Bien… j'ai choisi de faire comme si de rien n'était. Le premier matin après le bal, cela a été un peu dur, je vous avoue.

Alma et Louise la serrèrent dans leurs bras, avant de l'écouter à nouveau.

— Lorsque nous nous sommes retrouvés en tête à tête lors du déjeuner, je n'arrivais pas à être naturelle. Je fuyais son regard. J'ai d'ailleurs écourté le repas. Et quand il m'a demandé si je me sentais bien, j'ai failli lui avouer ce que je savais… mais, j'ai simulé un mal de ventre anodin auquel il a cru. Puis, les jours passant, le quotidien a repris ses droits et cela ne me perturbe plus du tout. J'ai cessé de courir après son amour, et j'en suis aise. Dorénavant, j'ai en tête de mener joyeusement ma vie, un amant à mes côtés… ou pas !

— J'en suis si heureuse, souffla Alma.

— Je suis si fière de toi, avoua Louise.

À ce moment-là, les parents d'Alma vinrent la chercher pour l'envoyer discuter avec des amis de la famille, et Louise fut arrêtée par sa mère.

— Athénaïs…

Cette voix. Elle la reconnut aussitôt. Dos à Alexandre, elle tressaillit. Leurs ébats remontaient à quelques jours, mais elle en rêvait encore toutes les nuits.

Alors, depuis le début des festivités, elle avait évité ne serait-ce que son regard. Très intimidée de l'apercevoir lors de son arrivée à la fête, gênée de faire comme si cette nuit n'avait pas existé, ces émotions difficiles à maîtriser et à assumer la poussèrent à l'ignorer. Il avait semble-t-il eu le même comportement qu'elle. Et c'était parfait ainsi, car si Alphrède était absent, d'aucuns auraient pu se douter de quelque chose.

Mais il venait de prononcer son prénom…

Elle se retourna et prit sur elle pour le considérer avec innocence. Elle fut frappée par son regard qui semblait plus ouvert et moins séducteur qu'à l'habitude. Quelque chose avait changé. Sûrement était-ce qu'il l'avait possédée et qu'il n'y avait plus à jouer.

— Souhaitez-vous récupérer votre masque de dentelle laissé dans la chambre et que j'ai apporté avec moi ? Ou puis-je le garder ?

Elle ne put s'empêcher de laisser échapper un souffle de soulagement.

Il sourit.

— Qu'en feriez-vous ? répondit-elle. Je vous prie de le jeter. J'en ai d'autres à disposition. Je vous remercie de ne pas l'avoir laissé dans… enfin vous comprenez…

Alexandre hocha la tête. Dans un geste qu'elle trouva très séduisant, il releva ses mèches rebelles et bouclées sur le sommet de son crâne, la tête légèrement sur le côté. Une lueur intense traversant ses yeux.

— Au revoir, Alexandre.

— Au revoir, c'est tout ?, murmura-t-il.

Cette voix au timbre grave la transporta.

Ils se dévisagèrent un instant et des sensations de ce qu'ils avaient vécu remontèrent physiquement en elle. Un petit goût de « j'en veux encore » lui fit même peur.

— Oui… et merci, répondit-elle volontairement laconique.

— Pour notre folie ? Y pensez-vous toujours ?

Athénaïs le scruta, interloquée. Que voulait-il ? Qu'elle en parle autour d'elle pour flatter ses prouesses, comme toutes le faisaient ?

— Écoutez, Alexandre… chuchota-t-elle aussi, jetant des regards furtifs aux alentours, je ne regrette pas ce qui s'est passé. En revanche, je serai muette à ce sujet, même auprès de mes amies. Et il n'est pas pertinent d'en reparler. S'il vous plaît.

— Athénaïs, je dois vous dire que le lendemain matin de notre nuit, j'avais rendez-vous avec une jeune femme très attirante. Eh bien, je l'ai annulé. Et depuis, je n'ai plus goûté à aucune femme. Savez-vous pourquoi ?

— Je ne sais pas si cela m'intéresse, en réalité, fit-elle, beaucoup plus troublée qu'il ne l'aurait fallu.

— Pourtant, vous êtes directement concernée.

Alexandre jouait avec ses cheveux mi-longs aux reflets ensoleillés.

— Ah… fit-elle, suivant des yeux les mouvements capillaires.

— Je ne cesse de repenser à cette nuit et j'ai beaucoup de mal à me dire que nous n'en aurons pas une autre. Pas forcément une nuit, ce peut être un après-midi, un matin même…

Une vague de chaleur inonda le corps d'Athénaïs. Elle l'aurait tant voulu aussi. Mais organiser un tel rendez-vous n'était en rien semblable à la spontanéité de leur débauche. Prévoir demandait du courage et trahissait une volonté qu'elle ne souhaitait pas lui concéder. En effet, il était hors de question de se faire éliminer comme un vieux bas, après la fois de trop. Ce qui serait le cas après une autre étreinte. Et au souvenir du goût de leurs ébats, elle sentait que son corps le réclamerait encore, alors que lui vivait cela avec chaque femme qu'il séduisait, et s'en lassait aussi vite qu'il était tombé sous le charme. Elle ne subirait certainement pas cette humiliation.

Alexandre adopta une posture toute sensuelle. Il se mouvait toujours d'une manière à laquelle elle était malheureusement sensible. Il s'était rapproché d'elle et la dévisageait de ce regard perçant, mais chaleureux qui fouillait votre âme.

— Je suis désolée, mais cela ne se reproduira jamais, dit-elle avec moins de fermeté qu'elle n'aurait voulu.

— Jamais ! Quel vilain mot. Et quelle tristesse de se priver des joies simples de la vie. Quel gâchis même ! Je sais que vous avez pris du plaisir, alors pourquoi ne pas en prendre de nouveau ensemble ?

Elle soutint son regard avec difficulté, car un autre langage se jouait au-delà des mots. C'était comme s'ils se parlaient littéralement avec les yeux et ce qu'il lui proposait faisait naître en elle des envies érotiques. Alors, lâchement, elle fixa un point ailleurs, faisant ainsi retomber la pression.

— Parce que c'est vous… répondit-elle sans réfléchir.

Elle tourna les talons lorsque Alma vint à sa rencontre, la sauvant d'un retour en force d'Alexandre.

— Athénaïs, tout va bien ? Tu as l'air déconcertée… je t'ai vue discuter avec mon cousin… il ne t'importune pas, j'espère ?

— Non, non, je pensais à autre chose. Rien d'intéressant, crois-moi, mentit-elle.

— Dans ce cas, il est temps de me dire, une dernière fois, que tu me souhaites un beau voyage.

— Surtout, promets-moi de m'écrire si tu as besoin de moi. Je te rejoindrai où que tu sois, à n'importe quel moment. C'est bien entendu, ma chérie ?

— Oui maman, ironisa celle-ci. Trêve de plaisanterie, je sais que tu viendras et que je peux compter sur toi, toujours ! Comme tu peux compter sur moi. Tu le sais, n'est-ce pas ? Et même en voyage, je prendrais, si besoin, le premier carrosse à disposition, voire un simple cheval, pour te retrouver !

Louise les rejoignit après avoir couru vers elles, se faisant reprendre au passage par la vieille génération. Courir dans la maison ne se faisait pas.

— Nous disions, Louise, que nous serons toujours là les unes pour les autres, fit Alma.

— Toutes pour une, une pour toutes ! déclama Louise.

Les trois cousines se prirent dans les bras.

Athénaïs croisa le regard d'Alexandre. Dans sa belle tenue de mousquetaire, qu'elle trouvait particulièrement attirante, épée et pistolets sur les hanches, il la fixait, immobile. Elle détourna immédiatement la tête.

— Vous rappelez-vous nos rituels pour être sûres de pouvoir compter les unes sur les autres, lorsque nous étions petites ? Celui de « Croix de bois croix de fer, si je mens… » ? s'amusa Alma.

— Bien sûr ! Et l'on crachait même sur les mains de l'autre. C'était la partie préférée de Louise, sourit Athénaïs.

Elles s'enlacèrent dans une longue étreinte. S'il leur était arrivé d'être séparées deux ou trois semaines, ce serait la première fois qu'elles le seraient pour de longs mois…

*

Alexandre, encore déconcerté de la réponse d'Athénaïs, s'avoua que cette femme le surprenait. Il observa les trois cousines un instant, puis il quitta les lieux. Une idée lui était venue… certes osée…

Chapitre 22

Dans la rue, devant l'entrée du portail de l'hôtel particulier des de Choisy, Athénaïs finissait de s'installer confortablement dans son carrosse. Celui-ci venait tout juste d'arriver afin de la raccompagner chez elle. Alors qu'elle hélait son cocher par la fenêtre, pour qu'il fouette les chevaux, Alexandre apparut et lui vola un baiser. Il colla littéralement ses lèvres sur les siennes. Elle attrapa à la volée le sourire enjôleur qu'il afficha ensuite, les deux équidés ayant embarqué la voiture avec élan.

Elle passa deux doigts sur sa bouche et la caressa, appréciant cette ardeur qu'il y avait déposée. Bien que le geste de l'impudent fût répréhensible, cette fougue qu'il avait lui apportait de la joie. Une joie qu'elle avait petit à petit perdue aux côtés d'Alphrède, et qu'elle rêvait de retrouver.

Arrivée à demeure, elle fila droit vers son lit et le martela de ses poings pour décharger toute l'énergie d'une tension sexuelle et joyeuse qu'avait fait renaître ce satané et bien trop beau mousquetaire. Être désirée avait excité ses sens. Elle aurait voulu côtoyer Alexandre dans un jeu de séduction et surtout revivre cette folie passée. Elle devait lutter pour ne pas accourir à l'avance qu'il lui avait faite. Il ne fallait surtout pas céder. Trouver un amant sérieux devait devenir son unique projet sentimental.

Heureusement, le bal organisé par Anne d'Autriche offrait un divertissement à ses pensées badines. Elle devait maintenant s'habiller en l'honneur de ce bal que la reine, disait-on, avait organisé pour remonter le moral de son époux Louis XIII, qui était au plus bas. Celle-ci avait voulu un bal où tous seraient déguisés en un animal. Les bruits de couloir annonçaient également qu'il fallait s'attendre à des surprises originales !

Athénaïs y assisterait au bras de son mari. Elle s'aperçut qu'elle n'avait qu'une envie, c'était qu'il rejoigne au plus vite ses amis du club. Le fait est qu'elle se sentait plus vivante sans sa présence.

Ce soir, au Louvre, Alexandre serait sûrement présent. Il lui faudrait lui répéter fermement qu'elle ne lui céderait plus. Il finirait bien par s'intéresser à une autre. Oui, cela se passerait comme ça.

Elle sourit néanmoins à l'idée que les femmes se damnaient pour obtenir ses faveurs plus d'une nuit, tout en se concoctant un nouveau parfum. Elle mélangea le vétiver à des ingrédients plus doux et enivrants comme la vanille, le caramel et l'ambre. Lorsqu'elle huma l'élixir, il lui procura une volupté olfactive parfaite pour, pensa-t-elle, appâter l'amant discret qu'elle recherchait ! Après avoir apposé un peu de poudre de riz sur sa gorge, au creux de sa poitrine et derrière ses oreilles, elle y versa quelques gouttes. Ainsi, le parfum tiendrait des heures.

Puis, elle fit appeler ses dames de chambre pour l'aider à se parer et à se maquiller. Pauline de Saint-Germain, sa coiffeuse et son amie, arriva ensuite. Athénaïs souhaitait se faire couper quelques mèches de cheveux en une sorte de frange longue qui dessinait bien le contour du visage. Une « frange rideau », comme l'avait appelée, pour rire, l'une de ses connaissances.

Tout en se laissant coiffer, elle pensa à Alma qu'elle ne reverrait pas de sitôt. En effet, cette dernière partait le lendemain à l'aube et n'assisterait donc pas au bal.

*

Ce qu'Athénaïs savait des surprises du soir était que Louis XIII allait offrir aux convives un ballet qu'il avait lui-même créé et supervisé dans les moindres détails. Et il allait sûrement y danser.

La thématique de ce bal était sur les animaux, alors le roi serait un cerf et la reine une biche. Athénaïs se fit la réflexion qu'elle ne s'était pas même demandé comment Alphrède serait costumé. Pas plus qu'il ne savait pour elle. Ils n'avaient, cette fois-ci, pas échangé sur le sujet. Et depuis qu'elle avait appris ses escapades auprès d'autres femmes, elle se rendait compte qu'elle ne prêtait plus attention à son époux. Ils vivaient comme deux étrangers dans la même maison.

Athénaïs, elle, se préparait à être un parfait paon. Pour cela, de véritables plumes de cet oiseau ornaient la collerette de sa robe et dépassaient de sa tête. Le paon domestique d'une de ses amies venait de mourir et celle-ci lui avait offert quelques-unes de ses plumes, d'où l'idée de cet apparat. Sa robe était blanche et avait joliment été agrémentée de cristaux mauves et bleu clair par deux jeunes femmes de la maison.

Cécile l'avait maquillée en privilégiant des teintes bleues et violettes autour des yeux, qui faisaient joliment ressortir ses iris. Pauline, elle, avait réussi à créer une belle frange, qui apportait du caractère à la coupe de ses cheveux, qu'elle garda lâchés.

Fin prête, elle se contempla devant le grand miroir de la salle d'eau pour en admirer l'ensemble, et se félicita du magnifique travail de ces femmes. Elle se trouvait particulièrement séduisante et cela lui donna de l'assurance.

Dans le vestibule, elle attendait maintenant son époux, lorsqu'elle fut rejointe par un lion. Le costume était sympathique et lui allait bien. *Certes, pas très original*, ironisa-t-elle intérieurement.

— Ma chère, vous êtes splendide ! s'exclama Alphrède, paraissant réellement admirateur.

Il lui tourna autour l'air ravi.

— Je vous remercie. Vous l'êtes également, répondit-elle d'un ton neutre.

— En effet, je suis le roi des animaux. Et j'aimerais beaucoup vous manger ce soir…

Il avait avancé d'un pas et elle recula. Elle n'avait pas envie d'une quelconque interaction physique. En outre, elle faillit ajouter que ce n'était point pour lui qu'elle s'était autant investie dans sa mise en beauté.

— Alphrède, nous devons y aller, s'il vous plaît !

— Vous avez raison, ma mie. Mais j'insiste, vous allez vous faire remarquer, ce soir. Je vous en félicite !

Athénaïs hocha la tête, fière comme un paon. Elle fut également rassurée qu'il n'insiste pas.

Lorsqu'ils arrivèrent devant la vaste salle, au rez-de-chaussée du palais du Louvre, ils furent annoncés solennellement et les gardes royaux, campés de part et d'autre de la monumentale double porte, ramenèrent leur arme vers eux, permettant ainsi l'accès au bal. Un homme les accueillit, les priant de se tenir prêts pour un discours de la reine, qui allait faire part des festivités.

Athénaïs admira ses pairs costumés en fables d'Ésope, pour la plupart très excentriques, qui donnaient à la salle des allures de carnaval de Venise, connu pour être toujours exubérant.

Lorsque les derniers invités furent proclamés comme tels, la reine Anne d'Autriche se leva de son impressionnant fauteuil de bois qui jouxtait celui de son époux, lesquels étaient disposés sur une petite estrade collée au mur. Magistralement parée de son habit de biche, elle battit des mains, suivie par ses gardes personnels. Le silence se fit.

— Chers convives, ce soir nous aurons la joie d'assister au ballet imaginé et préparé par mon époux, notre cher roi Louis XIII. Vous aurez également le plaisir de le voir danser pour l'occasion. Quelle joie pour nos yeux ce sera !

Les applaudissements fusèrent.

Louis XIII se leva à son tour, paré d'un costume de cerf impressionnant. D'immenses bois ornaient la tête de l'animal, que le roi portait fièrement sur la sienne. La peau et les pattes de la bête s'étalaient également sur le corps du souverain d'une belle façon.

— Je vous remercie de votre intérêt et me réjouis ! J'en attends d'ailleurs impatiemment l'heure. Ce ballet aura, bien entendu, un rapport avec notre thème de ce soir, précisa-t-il.

La salle frissonna d'exaltation. Les commentaires et les cris joyeux créaient un brouhaha assourdissant.

— Mais avant cela, mes très chers, ajouta la reine, une autre surprise vous attend !

Elle se tourna vers le roi.

— Elle est pour vous aussi, mon époux. Veuillez me suivre au centre de la salle, je vous prie.

Louis XIII jaugea sa femme, l'œil circonspect, avant de la suivre.

Tous se demandaient ce que cela pouvait bien être. À quelle sauce serait mangé chacun d'eux, ou peut-être seulement certains d'entre eux…

*

Au buffet où Athénaïs était allée seule s'abreuver d'un peu d'eau, Alexandre la rejoignit, renversé par sa beauté particulière, ainsi affublée en paon, et dont le maquillage lui conférait des airs de déesse.

— À côté de vous, même les plus belles femmes de la soirée paraissent ordinaires, lui dit-il avec sincérité.

— Je vous remercie du compliment, et je vais en profiter pour vous faire part d'une sage décision que je vous suggère de prendre. Celle de me laisser tranquille. Également, sachez que je n'ai pas apprécié l'insolence du baiser que vous m'avez volé dans le carrosse.

Paré de son costume de tigre, dont les grosses pattes ornaient ses bras et l'énorme tête reposait sur la sienne, Alexandre rêvait d'embrasser le paon, et il ne l'écoutait qu'à moitié.

— Mmm… avant cela, expliquez-moi cette réponse énigmatique que vous m'avez faite, à savoir : « Parce que c'est vous »…

— Quelle mémoire ! C'est tout simplement que je ne vous veux pas dans ma vie, dit-elle d'un ton un peu plus brutal que souhaité. Cela n'a rien de personnel, voulut-elle se rattraper, mais je laisse la place à celles qui se pâment devant vous.

À ces mots si directs, la poitrine d'Alexandre se serra un instant. Il en fut surpris. Comment ses flèches pouvaient-elles si facilement percer son cœur ?

— C'est charmant, argua-t-il. De plus, je ne vous propose que de réitérer un plaisir visiblement partagé ! Quel mal y a-t-il ?

— Vous avez tant l'habitude de ramener dans vos griffes moult femmes qui succombent et en redemandent, que vous ne pouvez concevoir mon point de vue…

— Il est vrai que j'ai un certain succès, et que je me dois de freiner les ardeurs féminines… car oui, je le confesse, j'aime papillonner.

— Vous voyez ! Eh bien, cette fois-ci, c'est une femme qui vous rejette.

— Pourtant, je dois avouer que cette nuit-là…

— Parlez moins fort, je vous prie. Vous manquez cruellement de discrétion ! Ma réputation est en jeu… pour tout vous dire, avec mon époux, nous cherchons à concevoir un héritier. Il ne doit y avoir aucun doute sur la paternité, vous comprenez ?

— Je vous le concède, je suis beaucoup trop spontané et impulsif. Cela fait partie de mes nombreux travers, chuchota-t-il.

Athénaïs pensa que cela était, au contraire, des qualités… Puis, elle secoua subtilement la tête afin de retrouver la raison.

— En effet, conclut-elle, avant de se retourner vers le buffet pour picorer quelques croques en bouche.

— Tout de même, cette nuit passée ne vous a-t-elle pas donné l'envie de nous explorer encore ?

— Je suis désolée de vous avouer que non. Ni d'être de celles qui tombent en amour pour vous, dit-elle en se détournant de lui ostensiblement.

Telle une lame d'épée bien aiguisée, ces mots s'enfoncèrent dans la poitrine d'Alexandre, le blessant profondément.

Accusant le coup, un effluve du parfum d'Athénaïs arriva jusqu'à ses narines. Il se souvint du vétiver qu'elle portait au mariage et qu'il avait trouvé original, voire saisissant. Cette fois-ci, il apprécia ce mélange sucré.

— Je ne vous l'ai pas dit, mais j'aime le vétiver sur vous, lui murmura-t-il au-dessus de sa nuque, car elle lui tournait toujours le dos. Au mariage de ma cousine Alma, il respirait l'élégance et le caractère qui vous caractérise bien. Et surtout l'intensité que vous dégagez…

Athénaïs se retourna enfin, le fixant de ses yeux d'un bleu à la fois glacé et magnétique, dont le maquillage magnifiait encore leur forme en amande.

— Adieu Alexandre, nous allons finir par attirer l'attention. Je vais maintenant rejoindre la foule ainsi que mon époux, autour de nos souverains.

Il hocha la tête, ne trouvant plus d'arguments. Et en effet, il se devait aussi d'assister au jeu de la reine qui allait commencer.

Il regarda Athénaïs s'approcher de son époux et s'arrêter à ses côtés. Aucune complicité ne semblait les lier, ce qui lui plut. Le problème d'Alexandre était qu'il avait aimé ce qu'il avait goûté d'elle… et qu'il n'était point rassasié. Il la voulait encore une fois, une toute petite fois. Il ressentait ce désir comme quelque chose que l'on veut, mais qu'on ne peut posséder. Et cette frustration ne faisait que doubler sa volonté de la reconquérir, ne serait-ce que pour une dernière nuit. Et, elle en avait envie aussi, il le ressentait. Oh Dieu, il ne pouvait abandonner l'idée d'un autre moment de magie avec elle.

*

Une fois en place, la reine et le roi furent encerclés par la foule. Anne d'Autriche proposa à Louis XIII de choisir au hasard trois couples, qui ne l'étaient pas dans la vie, qui danseraient chacun leur tour face à tous afin de montrer leur talent. Ce qu'il accepta. Pour cela, elle lui banda les yeux. Le roi se prêta au jeu et, à l'aveugle, il partit à la recherche d'une personne à attraper… le sourire aux lèvres.

La reine en fut heureuse, car elle avait eu cette idée, espérant piquer la curiosité de son époux, et lui arracher… un sourire. L'esprit de son royal mari était, elle le savait, accaparé par la fureur de sa mère, Marie de Médicis, qui rageait quant au peu de responsabilités qu'il lui octroyait depuis la fameuse journée des dupes l'année précédente, où elle avait défié l'autorité de son fils en tentant de se débarrasser du cardinal de Richelieu.

*

Alors que les invités s'amusaient à l'instar de leurs souverains, Athénaïs bien malgré elle, se fit attraper. Alexandre y vit l'occasion trop belle de danser avec elle, et il se mit subtilement sur le passage du roi qui finit par le toucher.

Ils seraient les premiers à danser…

Chapitre 23

Athénaïs était pétrifiée. Non pas qu'elle n'excellait pas en danse, mais elle était on ne peut plus embarrassée du duo qu'elle devait former devant le monde, devant son époux. Saurait-elle faire fi de l'attirance qu'elle avait du mal à taire face à Alexandre ? En réaction, elle afficha un air digne et froid.

Le regard du mousquetaire, lorsqu'il lui offrit son bras, la troubla si profondément qu'il la fit se sentir d'un coup fragile. Il l'accompagna jusqu'à la piste. Elle ne pouvait détacher ses yeux des siens, mais elle était raide comme un piquet.

— Je sais… lui dit-il dans un souffle. Fixez-moi et prenez juste plaisir à danser.

Alexandre se pencha pour un baisemain avant de la faire tourner lentement au rythme de la musique. Puis, leurs mains collées, ils entamèrent plusieurs pas élégants. Le rythme de la musique s'accélérait. Leurs bras se croisèrent et se décroisèrent. Ils tournèrent sur eux-mêmes se détachant, se rapprochant. Alexandre la souleva par la taille. Les pieds d'Athénaïs décollèrent, alors que ses mains étaient posées sur les larges épaules de son cavalier. Elle le contempla de haut, les éclats dorés des iris du jeune homme ressortaient, magnifiques, à la lumière des chandelles qui ornaient les lustres du plafond. Et lorsqu'il la remit à terre, leurs visages furent si proches qu'elle eut du mal à ne laisser paraître aucune émotion.

Alexandre ferma les yeux un instant avant de la faire basculer en arrière, la retenant par la taille. Il admira ce corps si féminin, sublimé par une robe qui suivait avec harmonie tous ses mouvements. La coupe offrait une gorge nue et faisait ressortir le bombé de ses seins. Dans cet équilibre, Athénaïs balançait sa tête dans un mouvement fluide et gracieux, les plumes de paon de sa collerette accueillant sa chevelure brune et libre. Le tableau était superbe. Alexandre se rendit alors compte qu'il avait oublié qu'ils n'étaient pas seuls.

Sous le regard acéré de toute la haute noblesse, il la redressa avec maîtrise. Ils se retrouvèrent nez à nez. Leur souffle se mélangea en un seul. Ils se séparèrent à nouveau pour tournoyer chacun de leur côté, avant de se rejoindre pour poser sur le cou de l'autre, une main, et valser presque tête contre tête. Alexandre menait la danse et il avait sciemment choisi les chorégraphies les plus sensuelles. Athénaïs semblait y prendre plaisir et il en fut ravi.

Lorsque les dernières notes arrivèrent, il lui attrapa les épaules de ses doigts aux griffes de tigre, alors qu'elle était dos à lui. Elle mit sa tête sur le côté, lui prit les mains, se retourna en s'enroulant dans ses bras avant de se dérouler d'un geste magnifique, de tournoyer sur elle-même et d'effectuer quelques pas, seule. Puis, ils se firent face et se saluèrent dans une brève révérence.

Des applaudissements envahirent la salle. Ils furent félicités par le roi et la reine, et le deuxième couple les remplaça sur la piste.

Revenir à la réalité fut difficile pour Alexandre et il perçut le même émoi chez Athénaïs.

Assailli par quelques-unes de ses connaissances venues le féliciter chaleureusement, il dut laisser bien malgré lui, s'en aller la belle.

*

Athénaïs revenait à la réalité tout doucement, rejointe par ses amies encore émerveillées par cette magnifique démonstration de ses talents de danseuse. Elles n'avaient que rarement vu un couple danser avec une telle complicité. Cela leur avait donné chaud, plaisantèrent-elles à moitié.

Un verre d'eau lui fut même apporté par la duchesse de Chevreuse, qui la prit à part.

— Vous devez être assoiffée après cette danse ? Que dis-je… cette métaphore si bien jouée d'une parade amoureuse ! déclama-t-elle, le sourire forcé.

Athénaïs était catastrophée.

— Ce mousquetaire m'a, en effet, amené à le suivre dans une chorégraphie fort sensuelle, dit-elle tout en acceptant le rafraîchissement.

— Le mot est faible. Sachez que vous êtes le centre de tous les bavardages. Je vous félicite, cingla-t-elle d'un ton ironique.

Athénaïs n'aimait pas qu'on lui parle ainsi, mais elle n'était pas en mesure de se défendre.

— Prendre un amant, c'est une chose pour laquelle je vous encourage si vous le souhaitez, continua la duchesse, mais je le répète, la discrétion est de mise dans votre situation. Et je pense à Alphrède, pauvre époux. Quelle humiliation.

— Humiliation ? Je n'ai fait que danser, madame. Et pensez-vous que mon époux n'a pas de maîtresse ? s'emporta-t-elle avant de le regretter amèrement.

— Ah… vous êtes au courant. Au moins, il est discret… prenez-en de la graine ! répondit la duchesse, réajustant sur son bras la longue queue féline de sa tenue de panthère noire.

Athénaïs resta bouche bée. N'y avait-il qu'elle qui fût ignorante ?

Elle s'excusa, ne pouvant tenir une seconde de plus, et, sans attendre, fila rejoindre son époux pour tenter de sauver les apparences, faisant fi du regard incendiaire que la duchesse lui lançait sûrement.

Louise, ou plutôt un écureuil, lui sauta alors dessus, littéralement.

— Rhooo… Athénaïs, tu m'as donné de la fièvre !

— Tu ne vas pas t'y mettre toi aussi ?

— J'ai adoré ! Vous étiez en osmose totale. Une alchimie se dégageait de vous… Sache qu'Alma m'a raconté que lors de son mariage, vos regards se sont déjà accrochés…

— Nous en parlerons plus tard, Louise. S'il te plaît. Je vais de ce pas rejoindre Alphrède, comme tu peux le comprendre.

— Bien entendu. Je l'ai vu au buffet du fond de la salle, après s'être fait entraîné par deux de ses amis.

*

Sur son chemin, elle fut arrêtée par une jeune femme à l'expression triste et désœuvrée. Son habit de colombe d'une blancheur immaculée la faisait paraître d'autant plus fragile.

— Madame, dit la jeune femme, agitant un index accusateur, sachez que vous n'obtiendrez rien d'Alexandre ! Rien ! Vous pensez peut-être que vous lui plaisez particulièrement ? Eh bien, détrompez-vous. Cet homme n'aime personne mis à part lui-même, et il vous rayera de sa vie d'un seul trait.

Sa voix s'était brisée au fur et à mesure qu'elle parlait.

— Mademoiselle…

— Non, laissez-moi vous prévenir ! Même s'il y a une complicité certaine entre vous, vous n'avez rien d'extraordinaire, rien que je n'ai pas… Alors éloignez-vous avant qu'il ne soit trop tard, avant de vous retrouver dans le même état que moi…

Des larmes coulèrent sur ses joues. Athénaïs eut pitié d'elle.

— Mademoiselle, je vous remercie sincèrement de me mettre en garde contre ce jeune mousquetaire. Je connais sa réputation. En outre, soyez sûre que je n'attends rien de lui, car mon époux et moi-même formons un couple épanoui.

Cette phrase eut du mal à être prononcée avec naturel, mais Athénaïs pensait s'en être bien sortie.

Plus elle reprenait ses esprits, et plus elle en voulait à Alexandre de l'avoir mise dans l'embarras. Heureusement, ni ses parents ni ses tantes et oncles n'étaient présents, partis dans l'immense demeure familiale, régler quelques soucis d'intendance. Quelle gêne elle aurait ressenti !

— Je suis navrée, ajouta Athénaïs. Le comportement de ce jeune homme est vraiment détestable. Pensez à vous. Rayez-le, vous, de votre vie. Il ne vous mérite pas.

— Merci, madame. Vous avez raison et j'essaie de l'oublier. Mais j'ai tant aimé ce qu'il me disait… hoqueta-t-elle, il m'a brisé le cœur…

La jeune femme fit demi-tour, lasse. Alexandre était un homme immature et bien égoïste. N'avait-il pas honte de lui ? Comment pouvait-il mentir ainsi aux femmes, sachant qu'il s'en débarrasserait le lendemain ? Un scélérat. C'était la seule conclusion qu'on pouvait tirer de ses agissements et Athénaïs s'accrocha le plus fermement possible à cette pensée.

Elle marchait vers son époux qu'elle cherchait du regard. Une certaine appréhension s'était logée dans sa poitrine.

— Vous ne l'aurez pas… pas plus qu'une autre…

Athénaïs s'arrêta.

— Pardon ? Vous m'avez adressé la parole ? demanda-t-elle à la femme qui semblait un peu plus âgée qu'elle, et qui arborait une tenue de chatte aux poils dorés.

— Pour qui vous prenez-vous ? Ne l'approchez plus ou vous aurez affaire à moi. Je ne plaisante pas, madame.

La femme-chat la toisa avec une telle arrogance que le sang d'Athénaïs s'agita d'un seul coup.

Elle portait un masque sur le haut du visage uniquement, ce qui accentuait son regard cruel et laissait paraître un sourire mauvais.

— Vous me menacez ? articula Athénaïs.

— Parfaitement !

— Êtes-vous consciente ?

La femme s'avança vers elle et la fixa nerveusement, mais Athénaïs réussit à reprendre son calme. Elle ne voulait surtout pas attirer l'attention.

— Madame, sachez que je suis mariée et que je ne suis point proche de cet homme. Nous avons juste dansé sous les ordres de nos souverains.

— Juste dansé ? Êtes-vous sérieuse ?

— J'ai, pour ma part, suivi la chorégraphie imposée par le mousquetaire.

— Cela ne m'étonne guère de lui… mais vous y avez pris un plaisir non dissimulé…

— J'aime danser, que voulez-vous. Ce n'est pas un crime.

— La tension qu'il y avait entre vous était palpable et personne n'a été dupe, je peux vous le dire. Les conversations vont bon train.

Sur ces mots, la femme-chat tourna les talons dans une moue malveillante.

La situation était pire que ce qu'elle croyait. *La Gazette* ne se priverait sûrement pas de relater ce qui paraissait être un sujet de commérages, et la duchesse ne se priverait pas de la sermonner une nouvelle fois. Voire de s'en ouvrir à ses parents pour qu'ils l'envoient les rejoindre au domaine familial, loin des plaisirs de la Cour.

Sa vie allait-elle tourner au cauchemar pour une danse ?…

Chapitre 24

Athénaïs vit Alphrède qui arrivait vers elle. Elle inspira profondément et prit un air assuré.

— Ma chère, quelle danse vous nous avez proposée là ! s'écria-t-il.

— J'aime danser, vous le savez, répondit-elle innocemment.

— Je le sais et le tableau que vous avez donné était fort beau !

Son époux avait l'air sincère.

— Je vous remercie. J'y ai mis toute ma grâce pour satisfaire le roi et la reine, surtout.

— Votre grâce et les désirs qui vont avec. Et avec ce jeune homme. Toujours le même… ironisa-t-il gentiment.

— Mon cher époux, dites-moi, qui a choisi ce cavalier ?

— Le roi, il est vrai. Mais tout de même, quelle belle complicité… Ceci dit, j'ai trouvé assez grisant de vous regarder.

Athénaïs ne sut comment réagir. Cela l'apaisa qu'il ne lui en veuille pas, et dans le même temps, cela la mit mal à l'aise. Il ne la remarquait que lorsqu'elle était dans une situation ambiguë avec un autre homme.

— M'accorderiez-vous une danse ce soir, ma mie ?

— Avez-vous remarqué que vous me le proposez uniquement dans ces circonstances ?

— Ah ?

— Absolument ! À croire que vous ne m'envisagez que lorsque votre orgueil est bafoué ?

— Je suis un piètre époux, pensez-vous ?

— Oui vous l'êtes, osa-t-elle.

Cela lui semblait si juste qu'elle ne pouvait rater l'occasion de le lui dire. Peut-être serait-ce là une révélation soudaine pour Alphrède. Peut-être qu'il ne la tromperait plus. Mieux, il ferait alors un effort pour la reconquérir. En réalité, elle ne le souhaitait plus. Elle avait perdu tout attachement. Et pire, elle comprit qu'elle ne pourrait plus trouver agréable aucun moment avec lui.

— Eh bien, j'en suis navré, mais je suis comme je suis, déclara-t-il le plus simplement du monde.

— En effet… souffla-t-elle baissant légèrement la tête, entraînant les longues plumes de paon dans son mouvement.

— Allez, venez valser, voulez-vous ? Quand le dernier couple quittera la piste, nous montrerons au monde que nous dansons merveilleusement bien ensemble.

Athénaïs accepta, pour tuer dans l'œuf les rumeurs que sa danse avec le mousquetaire avait fait naître. Et elle y mettrait de l'ardeur. Elle espérait ainsi que le mystérieux journaliste de *La Gazette* qui relatait les indiscrétions, ne s'éternise pas sur Alexandre et elle, donnant du grain à moudre à ses pairs et à la duchesse de Chevreuse. Car après les prophéties théâtrales qu'avait subies Alma, elle refusait que ce soit son tour !

Alphrède et Athénaïs valsèrent bientôt. Cette fois-ci c'était une chorégraphie d'ensemble. Heureusement, elle permit à Athénaïs de laisser aller sa grâce qui, tout de même, lui demanda un effort.

Après leur danse, puis quelques mots échangés, Alphrède la tint informée qu'il s'en allait avec des amis au club du Petit-Bourbon. Il précisa qu'il rentrerait relativement tôt, ce qu'il leur permettrait, si elle n'était point déjà dans les bras de Morphée, de concevoir leur héritier.

— Je ne pense pas rentrer tard, répondit-elle. Je serai sûrement couchée lorsque vous reviendrez…

— Ah… nous verrons bien, dit-il, un soupçon de paillardise dans la voix.

Elle acquiesça, ravalant une sorte de dégoût à la pensée de son corps sur elle. C'était un fait, elle ne le désirait plus du tout.

— Et je vous rassure, ajouta-t-il, je vais enlever ma crinière de lion et mes pattes avant de me montrer au club ! s'amusa-t-il.

Athénaïs acquiesça d'un faible sourire.

— Je vous renvoie le cocher, dans la cour du Louvre, après qu'il m'a accompagné. Vous pourrez ainsi quitter la soirée à votre convenance.

— Parfait, Alphrède, répondit-elle, d'un ton neutre.

Elle aurait en réalité préféré partir avec lui, pour rentrer et s'aérer la tête de ce bal qui avait tourné au vinaigre. Mais faire le trajet, pourtant fort court, en sa compagnie, lui déplaisait encore plus que de devoir rester.

Lorsqu'il l'eut quittée, elle se demanda si elle n'allait pas se faire raccompagner par quelqu'un, lorsqu'elle vit

Aramis et Alexandre qui marchaient vers elle. Louise arrivait aussi.

Elle voulut alors faire volte-face et s'enfuir.

— Madame de Laroche de Briand ! héla Aramis, dans son beau et imposant costume de loup dont le noir de la pelisse se mélangeait avec ses cheveux lâchés.

— Aramis, répondit-elle faussement détendue.

— Madame, salua Alexandre.

Elle hocha la tête.

— Louise, salua Aramis.

Puis ce fut au tour de la cousine de la duchesse de Chevreuse, Marguerite, costumée en pie, de les rejoindre.

Une discussion légère de banalités s'engagea, et une tension s'empara d'Athénaïs, qui l'oppressait jusqu'à en devenir insupportable.

Elle s'excusa de devoir quitter la conversation. Elle marcha alors dans le but de trouver deux de ses amies présentes, les inséparables Eva et Juliette, avec qui il était toujours agréable de converser et qui lui ferait oublier son malaise. Elle resterait en leur charmante compagnie, jusqu'à l'arrivée du carrosse.

Or Louise et Marguerite l'appelèrent avant qu'elle n'atteigne son objectif. Elle se retourna.

— Athi ! Attends-nous. Je voulais te dire que les gens parlent beaucoup de ta danse avec Alexandre…

— Je le sais bien, Louise. Ce qui est dramatique, c'est que *La Gazette*, relatera ce fait dès le prochain numéro.

— Peut-être pas, piailla Marguerite.

— Malheureusement, j'en suis certaine.

— Qu'est-ce qui te fait dire cela, Athi ?

— Il ne se passe pas grand-chose à ce bal. Mais de ce bal, il leur faudra parler, car la reine a proposé au roi un changement d'étiquette quant à la danse. Alors, ce non-événement sera relaté, il n'y a aucun doute là-dessus.

— Oui… tu as raison. Ce n'est pas bon pour toi, Athi. La duchesse, surtout, va t'en vouloir.

— C'est déjà le cas. Mais sa colère en sera exacerbée. Mes parents auront tellement honte de moi. Je m'imagine déjà le discours qu'ils vont me tenir. Et cette fois-ci, mère ne fera pas en sorte d'adoucir l'irritation de père.

Louise et Marguerite ne pouvaient que prendre Athénaïs en pitié.

— Vous pouvez me plaindre, en effet.

— J'en veux à ce mousquetaire… reconnut Louise.

— Et moi donc, avoua Athénaïs. Il m'a entraîné dans cette chorégraphie impudique. Je ne pouvais faire autrement que de suivre. J'étais prisonnière.

— Et tu y as pris un plaisir certain tout de même, osa Louise.

Athénaïs lui lança un regard noir.

— Il faut dire qu'il est bel homme. Ce qui invite à se laisser aller, argua sa cousine, pour répondre à cette œillade sèche.

— Je rêve, intervint Marguerite, lui assénant un coup de coude.

Louise lui sourit avec malice et Athénaïs se demanda comment Marguerite réagirait si elle savait pour Joseph… Son regard croisa alors celui d'Alexandre, qui semblait se diriger vers elles.

— Je ne veux surtout pas lui parler.

— Va, Athi. Je le retiens pour que tu puisses aller te cacher quelque part.

Celle-ci hocha la tête et fit volte face à la vitesse de l'éclair.

C'était compter sans la perspicacité d'Alexandre, qui put éviter Louise et son amie, avant de réussir à rattraper Athénaïs…

— Veuillez me laisser tranquille, s'il vous plaît, dit-elle, lui jetant un regard accusateur, avant de s'en aller à grandes enjambées, furieuse de tant d'aplomb.

Alexandre la regarda partir, secouant légèrement la tête, les lèvres pincées. Il ressentait une urgence à lui parler de ce qu'il s'était passé. Il ne supportait pas ces non-dits.

Chapitre 25

La pression eut raison d'Athénaïs et comme son carrosse ne reviendrait pas tout de suite, elle s'échappa de la vaste salle afin de prendre l'air. Dehors, elle marcha dans les grandes allées éclairées par d'immenses torches enfoncées dans le sol, de part et d'autre du large chemin qui séparait les différents bâtiments du palais du Louvre.

Elle souhaitait atteindre les jardins. Là où elle pouvait être sûre de n'être dérangée par personne, tant elle avait besoin de remettre ses pensées en place. Peut-être quelques couples seraient-ils présents pour s'y rencontrer en secret. Mais, au moins, elle ne serait importunée ni par Alexandre ni par personne.

Arrivée, elle ralentit le pas. Les torches se faisant plus rares, elle avançait avec précaution. Elle avait quitté l'allée centrale et ses mules s'enfonçaient dans l'herbe. Même si la lune pleine et parfaitement ronde éclairait les alentours, une peur s'était infiltrée sournoisement en elle.

Ayant entendu du bruit, elle s'engagea dans une étroite allée qui partait du petit jardin clos et qui était entourée par des palissades de verdure. Elle s'y arrêta. La légère brise lui faisait du bien et elle profita de sa caresse sur son visage.

C'est alors qu'elle entendit des bruits de feuillages. Elle frissonna. Sûrement un jeune couple venu s'embrasser hors de la vue du monde. Elle repensa à Alexandre, à leur folle nuit, à leur danse, à leur alchimie évidente. Même s'il était un incorrigible amant volage, elle pouvait peut-être juste prendre ce qu'il y avait à prendre, sans attente. Elle profiterait au moins encore une fois de cette fièvre qu'il savait lui donner. Elle ne serait pas comme ces femmes qui voulaient plus que ce qu'il ne pouvait offrir.

Reclue au fond d'une impasse, figée dans l'attente, Athénaïs tentait de discerner des ombres ou des chuchotements. Peine perdue, le silence avait empli l'espace. Pouvait-elle sortir de sa cachette ? Elle osa avancer quand une voix la fit littéralement bondir.

— Êtes-vous égarée, belle damoiselle ?

Son cœur s'emballa.

— N'ayez pas peur, je ne vous ferai rien que vous n'acceptiez.

Alexandre ! Comment était-ce possible ?

— Il me semblait bien vous avoir aperçue vous diriger vers ce bosquet. Et lorsque je suis arrivé, personne. Où aviez-vous disparu ? me suis-je alors demandé. J'ai contemplé la lune et lorsque mon regard est revenu sur ce jardin, j'ai deviné cette allée fort discrète…

Alexandre s'approcha à pas de velours. Elle recula d'un pas. Pourtant, elle ressentit une joie dans sa poitrine.

— Je ne souhaite pas vous importuner. Mais je ne veux simplement pas qu'il y ait une gêne entre nous à cause de cette danse.

— Une gêne… c'est que vous m'avez mise dans une situation fort inconfortable.

— J'en suis désolé, sincèrement. Dans vos bras, je n'ai pu faire autrement, tout comme vous n'avez pu refréner votre sensualité…

— J'aime danser et je me suis laissé aller en effet. Et ce, à mon détriment.

— Les gens ont déjà oublié.

— Oublié ? *La Gazette* se chargera de ne pas faire oublier cette malheureuse danse. La duchesse de Chevreuse m'a déjà fait part de l'humiliation pour mon époux. Deux femmes m'ont même abordée, l'une pour me prévenir que vous ne faisiez qu'une bouchée de vos proies pour ensuite les laisser gisantes à terre. La pauvre était en larmes… Et l'autre m'a franchement menacée si je vous approchais encore. Vous lui appartenez et elle ne plaisantait pas.

— C'est que…

— Vous jouez avec les cœurs et vous les blessez rudement.

— Je ne joue pas, se défendit Alexandre. Je prends et je donne du plaisir. Malheureusement, je me lasse plus vite que je ne le voudrais moi-même. Je suis bien peiné pour ces dames, mais je ne peux faire semblant.

Athénaïs le jaugea. Il semblait honnête dans ses propos.

— La plupart des femmes comprennent, certaines ne supportent pas que je ne veuille plus d'elles. Que voulez-vous…

— Peut-être devriez-vous les prévenir avant ?

Alexandre sourit tout en hochant la tête.

— Athénaïs…

Une fois de plus, son prénom prononcé par cette voix chaude, la chamboula.

— En ce qui concerne *La Gazette*, ne vous inquiétez pas trop. Elle relatera ce jeu imaginé par la reine, et non notre duo en particulier. Et si elle notait que nous avons donné un bien beau spectacle, quel mal y a-t-il ? De plus, j'insiste, les gens oublient vite.

— Vous plaisantez ? Vous ne pouvez imaginer les répercussions sur ma vie, je pense.

— Il faut tout de même remettre à sa juste place ce non-événement, Athénaïs. Vous noircissez le tableau parce que vous pensez à cette nuit… que je n'arrive pas à oublier non plus… et vous vous imaginez alors que le monde va penser que nous sommes amants.

— Peut-être bien… avoua-t-elle, finalement.

Ils restèrent dans un entre-deux, ne sachant ni l'un ni l'autre ce qu'il allait se passer.

Athénaïs le fixait, ne pouvant contrôler le désir qui montait. Plus elle le regardait, moins elle pouvait lutter. Cela cognait fort en elle. Elle rêvait d'être à nouveau entre ses griffes… Pourquoi s'en priver ? Puis, sa raison reprit le dessus. *Ce serait une erreur*, songea-t-elle. Elle était en colère. Mais était-ce contre lui ou contre elle-même ?

— Athénaïs, pourquoi fuyez-vous ? Pourquoi vous interdire de prendre du bon temps ? Je ne peux vous promettre plus et je ne m'en cache pas. Mais nous n'avons qu'une seule vie !

— Alexandre…

— Il se trouve que nous avons encore envie l'un de l'autre. Pouvez-vous le nier ?

Athénaïs chercha à rester concentrée sur ses résolutions, or le désir d'Alexandre, qui renforçait le sien, l'en empêchait.

— J'ai envie de me sentir trembler tout contre vous, de sentir mes mains s'affoler sur votre corps, de goûter à nouveau à vos lèvres, et plus encore… C'est comme si ma vie en dépendait… C'est aussi fort que cela.

Les sens d'Athénaïs lui jouaient des tours et des pensées contradictoires tournoyaient dans sa tête. Mais elle le voulait aussi. Elle devait arrêter de nier l'évidence.

— Et si vous cessiez de vous soumettre à cette torture… murmura-t-il alors.

Au diable… dans un mouvement soudain, Athénaïs se jeta sur lui. Sur la pointe des pieds, elle posa avec vigueur ses lèvres sur les siennes. Une pulsion incontrôlable s'était emparée d'elle avec une joie immense. Alexandre la plaqua contre lui, l'enlaçant et l'embrassant, avec toute l'ardeur dont elle avait rêvé.

Après un baiser profond, ils se regardèrent les yeux brillants dans un sourire. Et dans l'élan d'une envie folle, Athénaïs délassa l'épaisse corde du pantalon d'Alexandre, qui tomba à ses pieds. Puis ce fut au tour du caleçon. Elle se rapprocha, l'humeur coquine, pour lui mordre la lèvre supérieure. Alexandre redressa sa robe évanescente et ses fins jupons dans un mouvement rapide. Ils s'étreignirent avec force comme s'ils voulaient se fondre dans le corps de l'autre. Alexandre la souleva à sa hauteur et la cala contre la palissade de verdure. Ils trouvèrent alors tous deux le graal de l'autre.

Ses mains viriles, dont il avait enlevé les pattes griffées, s'agrippèrent aux fesses généreuses d'Athénaïs qui, elle, ébouriffaient ses cheveux, sous sa tignasse de tigre, le couvrant de baisers sur tout le visage dans un ardent délire. Tout n'était que pure ivresse. Elle le sentait profondément en elle, et elle était parcourue d'une fièvre délicieuse. Ses gémissements, elle ne les retenait pas, car on aurait bien pu les surprendre qu'elle s'en moquait royalement. Rien n'était plus important que ce moment suspendu dans la nuit et le temps.

Lorsque Athénaïs savoura sa jouissance, Alexandre se retira, cette fois-ci, à temps. Sa semence offerte à la terre. Elle garda les yeux fermés un instant. Il posa sa tête sur son épaule, essoufflé.

— Vous êtes encore bien plus torride que dans mes fantasmes, lui susurra-t-il dans l'oreille.

Athénaïs était emplie d'un bien-être rare. Elle le fixa d'un air polisson, lorsqu'il lui prit le menton pour la couver d'un regard émerveillé et lui déposer un baiser d'une tendresse infinie, avant de se rhabiller. Elle était sur un petit nuage.

Mais un oiseau s'envola, faisant bruisser la végétation alentour, et elle se réveilla comme d'un songe, prenant la mesure de la situation. Une angoisse liquide parcourut son sang à une vitesse folle et ses entrailles se tordirent d'appréhension.

— Allez-vous bien ? demanda Alexandre, inquiet au vu du brusque changement d'expression d'Athénaïs.

Elle secoua la tête, cherchant à reprendre ses esprits.

Elle avait à nouveau commis la même erreur qu'au bal. Ses sens l'avaient une nouvelle fois trahie… Et même si elle avait aimé ce qu'il venait de se passer, si on les surprenait, c'en était fini d'elle. Elle n'aurait plus qu'à se jeter dans la Seine. Elle entacherait le nom de son père pour des générations.

— Je ne sais pas ce qui ne va pas chez moi…

— Comment cela ?

— Je succombe à votre tentation comme une jeune fille en fleur, que je ne suis pourtant pas. Et je joue ma vie, contrairement à vous. Nous voudrions nous faire surprendre que nous n'aurions pas fait mieux.

Athénaïs secoua la tête de dépit et vérifia son allure après s'être dégagée des bras d'Alexandre qui l'avaient à nouveau enlacée, cherchant à l'apaiser. Heureusement, les plumes de paon autour de sa collerette avaient bien tenues. Elle en fut soulagée.

— Veuillez rester quelques minutes ici avant de revenir au palais, s'il vous plaît.

— Bien entendu, répondit-il dans un sourire incrédule.

Athénaïs avança vers la sortie de l'impasse, et prudemment observa les autres allées. La voie était libre. Elle marcha vers le palais, sursautant au moindre bruit, tant sa terreur de rencontrer quelqu'un était forte.

Elle put fort heureusement, sans entrave, rejoindre son carrosse qui l'attendait, et fut soulagée de quitter enfin ce bal.

Dans l'ombre, une silhouette s'engouffrait dans sa voiture, tout en regardant partir le carrosse, des questions plein la tête, avant d'apercevoir le mousquetaire qui, lui, prenait le chemin du bal.

Un large sourire se dessina sur son visage…

Chapitre 26

Athénaïs entendit toquer à la porte de sa chambre.

— Ma mie, c'est moi, votre époux. Puis-je entrer ?

Elle s'enfonça encore plus dans ses draps, si cela était possible. Surtout ne pas répondre. Elle ne supporterait pas ces mains sur son corps. Elle ferma les yeux et se tourna sur le côté.

Pourtant, il lui fallait cet héritier. Elle hésita alors. S'il était aviné, cela ne durerait pas longtemps. Peut-être devait-elle l'inviter ?

— Athénaïs ? insista-t-il, en frappant encore à la porte.

Elle faillit lui permettre d'entrer, or l'idée de ce devoir conjugal la dégoûtait. Et c'est avec horreur qu'elle entendit la porte s'ouvrir. *Quel mufle*, pensa-t-elle. Elle fit semblant de dormir, mais elle entendait distinctement les pas se rapprocher. Il n'allait tout de même pas la réveiller ? Elle sentit le lit bouger sous le poids de son époux. Bientôt, son souffle alcoolisé agressa son odorat et sa joue. Il la sondait. Elle se concentra pour paraître endormie. Enfin, il recula et posa ses pieds au sol, avant de quitter la chambre. Il avait capitulé. Ce n'était pas un monstre, tout de même.

Athénaïs se replaça sur le dos, soulagée. Dans la douceur de ses draps qu'elle trouva bien trop moelleux, elle eut du mal à chasser les sensations de ce qu'elle venait de vivre avec Alexandre, à ce bal. *Quelle folie*, pensa-t-elle. Quelle délicieuse folie… Elle se remémorait avec agitation la danse et leurs ébats. Elle voulait se laisser aller à la rudesse d'une passion emflammée et elle voulait se consumer dans ce plaisir, tant elle en souffrait l'absence. Elle désirait des morsures, des étreintes torrides, des regards embrasés.

Ses draps étaient vides…

Ce qu'Alexandre lui faisait éprouver rallumait sa flamme intérieure. L'harmonie qu'elle ressentait en sa présence, leur complicité et l'attention qu'il lui portait lui insufflait la joie nécessaire pour aimer la vie.

Trouverait-elle un amant à la hauteur du mousquetaire ? Des idées se mirent à fuser en tous sens, comme si elles menaient littéralement une guerre entre elles. Elle crut devenir folle et tentait en vain de refréner ses pensées qui n'avaient ni queue ni tête. Elle pensa mourir pour de bon et, dans un ultime sursaut, elle pria. Le flot des pensées s'arrêta net. Quel soulagement ! Plus jamais, elle ne voulait revivre cela.

Apaisée, elle admit qu'elle brûlait encore pour lui. Alexandre. Il n'existait assurément pas un autre homme avec qui elle avait une telle alchimie. Mais le fait était que la vie sexuelle du mousquetaire était le centre d'attention de trop de monde et qu'il n'était pas question de réitérer un rapprochement. Surtout avec les commérages qu'allait entretenir la chronique mondaine de *La Gazette* à propos de leur danse enfiévrée. Et puis, Alexandre ne voulait déjà probablement plus d'elle. Il l'avait eue deux fois. Jamais il ne s'offrait plus. L'affaire était réglée.

Quelle souffrance, s'apitoya-t-elle, de savoir que cela avait été la dernière fois qu'elle connaissait une telle explosion de vie. Dorénavant, elle n'aurait plus que ses réminiscences pour tenter d'entretenir la petite flamme en elle, qui voulait tant ne pas s'éteindre.

Ces souvenirs, qu'elle rejouait maintenant dans sa tête, lui insufflaient des idées coquines qui n'attendaient qu'à se réaliser. Elle réfléchit alors à la manière dont elle pouvait encore tenter Alexandre, avant de finir par s'endormir, épuisée par ses intenses réflexions.

Chapitre 27

Le lendemain du bal, au petit matin, dans la pénombre de sa chambre, dont il avait laissé les volets fermés, Alexandre se préparait mollement pour une journée d'entraînement à l'épée, au Louvre. Ou plutôt, était-ce, un spectacle de combat devant un public choisi, gouverné par le souverain Louis XIII ?

Alors qu'il finissait sa toilette, il fut demandé par son majordome qui annonça que monsieur Aramis l'attendait dans le salon.

— Eh bien, mon ami, que me vaut la joie de ta visite ? lui demanda Alexandre, après avoir autorisé Melchior, son majordome, à le faire monter dans son antre.

— Tu n'es toujours pas prêt ? s'étonna Aramis, voyant le jeune homme enfiler son pantalon.

— Pour tout t'avouer, je ne voulais pas me lever ce matin. Une envie de rester au lit et de rêvasser m'a envahi, expliqua le jeune mousquetaire.

— Toi ? Une envie de rêvasser ? Que se passe-t-il, mon ami ?

— Eh bien, j'avoue que je m'étonne moi-même, admit-il du bout des lèvres.

Ce qui l'étonnait, en réalité, était qu'il avait une envie démesurée de revoir Athénaïs, de sentir son parfum, de rire avec elle, de caresser sa peau. Seule sa rêverie lui permettait cela, en cette matinée.

— Il doit bien avoir une raison ? questionna Aramis, tout en ouvrant les volets de la pièce.

— Pas de raison particulière, osa-t-il mentir.

Il ne se savait pas capable d'un tel sentimentalisme. En temps normal, il aurait été le premier prêt au combat, mais une douceur l'avait envahi qui l'accaparait tout entier.

— Pas à moi, Alexandre. Allez confie-toi… tu sais que je suis de bon conseil. Et je suis sûr que cela concerne une demoiselle.

Alexandre pensa à l'histoire de Tristan et Iseult, Roméo et Juliette, et il rit de lui-même.

— Nous allons être en retard à notre spectacle d'entraînement à la Cour. Les acclamations nous attendent, ne tardons pas.

Il joignit la parole à l'action et enfila avec plus d'ardeur son costume de mousquetaire avant d'accrocher ses armes à sa ceinture.

— Tu ne me demandes pas la raison de ma venue ? s'interrogea Aramis.

— Tu as raison. Où avais-je la tête…

— Visiblement tu l'as ailleurs, vers les jupes d'une femme, railla Aramis. Ne serait-ce pas la belle Athénaïs avec qui tu as dansé hier au bal ? Quelle danse torride vous nous avez donnée !

Alexandre haussa les sourcils, fataliste.

— Dommage qu'elle soit mariée… n'est-ce pas ?

— Tu es incorrigible, s'esclaffa Alexandre.

— C'est l'un de mes surnoms, en effet ! Je voulais te demander un service.

— Dis toujours.

— Après notre entraînement au Louvre, pourras-tu te déplacer chez M. de Laroche de Briand, justement… ?

À l'évocation de l'époux de la jeune femme, Alexandre se sentit un peu nerveux.

— Il a laissé au club du Petit-Bourbon, continua Aramis, une dague centenaire assez particulière, qu'il avait apportée comme objet de curiosité. Tiens, la voici.

Aramis sortit de son sac de cuir qu'il portait en bandoulière la dague et la déposa sur le guéridon marbré, près de la double porte d'entrée de la chambre.

— Lame en acier à triple gorge, ciselée au talon et sur les deux faces, d'un serpent de mer. Une poignée de forme circulaire en corne, sculptée d'un fauve et de feuillages. Une belle œuvre, n'est-ce pas ?

— Et il l'a oubliée ?

— Eh oui. Pourtant je sais qu'il y tient. Et même s'il ne s'en est, peut-être, pas encore rendu compte, je serais honoré d'être celui qui la lui rend, à travers toi, certes.

— Et pourquoi ne l'apportes-tu pas toi-même ?

— Ces jours-ci sont ô combien chargés et je ne souhaite pas que ce soit un domestique qui s'en charge, car cela est toujours bénéfique de rendre soi-même un service à un homme riche ! S'il te plaît ?

— C'est d'accord. Je ne peux rien te refuser tu le sais.

— Tu iras après notre entraînement au Louvre ?

— J'ai tout d'abord rendez-vous avec des amis, mais je te promets d'y aller en fin de journée.

Aramis lui tapota chaleureusement l'épaule. Puis Alexandre s'activa, car l'heure tournait.

*

L'entraînement terminé, qui fut comme à son habitude un succès, Alexandre se mit en route pour honorer son rendez-vous avec son ami Philippe de la Rochezoire, rue des Jacobins réformés.

Arrivé à destination, il resta quelques secondes devant la porte de la maison à réfléchir. Attendrait-il la fin de journée pour aller rendre la dague ?

Chapitre 28

Germaine s'affairait à créer une pomate. Assise à la table en bois rectangulaire de la pièce principale de sa maisonnette, qui faisait office aussi bien de salon que de cuisine, elle avait en main une belle pomme de terre et elle inspectait quel en était le plus gros germe. Lorsqu'elle le trouva, elle s'activa à arracher les autres, et à couper de biais l'élu sur sa partie haute. Elle s'attela alors à trancher, toujours de biais la base d'une tige secondaire d'un plant de petites tomates, quand on frappa à la porte.

Elle bougonna. Le travail à faire pour greffer les deux parties était délicat et ne pouvait attendre. Qui cela pouvait-il bien être ?

Germaine se leva malgré tout, la démarche sûre malgré son âge avancé. Elle regarda par l'œilleton de la porte d'entrée. C'était la jeune dame qu'Alexandre avait amenée un matin. Une comtesse, si sa mémoire était bonne. Il était étonnant et intrigant qu'elle vienne lui rendre visite. Mais la surprise lui fit plaisir.

— Madame, salua-t-elle chaleureusement, lorsqu'elle lui ouvrit. Suivez-moi donc et asseyez-vous à la table.

Athénaïs s'exécuta. Elle avait bien entendu reconnu le nom de la rue, lorsqu'elle avait récupéré la missive que la duchesse avait laissé à son attention chez Maximilien, le tailleur de la rue Saint-Honoré.

— Madame, je suis Athénaïs de Laroche de Briand…

— Je me souviens très bien de vous, la coupa Germaine. Je préfère que vous m'appeliez par mon prénom.

— Bien sûr, Germaine, sourit Athénaïs. Je vous remercie de me recevoir. La duchesse de Chevreuse m'envoie pour des conseils en matière de fertilité, expliqua-t-elle très gênée d'exposer cette intimité à une femme proche d'Alexandre.

— Ah, la duchesse !

Athénaïs ne sut comment interpréter cette exclamation.

— Je puis peut-être vous aider, sans toutefois faire de miracles ! lui dit-elle, le regard bienveillant. Avant cela, je dois effectuer une tâche qui ne peut attendre. Pouvez-vous, s'il vous plaît, aller me chercher une pince plate, que vous trouverez dans le petit meuble à côté de la cheminée ?

Athénaïs se leva et se dirigea vers l'unique meuble disposé contre le mur. Lorsqu'elle trouva l'objet en question, elle revint s'asseoir en face de la vieille femme.

— Merci, madame.

— Appelez-moi Athénaïs, je vous en prie.

— Eh bien, Athénaïs, savez-vous ce que je suis en train de faire ?

— Je n'en ai pas la moindre idée.

— Je crée une pomate.

Germaine assembla le germe de la pomme de terre et le bout de la fine branche du plan de tomate, en les collant avec la pince. Puis, elle mit en pot la pomme de terre, laissant à l'air libre le point de greffe.

— Voyez, cette plante nouvelle fera pousser des pommes de terre sous terre, et des tomates en l'air, s'extasia-t-elle.

— Vous dîtes qu'il est possible de les faire pousser en même temps ?

— Tout à fait ! approuva joyeusement Germaine.

— Intéressant, avoua Athénaïs.

— J'ai découvert cela par hasard, en expérimentant. J'aime m'occuper des plantes, reprit Germaine en se levant.

Puis elle s'éclipsa dans une autre pièce, sous l'œil admiratif d'Athénaïs impressionnée par sa démarche si fluide et légère. Elle réapparut bientôt avec un bol en main.

— Sauge, ortie et romarin, présenta l'agile apothicairesse. Ces plantes augmenteront vos chances de tomber enceinte, fit-elle en les enveloppant dans un papier.

Athénaïs prit le paquet qui lui était proposé.

— Mélangez quelques feuilles dans un grand verre d'eau chaude. Laissez infuser dix bonnes minutes et buvez trois tasses par jour, pendant quinze jours.

— Merci… Germaine.

— Ne me remerciez pas, car cette décoction a une tentative infime de réussite. Voyez-vous, il y a plusieurs raisons pour laquelle, vous ne tombez pas enceinte…

— Je n'y connais rien, je vous avoue, concéda Athénaïs.

— Bien entendu ! Personne ne parle de cela. La société se contente juste d'accuser la femme pour faute grave. Quel simplisme !

Athénaïs acquiesça.

— Je vais vous en donner quelques raisons. Je ne les connais évidemment pas toutes, s'excusa-t-elle.

— Je suis tout ouïe, répondit Athénaïs, tout en rapprochant sa chaise en bois de la table.

— Premièrement, vous pouvez ne pas être fertile, mais sachez que l'homme aussi peut ne pas l'être.

— Êtes-vous certaine ?

— Oui, je le suis, ma douce.

— Pourquoi n'en parle-t-on pas ? s'insurgea Athénaïs.

— Nous vivons dans un monde d'hommes, fait par et pour les hommes, que voulez-vous ? Cela changera un jour. L'équilibre se fera.

— Peut-être grâce au salon des Précieuses, duquel je fais partie, et qui prône l'indépendance de la femme !

— Oui, lentement mais sûrement, les femmes retrouveront leur pouvoir.

Elles s'envisagèrent, complices.

— Pour revenir aux raisons d'infertilité, il y a des jours où vous pouvez tomber enceinte et d'autres non.

Germaine fit un cours détaillé à Athénaïs qui écoutait avec attention.

— Aussi, il y a un aspect à prendre en compte. Votre corps peut empêcher cela d'arriver, si votre cœur ne le veut pas. J'ai constaté ce fait à plusieurs reprises. Permettez-moi de vous demander : aimez-vous sincèrement votre époux ?

Athénaïs baissa les yeux.

— J'ai compris… Prenez peut-être un amant…

— Merci beaucoup pour vos conseils et vos plantes, fit Athénaïs, rougissante, avant de se lever de table dans un froissement de tissus.

Germaine la suivit, toujours aussi alerte.

Alors qu'elle allait ouvrir la porte, cette dernière suspendit son geste.

— Alexandre vous apprécie beaucoup, vous savez. Je veux dire vraiment beaucoup…

— Ah, fit Athénaïs, dont les joues prirent feu.

— Il ne m'a rien dit, mais je ne suis pas née de la dernière pluie ! Et s'il est assurément volage tant qu'il n'aura pas décidé de s'engager, je pense que vous êtes une personne qui peut le rendre heureux.

— Germaine… Alexandre et moi-même, nous ne pourrons jamais envisager quoi que ce soit ensemble.

— Je n'ai rien dit ! Sachez juste ceci, je sais que vous êtes du signe du Capricorne. Je lui ai demandé votre date de naissance et il s'est renseigné. Je voulais voir si, par hasard, vous vous correspondiez.

— Ah… s'étonna Athénaïs.

— Alexandre est du signe du bélier. Vous êtes complémentaire. Lui est connu pour être le chasseur du zodiaque, certes. Mais lorsqu'il aime, il est le plus fidèle et le plus loyal des compagnons. En général, lorsqu'un Bélier et une Capricorne se font confiance, ils peuvent réellement s'épanouir et accomplir bien des choses ensemble. Il aimera votre stabilité et votre capacité à modérer son impulsivité. Et vous, vous aimerez son énergie joyeuse et sa spontanéité.

Athénaïs écouta sans vraiment prendre en considération ces choses sur lesquelles elle ne savait que penser. Mais elle devait avouer qu'en effet, elle aimait l'énergie solaire d'Alexandre.

— Au revoir, Germaine, fit-elle simplement.

— Je vous laisse partir sur ce conseil, ajouta la vieille apothicairesse… Appréciez toujours le moment présent !

— *Carpe diem*… oui… murmura Athénaïs, tout en descendant la rue.

Chapitre 29

Lorsque Alexandre se fit annoncer, il informa son ami Philippe de la Rochezoire de la demande d'Aramis, qui, mentit-il, était une urgence, car le comte de Laroche de Briand allait quitter Paris dans la journée. Il n'aimait pas mentir, mais la fable ne portait pas à conséquence, alors il se pardonna.

— Pas de souci, va donc rendre ce service. Nous verrons-nous à la taverne du Chat noir, ce soir ? demanda Philippe.

— Oui, comme prévu, dit-il, soulagé de la réponse positive.

Et c'est le cœur pressé qu'Alexandre fit demi-tour, excité d'entrevoir peut-être, cette rebelle qui le faisait encore rêver. Il n'y avait aucun divertissement pour lequel il était convié avant quelques jours et il n'était donc pas censé la revoir de sitôt.

Après avoir laissé son étalon dans les écuries du Louvre, où les chevaux des mousquetaires étaient gardés, il mit le cap vers l'hôtel particulier qui se trouvait à deux minutes à pied. Une fois arrivé, il s'annonça au majordome, tout en expliquant la raison de sa venue.

— M. de Laroche de Briand est absent. Je vais informer madame de votre requête, dit-il l'œil admiratif, ayant reconnu un mousquetaire du roi.

Il ne fut pas pour autant invité à entrer. Il se retrouva à attendre sur le perron. Alors qu'Alexandre se félicitait que le mari soit absent et savourait sa chance, il fut conduit dans le vestibule de la demeure. Là, on lui demanda de bien vouloir patienter. Mme de Laroche de Briand allait le recevoir.

Les minutes défilèrent. Il commençait à s'impatienter lorsqu'elle apparut. Elle descendait lentement l'escalier accolé au mur du fond, dont seul le dernier tiers de marches était face à l'entrée. Son regard tranchant était fixé sur lui. Il déglutit. Sa robe rouge au décolleté plongeant mettait en valeur sa poitrine généreuse et ses cheveux noir de jais caressaient ses épaules de leurs ondulations. Le tout contrastait avec la blancheur laiteuse de sa peau. Alexandre fut également hypnotisé par ses lèvres bombées, d'un rouge vif. Elle était d'une beauté à couper le souffle.

— Monsieur, fit-elle, la voix trahissant l'étonnement.

— Madame, répondit-il, la voix déraillant légèrement.

— Veuillez me suivre dans le salon, je vous prie, reprit-elle d'un ton neutre.

Alexandre la suivit. Il ne pouvait s'empêcher de l'admirer.

Dans le salon du rez-de-chaussée aux couleurs tendres, élégamment décoré de meubles en acajou orangé, Athénaïs s'arrêta devant une table ronde supportant un grand vase agrémenté d'un impressionnant bouquet de roses blanches.

— Vous venez m'apporter la dague que mon époux a laissée à son club ? Il est absent, je me dois alors de la réceptionner à sa place.

Alexandre se demandait si elle l'avait fait attendre pour se parer et se maquiller ainsi. La question le démangeait.

— Et je m'estime bien chanceux…

Ils s'envisagèrent un bref instant.

— Vous êtes tel un ange démoniaque… irrésistible. Cela m'est-il destiné ?

Bien sûr qu'elle s'était parée ainsi pour le séduire et qu'elle faisait semblant de le fuir. Elle savait intuitivement qu'en agissant de cette manière, elle avait une chance de l'attirer dans ses filets. Et son stratagème avait l'air de fonctionner. Elle se fit un plaisir de continuer dans cette voie.

— Pensez-vous être le centre du monde ? Bien entendu, cela ne vous est pas destiné. Je me préparais, en effet, mais non pour vous, monsieur, j'en suis désolée, fit-elle, le regard moqueur.

— Vous êtes sublime. Et le mot est faible.

— Il est vrai que vous êtes doué pour complimenter les femmes, répondit-elle, amusée.

Alexandre osa un pas vers elle.

— Vous ne me proposez pas à boire ?

— Je ne pense pas que vous restiez si longtemps.

Il secoua la tête, le sourire en coin creusant sa fossette. Athénaïs ne put s'empêcher de se mordre la lèvre. Mais comme elle remarqua que le sourire d'Alexandre s'était élargi, elle s'arrêta net.

— Je reviens d'un entraînement à l'épée, au Louvre, qui s'est déroulé devant le roi et des invités de marque, et je ne me suis pas ménagé. Je ne vous cache pas que la soif m'étreint…

— Donnez-moi, s'il vous plaît cette dague que vous êtes venu rapporter, demanda-t-elle avec douceur, tout en faisant un pas en arrière.

Alexandre la sortit de son sac de cuir qu'il portait en travers d'une veste de cuir grise parfaitement coupée et qui mettait sa carrure en valeur. Cette dernière était ouverte sur une chemise blanche laissant entrevoir une partie de son large torse.

Il se rapprocha pour la lui remettre. Elle recula encore. Il avança, si bien qu'elle était maintenant acculée contre le mur, sur lequel il posa une main à proximité de son visage.

— Que faites-vous ? lui demanda-t-elle, le défiant du regard.

Lâchant la dague qui fit un bruit clair en tombant sur le marbre du sol, il plaqua son autre main, l'encerclant. Athénaïs était prisonnière. En réalité, elle ne pouvait s'extraire, ces mains viriles, ce regard qui étaient sur le point d'allumer un brasier, ces lèvres charnues et rosées, ses boucles rebelles qui frôlaient son visage de manière insolente, son souffle sur sa peau et son odeur affolaient tant ses sens qu'elle était incapable de bouger.

Puis, il fit glisser son visage le long de son cou.

— J'ai très soif, il est vrai… mais de vous. Je ne peux lutter… vous êtes si envoûtante… lui susurra-t-il.

Elle avait rêvé si fort de ce moment où elle goûterait encore une fois à sa sensualité.

— Alors, ne le faites pas… haleta-t-elle.

Le mousquetaire mordilla et suça son lobe. C'était si intense. Un désir au creux de son intimité la submergea. Elle ne pouvait pas même imaginer que ce fut possible. Et elle ne voulait surtout pas aller contre ce feu en elle.

— Que… que me faites-vous ? frémit-il dans un souffle roque qui s'immisça dans l'antre de son oreille.

Une excitation explosive fit sauter les limites de la bienséance, encore une fois, et elle faillit bien lui arracher ses vêtements et les siens avec. Après une inspiration salvatrice, sa main vint seulement empoigner les cheveux épais et bouclés d'Alexandre.

Cette félinité qu'il dégageait l'avait séduite depuis leur première rencontre, et plus elle le côtoyait, plus il l'ensorcelait.

Elle prendrait tout ce qu'elle pourrait… Oui, elle allait s'accorder encore une fois cette parenthèse enchantée, comme on s'accorde une douceur sucrée que l'on a attendue depuis longtemps. Elle déposa, telle une évidence, ses lèvres sur celles brûlantes du jeune homme.

Alexandre, en cet instant, la désirait comme jamais il n'avait désiré aucune femme. Le baiser en était presque douloureux. Puis, il devint une fusion parfaite qui le transporta quelque part, là où leurs deux âmes se trouvaient. Il touchait à quelque chose de sacré, comme s'il avait accès à la source de la vie. Il n'était plus Alexandre, il était amour pur.

Ce n'est que parce qu'ils devaient bien s'arrêter un jour de s'embrasser qu'ils le firent. Alexandre se fit alors la réflexion que chacun de leur baiser était alchimique. Il n'avait jamais ressenti cela avec personne.

Ils se regardèrent un long moment. Le temps semblait s'être arrêté. Est-ce qu'elle vivait la même chose que lui ? Que ressentait-elle ? Que pensait-elle ? Il avait trop peur de ses réponses pour l'interroger. Si elle n'éprouvait rien de tout cela, il ne le supporterait pas. Il s'ordonna alors de ne plus réfléchir.

— Vous n'avez aucune idée de comment je vous veux en ce moment... et de quelle manière je vous veux... Qui êtes-vous, Athénaïs... murmura-t-il, le regard fiévreux planté dans celui de l'objet de son désir.

Athénaïs lâchait prise avec une légèreté étonnante. Son corps avait pris le pouvoir. Il frémissait littéralement de tant de désir et de chaleur. Ce baiser l'avait même transportée au-delà d'elle-même, vers un espace infini d'amour pur. Elle en était bouleversée.

— Je vous veux encore plus. Je vous veux dans mon lit maintenant, osa-t-elle, lui tiraillant les cheveux d'une main et lui caressant les lèvres de son index.

À ces mots, le visage d'Alexandre s'éclaira d'une lueur nouvelle.

— Prendre les escaliers est hasardeux. Mes femmes de chambre risquent de l'emprunter, chuchota Athénaïs. Je vous propose de vous raccompagner à la porte d'entrée. Vous ferez semblant de partir, mais au lieu de cela, vous reviendrez de l'autre côté de la demeure, afin de vous immiscer dans mes appartements du premier étage, par ma fenêtre. Lorsque vous serez face à la demeure, celle de ma chambre est la première à gauche. Il n'est pas aisé d'escalader jusque-là, certes...

— Athénaïs, la coupa-t-il impatient, je suis mousquetaire ! Rien ne m'est impossible, surtout lorsque la motivation est aussi belle.

Il la jaugea de ses yeux bruns ardents, avant de lui voler un baiser. Puis, il se retira.

Athénaïs entendit le majordome qui raccompagnait Alexandre et mit quelques secondes pour se remettre de ce qui était en train de se passer.

— Mon Dieu, lâcha-t-elle entre ses dents.

Mais elle envoya paître sa conscience. Elle allait dépasser ses propres limites, sa culpabilité de tromper son époux dans sa demeure, et vivre ce qu'elle avait tant envie de vivre.

Puis, elle sortit à son tour du salon et monta les escaliers quatre à quatre pour se dépêcher de rejoindre ses appartements. Elle se félicita qu'aucun domestique ne fut dans les parages. Heureusement, elle savait que les jardiniers ne travaillaient point en ce jour.

Dans sa chambre, elle scruta à travers la fenêtre. Alexandre, moulé dans ses vêtements de cuir d'un gris sombre, le pourpoint court, une chemise blanche, un pantalon serré, une large ceinture sur laquelle étaient attachés son épée et deux pistolets, de grandes bottes noires, des gants de cuir, et, bien vissé sur sa tête, son chapeau de mousquetaire en feutre de laine gris, grimpait habilement, trouvant ses prises d'instinct. Elle arqua un sourcil d'admiration, avant de lui ouvrir la fenêtre.

Une fois entré dans la pièce, les yeux exaltés d'Alexandre la happèrent. Il n'avait pas du tout l'air de penser, mais plutôt de se laisser guider par une pulsion affamée.

Elle n'en fut que plus enivrée.

Alexandre ôta son couvre-chef qu'il laissa tomber au sol… et la réalité d'Athénaïs bascula.

Poussée par un diablotin tapi dans un coin de son cœur et qui lui avait donné ce désir lors d'une rêverie solitaire, elle allait prendre le contre-pied de la façon dont Alexandre s'imaginait que ce moment allait se passer. Oui, elle le ferait. Et cela allait sûrement déstabiliser cet amant beaucoup trop sûr de lui. Rien que d'y penser, elle en avait l'eau à la bouche…

Chapitre 30

Au même moment, à quelques rues de chez Athénaïs, la duchesse de Chevreuse était au palais du Louvre où elle avait été invitée à déguster une tasse de chocolat en compagnie de son amie, la reine Anne d'Autriche.

Elles eurent une discussion animée après qu'Anne lui demanda de ne plus lui parler de complot contre le roi et le cardinal de Richelieu. Ces temps étaient révolus et ils avaient bien failli causer leur perte à elles deux, sans oublier ceux qui avaient été guillotinés.

— Même mon beau-frère, Gaston d'Orléans ne veut plus faire de vagues, avoua la reine, se rafraîchissant le visage à l'aide d'un large éventail. Il a trop joué avec le feu, comme nous tous… Tu ferais mieux de trouver d'autres chats à fouetter, ma chère Marie Aimée, même si je sais que tu ne tiens pas en place, malgré l'influence que tu entretiens avec talent auprès de notre noblesse parisienne.

— Oui, ce qui me permet de ne plus être aussi épiée qu'avant. Le cardinal s'est un peu lassé, car il espère que j'ai trouvé un os à ronger ! Et je compte bien profiter de cela pour, à nouveau, monter une cabale…

— Ne sous-estime pas Richelieu !

— Aramis m'a confirmé que je n'étais plus vraiment surveillée, jusqu'à nouvel ordre. C'est lui qui me sous-estime… En revanche, mes arrangements matrimoniaux doivent rester solides afin de garder mon influence. D'ailleurs, si tu pouvais éviter à l'avenir de faire valser deux personnes qui n'ont pas vocation à danser ensemble, cela serait très généreux de ta part, plaisanta à moitié la duchesse.

— Je suis navrée, en effet. Je ne pensais pas qu'il y aurait une telle alchimie entre ces deux-là.

— *La Gazette* va encore parler d'eux, à mon grand dam. Tu sais qu'après Alma et Gabriel, je ne peux me permettre un autre scandale.

— Malheureusement, tout comme pour la troupe de théâtre de Richelieu, je n'ai aucune influence auprès de M. Renaudot.

— Je le sais… j'en fais mon affaire. Mais ce maudit cardinal…

Furieuse, la duchesse se leva d'un bond, dans un froissement de taffetas, agitant frénétiquement son éventail, et fit les cent pas dans la vaste chambre, où les rayons du soleil se jetaient littéralement à travers les quatre immenses fenêtres qui donnaient plein sud. La chaleur y était alors étouffante, fenêtres ouvertes ou fermées. Elle finit par se rasseoir, sous le regard bienveillant de la reine.

— Pour revenir à notre discussion, continua la duchesse, il s'agit de ton avenir, ma chérie. Richelieu incite jour après jour ton époux à te répudier. Plus tu tardes à donner un héritier à la couronne de France, plus tu risques ta vie et la honte sur ta famille. Pire, de déclencher une guerre entre la France et l'Espagne !

— Crois-tu que je n'y pense pas à chaque seconde qui passe ?

— Je le sais… je te prie de bien vouloir m'excuser. Mais, je ne comprends pas que tu ne veuilles plus te battre…

Marie Aimée suppliait presque du regard Anne qui leva les mains au ciel dans un refus.

— L'avenir de l'aristocratie et même de la France est également en danger, continua malgré tout la duchesse. Si nous, les nobles, n'avons plus notre mot à dire sur la politique intérieure et extérieure, et que nous laissons ton époux et le cardinal gouverner seuls, nous devrons nous attendre au pire.

— Nous n'en savons rien… même si je ne suis pas rassurée. Nous avons tout tenté, Marie Aimée. Si nous échouons cette fois-ci, crois-moi que nous n'en sortirons pas vivantes, ni toi ni moi.

— Personnellement, je suis prête à mourir pour le bien de tous.

— Te connaissant, ne serait-ce pas plutôt pour ta gloire personnelle ? plaisanta Anne.

La duchesse la fusilla du regard avec une bonne dose d'humour et lui envoya un baiser volant.

— Pour ta gouverne, Gaston est prêt à mener un complot. Et il n'y a pas que lui, ajouta-t-elle.

— Gaston… Gaston… quel incorrigible garçon. Marie Aimée, je t'aurai prévenue. Pour ma part, j'en ai fini. En revanche, tu peux compter sur moi pour te protéger comme je peux.

La duchesse acquiesça, et après quelques mots échangés sur les potins de la cour, elles se quittèrent.

— J'espère que *La Gazette* et Athénaïs de Laroche Briand ne me poseront pas de problème, conclut la duchesse.

— Ceci dit, s'il prenait à Richelieu de se méfier à nouveau de toi, cela pourrait te dissuader de retomber dans de dangereux complots et cela ne serait pas si mal, railla Anne.

— Tu sais bien que rien ne pourra m'empêcher de me battre pour la justice… et pour le plaisir aussi, répondit-elle, un clin d'œil malicieux à l'intention de son amie royale.

La reine secoua la tête, un sourire entendu.

Marie Aimée rentra chez elle à pied comme elle était venue, puisqu'elle habitait à une rue seulement du Louvre. À peine avait-elle passé la porte de sa demeure que le majordome lui remit une missive avec une signature inconnue, ainsi qu'un exemplaire de la fameuse *Gazette* qui allait être éditée en nombre dans la journée, et que Théophraste Renaudot lui avait fait livrer à domicile.

Enfin installée dans l'intimité de sa pièce secrète, elle ne perdit pas une seconde avant de lire la page consacrée aux indiscrétions de cour. Après trois phrases sans intérêt, la réjouissance des surprises du bal de la veille concoctées par la reine, elle lut à voix haute ce qu'elle redoutait.

« Qui n'a pas remarqué une alchimie certaine dans la danse que nous ont proposée la comtesse Athénaïs de Laroche de Briand et le mousquetaire Alexandre de Castillan ? Elle a certainement contribué à faire monter la température de ce bal unique en son genre. Un vent plus libertin a donc soufflé ce soir-là, qui n'était pas sans rappeler les bals de la marquise de Rambouillet. Moult baisers volés, des enlacements furtifs dans les recoins, et j'en passe. On a même vu revenir des jardins plus de jeunes couples qu'à l'habitude, qui ne pouvaient attendre toute une nuit sans longuement se bécoter et qui se cachaient alors le temps d'une étreinte. Votre dévoué chroniqueur a d'ailleurs également cru apercevoir une jeune femme paon sortir d'une allée, la coiffure ébouriffée, bientôt suivie par un jeune homme tigre, tel notre cher couple de danseurs qui a embrasé la salle… Mais ne me faites pas écrire ce que je n'ai pas écrit. Car bien entendu, ce n'était point eux ! Non, très chères lectrices et chers lecteurs, à la pupille excitée, revenons à la réalité, voulez-vous ? Ce fut seulement deux jeunes personnes qui leur ressemblaient, et qui n'étaient peut-être pas destinés à se marier. À ce propos, j'ai un message pour les couples qui s'ennuient : vous devriez prendre exemple et vous amusez un peu plus ! À bon entendeur ! »

La duchesse fit une boule du journal, qu'elle jeta à terre avant de la piétiner. Enfin, sa rage plus ou moins domptée, elle entreprit d'ouvrir la lettre cachetée et de la lire.

Madame,

Je tenais à vous avertir. La comtesse de *Laroche de Briand est sur le point de quitter son époux pour le mousquetaire du roi, Alexandre de Castillan. Contre toute attente, leur entente est si parfaite qu'ils auraient envisagé un mariage futur.*

X

Cette fois-ci, Marie Aimée hurla de colère, avant de s'écrouler sur le sofa, la respiration saccadée. Elle se releva néanmoins et inséra la lettre et le journal dans sa bourse. Puis, elle sortit en furie et dévala les marches avant de claquer la porte d'entrée, sous un haussement de paupières de son majordome, pourtant habitué aux emportements de sa maîtresse.

Elle demanda à son cocher de se dépêcher de préparer son carrosse. Elle se rendait chez Aramis, rue de Vaugirard.

Chapitre 31

Alexandre plaqua Athénaïs contre le mur entre les deux fenêtres. Son excitation était montée seconde après seconde, à l'image de son ascension vers la chambre où il savait qu'il allait se régaler. Il la désirait de tout son être, mais il ne voulait pas se précipiter. Il avait envie de goûter à elle tendrement.

Il lui releva le menton d'une main et la couvrit de baisers moelleux sur le nez, le bord du nez, le haut de la joue, le bas de la joue, jusqu'à son cou. Sa peau était si douce, si chaude, son odeur naturelle si ensorcelante, qu'une ardeur vive s'empara de ses sens.

Ils se regardaient avec avidité lorsqu'il allait l'embrasser furieusement. Athénaïs fit mine de se laisser faire, mais au dernier moment, elle posa son index sur ses lèvres ouvertes, prêtes à l'assaut, et détourna son visage avant de se dégager de son emprise. Alexandre resta interdit. Aucune femme ne lui avait jamais fait une chose pareille. À la fois excitante et terriblement frustrante…

— Vous me défiez, belle damoiselle ? dit-il d'une voix beaucoup moins nonchalante qu'elle aurait dû l'être.

Elle le poussa doucement, mais fermement. Alexandre ne comprenait pas ce qui lui arrivait, mais il remarqua une certaine malice chez elle, qui l'intrigua.

Athénaïs souriait, sachant qu'il allait être encore plus désarçonné par la suite. Tout en se rapprochant à nouveau, ses yeux et sa voix se faisant velours, elle le pointa du doigt.

— Mousquetaire… vous allez faire exactement ce que je vous dis. Et ne refusez pas, c'est un ordre !

— Puisque vous me l'ordonnez… fit-il, fort surpris.

Athénaïs le repoussa. Il était maintenant acculé au bord du lit.

— Êtes-vous aussi maître de vous-même que vous le pensez, mousquetaire ? Même avec ce que je vais vous faire subir… c'est ce que nous allons tester, voulez-vous ?

Il la jaugea, les yeux pétillants.

— La réponse est oui ! Fort bien, se délecta-t-elle. Je vais m'occuper de votre corps, mousquetaire. Selon mon envie. Et je vais être un peu folle… je vous préviens…

Elle le vit déglutir et elle s'en délecta. Il passa une main dans ses cheveux bouclés et dorés, un sourire énigmatique accroché aux lèvres, mais les yeux teintés de désir.

Athénaïs avait lâché toute résistance. C'était sans doute la dernière fois qu'elle l'avait à elle, et elle rêvait de jouer sans honte à ce petit jeu, étant certaine que cela lui plairait.

— Une règle à ne pas enfreindre est l'in-ter-dic-tion de me toucher… osa-t-elle en le faisant basculer sur le lit, où il se retrouva sur le dos.

Ses mains négligemment posées sur sa poitrine, Alexandre semblait beaucoup apprécier.

— Redressez-vous et enlevez vos chausses, commanda-t-elle.

Alexandre s'exécuta. Puis, elle l'aida à enlever sa veste de cuir, avant de délacer lentement sa chemise de lin, qu'il retira ensuite hâtivement. Son torse large et musclé, presque imberbe, était à sa merci.

— Je ne vous ai pas demandé d'enlever votre chemise, mousquetaire ! Je vais devoir vous punir…

Elle lui sourit, une pointe de provocation dans la pupille, avant de se pencher. Elle huma sa peau. Cette transpiration de l'effort dû à son entraînement lui plut et elle fut étonnée.

Elle s'appliqua ensuite à parsemer de baisers gourmands l'étroite partie entre ses pectoraux musclés. Alexandre tenta alors de lui caresser les cheveux. Elle lui lança un regard accusateur. Il se rétracta sur-le-champ.

Elle se dirigea alors avec délice vers ses petits tétons. Elle les suça, les aspira, et enfin les mordit un peu fort. Jamais elle n'avait osé pareille chose !

— Votre punition… se justifia-t-elle sous le regard douloureux d'Alexandre.

De son index, elle fit tournoyer les tétons durcis par le plaisir, tout en se délectant des grognements d'Alexandre.

Un rapide coup d'œil lui permit de s'apercevoir qu'il avait les yeux fermés, les lèvres pincées, et les bras bien calés au-dessus de sa tête. Elle fut agréablement surprise qu'il respecte la règle. En outre, le voir comme cela faillit bien lui faire perdre de vue son jeu. *Ne pas se jeter sur lui…* se martela-t-elle.

Sa langue fit une lente descente le long de son ventre, ne s'arrêtant qu'à la limite de son pantalon de cuir. Alexandre s'agrippait aux draps, la respiration haletante.

Athénaïs se redressa, lorsqu'il prit sa main gauche et la posa sur sa poitrine.

— Écoutez…

Sous sa main, elle sentait des battements. Ça battait fort. Comme si le cœur d'Alexandre allait sortir de son corps devenu trop étroit pour sa survie.

— C'est à ce point que je vous désire…

Dans un geste impulsif, elle lui enleva son pantalon. Et son caleçon valsa au-dessus de leurs têtes, ainsi que ses longues chaussettes d'équitation. Nu, elle le dévora des yeux avec appétit. Il était bien plus musclé que son époux, comme elle l'avait déjà remarqué, et bien plus à son goût.

À genoux sur le lit, elle défit les manches bouffantes de sa robe, l'une après l'autre, sans le quitter des yeux. Elle délaça, avec lenteur, son corset dont les lacets s'enlevaient par-devant, avant de le faire voler dans les airs. Sa poitrine découverte, elle la cacha d'un bras. Ses mules avaient bien évidemment été déchaussées d'un seul coup de pied. Accompagné d'un déhanché sensuel, elle ôta ses différentes jupes. Nue à son tour, elle retint la main d'Alexandre qui s'était levée vers elle.

— Non, non, non, vilain mousquetaire. Dois-je vous punir à nouveau…

Toujours à genoux, les jambes légèrement écartées autour des cuisses d'Alexandre, leur sexe proches l'un de l'autre, elle laissa choir son bras pour offrir ses seins à la vue du jeune homme. Elle en pressa les pointes rosées, la gorge rejetée en arrière, gémissant à son tour. Faisant onduler ses hanches et faisant danser ses cheveux, elle caressa d'une main l'orée de son sexe.

— Je vais devenir fou… je ne vais pas y arriver, gémit Alexandre.

— Dois-je conclure à votre faiblesse ? fit-elle, stoppant néanmoins ses provocations.

— Ce n'est pas juste. La situation est biaisée. Laissez-moi vous prouver le contraire… arriva-t-il à prononcer avec peine.

— Je le sais bien… relevez-vous, mousquetaire.

Alexandre se leva d'un bond, prêt à la plaquer contre lui. Athénaïs fut plus rapide. Elle se retourna.

— Caressez-moi les fesses, ordonna-t-elle d'un ton mielleux.

— Vous êtes bien plus dangereuse qu'un homme armé…

— Et plus belle aussi ?

Il offrit un visage lumineux qu'elle ne put voir.

— Oh que oui…

Alexandre crut bien perdre la tête. Il s'efforça de se maîtriser, en posant sa main sur ce fessier bombé et lisse, qu'il caressa avec extase.

— J'aime la façon dont vous me touchez, dit-elle en faisant bouger ses hanches.

Ce jeu coquin, son corps aux formes généreuses, sa peau, le faisait exulter comme jamais. Il lui donna une petite tape qui la fit réagir, puis une deuxième plus forte qui fit rougir sa peau si délicate. À ce moment, il faillit bien abandonner la partie et la prendre sans plus attendre. Mais si le supplice était à son comble, hors de question de capituler.

Il la prendrait lorsqu'elle le supplierait… et elle le ferait.

Dans un effort surhumain, il empoigna sa chevelure brune et l'attira à lui de cette façon. Athénaïs dut, malgré elle, se relever. Elle se tourna vers lui

— Vous êtes valeureux, mousquetaire… fit-elle, lascive et un brin admirative.

Le fait est qu'il aimait cette facette d'Athénaïs, même si cela était une torture. Une femme, déjà, lui avait fait subir cette cruauté jouissive, mais cela n'avait pas été si intense. Il n'y avait point ce je-ne-sais-quoi qui existait entre Athénaïs et lui, et elle pouvait se targuer de le rendre fou, juste parce que c'était elle. Mais il ne le lui avouerait pas.

— Maintenant, donnez-moi du plaisir, chuchota-t-elle, tout en lui tapotant le bout du nez. Et sachez que je ne simule pas…

Alexandre colla sa peau sur la sienne, comme une urgence absolue. Il l'attira pour la sentir au plus près de lui.

— Vous pensez bien que je vais vous faire regretter ce que vous m'avez infligé, mademoiselle ?

— Je l'espère, en effet…

— Mais où avez-vous donc fait vos armes ?

Elle sourit. Cela lui était si naturel.

— Vous alors… vous êtes si surprenante ! Et je n'aurais pas cru que votre époux soit aussi canaille.

— Il ne l'est point. Si vous saviez…

— Alors, je suis fort heureux de vous révéler à vous-même…

— Pensez-vous ?

— Auriez-vous été initiée par un autre que votre époux ?

— Comment osez-vous ! lui répondit-elle les sourcils froncés.

Athénaïs planta ses ongles dans la chair de sa poitrine.

— Veuillez répéter, monsieur.

— Dès que je vous ai vue, j'ai su que vous n'étiez pas la femme froide qui me parlait. J'ai senti le feu de votre sensualité. Je vous en avais fait part d'ailleurs. Et je ne me suis point trompé, il me…

— Finissez votre phrase dans ma bouche mousquetaire, lui dit-elle en l'empoignant avec force.

— … semble… souffla-t-il dans un baiser.

Alexandre vivait profondément cette étreinte. Il avait une envie d'entrer dans son corps, de ne plus laisser d'air entre eux, et de ne former plus qu'un.

— Quelle va être votre vengeance, mousquetaire ? lui demanda-t-elle, mutine.

S'il souffrait de ne pouvoir entrer en elle maintenant, sa fierté était bien plus forte et la volonté qui en découlait, sans pareille. Il effleura sa joue et son cou du bout des doigts. Des frissons le parcouraient, qui firent redresser chaque poil de son corps.

Alors qu'il l'avait enlacée tout contre lui, il posa son pouce sur sa nuque et entama une lente descente sur sa colonne vertébrale, de la pulpe ou de l'ongle, suivant son inspiration, qui, remarqua-t-il avec ravissement, fit frémir le corps d'Athénaïs.

C'était à la fois une extase et un supplice, car cette nonchalance bloquait sa respiration. En outre, elle était dans l'attente de ce qui allait se passer ensuite…

Alexandre balada ses mains sur son corps, sur sa gorge, ses seins, ses hanches, ses fesses, ses cuisses.

— Combien de mains avez-vous, lui demanda-t-elle, la tête lui tournant.

Le sourire d'Alexandre était tremblant. Elle mesura ô combien une telle intimité lui manquait.

Dans une impulsion, son corps réclama Alexandre en elle…

Ils étaient assis l'un face à l'autre et d'une main sur sa nuque, elle l'attira tout en collant son bassin contre le sien. Alexandre esquiva la proximité de leur sexe.

— Je vous veux en moi… s'opposa-t-elle.

— Je pense que nous allons en rester là pour aujourd'hui, dit-il avec une légère pointe d'autorité.

Une vague de stupeur déferla dans le corps d'Athénaïs. Cela était impossible à concevoir.

— Vous n'oseriez pas…

— Ma vengeance, mademoiselle !

Alexandre se dégagea de leur étreinte. Elle le retint par le bras avant qu'il ne descende du lit.

— Et vous, comment allez-vous faire pour…

— Au vu de l'excitation dans laquelle je me trouve, la coupa-t-il, si je me prends en charge moi-même, l'affaire sera vite réglée.

— Vous outrepassez le jeu !

Athénaïs semblait ne pas supporter qu'il la laisse dans cette frustration. Elle le suppliait du regard. Il s'était promis qu'elle l'implorerait, ce que visiblement, elle faisait. Une émotion conquérante coula dans ses veines, qui le transporta, et la suite des événements, il le savait, ne serait que pure merveille.

Il entoura Athénaïs de ses bras, frottant son nez contre le sien.

— Je vois que je ne peux décemment vous laisser dans un tel état… Ma vengeance est accomplie… je reste.

— Mufle… laissa-t-elle échapper.

Il considéra ses yeux d'un bleu profond qui le happait littéralement.

— Comment pourrais-je réellement partir ? Vous êtes redoutable, Athénaïs.

Répondant à son ardeur qui attendait depuis trop longtemps, il souleva légèrement ce fessier si rond, pour la ramener vers lui. Aucune hésitation pour trouver le bon chemin. Il s'enfonça avec délectation, au plus profond d'elle. Dans cette position assise, Athénaïs subtilement cambrée vers l'arrière se laissait aller, les seins qui rebondissaient pour son plus grand bonheur. Et s'il avait connu moult plaisirs avec d'autres femmes, aucune ne rivalisait avec cette créature divine.

Il accéléra le tempo et Athénaïs sembla emportée par une montée de fièvre. Il ne sut bientôt plus faire la distinction entre son corps et le sien. Enfin ! Et rapidement, tous deux rugirent du tréfonds de leur âme.

Après quelques minutes allongés côte à côte sur le dos, des gouttes de sueur perlant sur leur corps, Alexandre se félicita qu'Athénaïs ait pu jouir si vite, car il avait été particulièrement rapide en besogne.

Il se redressa et se cala à côté d'elle, accoudé sur son bras, la couvant du regard.

— Je vais vous confesser quelque chose… et c'est bien la première fois… Avant vous, je n'avais jamais éprouvé une telle harmonie… C'est étonnant !

Athénaïs se retint de lui avouer qu'elle s'était fait la même réflexion. Mais elle fut intensément bouleversée par cet aveu. Et venant de l'amant le plus recherché du tout-Paris, cela était même romanesque.

Ils se jugèrent, les yeux flamboyants, jusqu'à ce que ceux d'Alexandre s'assombrissent.

— Qu'y a-t-il ? questionna Athénaïs.

— Je crains de ne pas m'être retiré à temps…

— Ne vous en faites pas. Cela fait un an que j'essaie de tomber enceinte de mon époux et que rien n'advient.

Alexandre fut soulagé de sa réponse.

— Vous avez faim ?

— Oui... fit-il, relevant une mèche de ses cheveux rebelles, les pupilles pleines de malice.

— Je veux dire, de vraies nourritures... se sentit-elle obligée de préciser.

Alexandre rit alors franchement.

Tout lui plaisait chez Alexandre. Comme s'il avait été créé pour elle. Était-ce réciproque ? Même si elle présumait qu'il appréciait sa compagnie et qu'il prenait du plaisir à leurs ébats, elle n'était pas naïve au point de s'imaginer qu'il n'avait pas les mêmes mots pour toutes ses conquêtes. Et elle comprenait encore mieux que quelques-unes, plus fragiles qu'elle, n'acceptaient pas d'être délaissées.

Pourtant, elle aurait tant souhaité que ce qu'il venait de lui dire fût sincère. Outre le fait qu'il ne connaissait pas d'attachement, elle se savait trop imparfaite pour lui. En effet, il mettait dans son lit toutes les plus belles femmes. Qui était-elle pour rivaliser ?

— Quel est cet air presque mélancolique... demanda-t-il.

— Rien... Je vais appeler pour demander quelques victuailles à la cuisine et les faire rapporter ici, réussit-elle à répondre d'un air détaché.

Elle se redressa, intimidée de se lever nue, maintenant qu'ils n'étaient plus dans le feu de l'action et sachant bien qu'il l'observerait dans les moindres détails.

Alexandre, d'une main habile, lui donna l'entièreté du drap pour qu'elle puisse se lever sans embarras, dévoilant alors sa nudité irréprochable. Étalé sur le dos, une main négligemment posée sur son ventre où les muscles saillants s'épanouissaient sous une peau veloutée, sa main remonta doucement vers son torse tandis que l'autre soutenait sa tête.

Il la contemplait.

— Qu'attends-tu ? lui demanda-t-il.

Le cœur d'Athénaïs connut une drôle de sensation. Un mélange de chaleur et de paralysie. Elle ne tutoyait aucun homme, si on ne prenait en compte son petit frère, Côme. Elle vouvoyait même son époux ! Et elle allait tutoyer un homme qu'elle connaissait si peu ! Après tout, pourquoi pas…

— J'attends que vous… tu… vous… s'emmêla-t-elle, sans parvenir à finir sa phrase.

— Je pense que, non seulement, cela est approprié, mais aussi, qu'il est bien plus sympathique de nous tutoyer. Ne crois-tu pas ? insista-t-il.

Sans répondre, elle acquiesça avant de s'enrouler dans les draps. Puis, elle se leva et disparue dans la salle d'eau se parer d'un négligé de soie blanc. Une fois de retour dans la chambre, elle vit Alexandre sortir du lit tel un félin, le dos large, sa tache en forme de cœur bien visible sur le flanc gauche. Elle ne put s'empêcher de contempler le cambré de ses reins, son fessier rebondi, et de l'admirer dans son entièreté. Il était à se damner. Il se retourna, l'air chenapan, comme s'il avait entendu ses pensées. Elle eut le droit alors à l'autre face de sa nudité. Elle se pinça les lèvres de désir. Un spasme venait de lui chatouiller le bas-ventre.

Puis, sans la quitter des yeux, Alexandre marcha d'un pas sûr jusqu'à ses vêtements qui gisaient au sol, et les ramassa. Elle souffla, prenant conscience de ce qui était en train de se passer, partagée entre l'effroi et la gratitude.

Reprenant ses esprits, elle se dirigea vers la porte de ses appartements qu'elle ouvrit, et elle vit alors l'une de ses femmes de chambre monter les escaliers.

— Gini, appelez donc l'intendante, s'il vous plaît !

— Bien, madame.

Lorsqu'elle revint dans la chambre, Alexandre était simplement vêtu de sa chemise de coton blanc et de son caleçon court, et se tenait dans l'entrebâillement de la salle d'eau, la tête penchée sur le côté gauche, ses cheveux ayant suivi le mouvement.

— Et si nous faisions une petite toilette ensemble ? Je rêve de te laver le dos, de te masser les épaules, et également d'autres choses un peu moins avouables…

Athénaïs déglutit. Elle s'imaginait déjà savourant ces délices.

— Nous allons prendre un bain ! Athénaïs, je te prie de demander à remplir la baignoire d'une eau bien chaude, veux-tu ?

— Mais…

— Il n'y a pas de *mais*, ajouta-t-il, se déplaçant jusqu'à elle de cette façon si sensuelle qui faisait perdre à Athénaïs toute raison.

Lorsqu'il fut assez proche, son index suivit le rebord du fin caleçon de soie d'Athénaïs. Il sentit son ventre palpiter. Il savait qu'elle n'attendait qu'une chose, qu'il déborde vers ses contrées intimes. Il lui jeta un œil complice.

À ce moment, on toqua à la porte des appartements. L'intendante était arrivée.

— Voulez-vous demander au chef cuisinier de me préparer une collation de fruits et de douceurs, ainsi qu'un peu de vin, s'il vous plaît ? demanda Athénaïs. En attendant, je souhaite prendre un bain. Pouvez-vous faire apporter de l'eau maintenant ?

— Bien, madame. Je vais immédiatement donner l'ordre de faire chauffer l'eau.

Athénaïs réapparut et Alexandre la souleva, la faisant tournoyer dans les airs, avant de l'embrasser furieusement.

— Êtes-vous en train de me séduire ?

— Tu veux dire que tu me trouves charmant ?

Athénaïs sourit.

— Je veux dire que vous semblez vous montrer sous votre plus beau jour. Ce qui n'est pas pour me déplaire.

Cette fois-ci, ce fut lui qui sourit.

— Je suis toujours comme ça, lorsque je suis heureux !

Il la fit encore valser dans toute la pièce. Athénaïs se laissa aller à la danse, et une joie indicible envahit tout son être.

Lorsqu'ils ralentirent, elle posa ses lèvres sur son cou à l'orée de son oreille.

— Toi qui aimes jouer, Alexandre, donne-moi trois de tes défauts. En commençant par le plus dérangeant.

— Quel son doux et chaud que ce tutoiement… dit-il d'une voix suave.

Athénaïs appréciait cette nouvelle intimité. Même si elle était éphémère…

— Très bien, répondit-il enfin. Mais j'ai une condition. Tu me fais part sans artifice de ton défaut le plus évident.

— C'est d'accord.

Alexandre la prit dans ses bras et elle l'enlaça de ses jambes.

— Mon défaut le plus dérangeant aux yeux des autres, lui dit-il, est que je suis un impulsif. Je fonce tête baissée sans réfléchir aux conséquences.

— Voyez-vous cela ! s'esclaffa Athénaïs.

— C'est ce qui peut parfois énerver mon entourage… mais je ne regrette jamais mes prises de risque.

— N'as-tu vraiment aucun regret ?

— Non, je ne regarde pas en arrière. Ce qui est passé est passé.

Athénaïs hocha la tête. Elle approuvait.

— Défaut numéro deux, la témérité.

— Au point de mettre en danger ta vie, j'imagine. Tu n'es pas mousquetaire pour rien.

— Absolument. Que veux-tu, j'aime quand c'est intense, cela me fait me sentir vivant.

Il avait dit cela avec une telle fougue sauvage, qu'elle en ressentit le feu.

— Et je sais qu'il ne peut rien m'arriver lorsque je suis ainsi. Ne me demande pas pourquoi. Je le sais, c'est tout.

Elle réprima l'envie de prendre sa bouche avec force.

— Défaut numéro trois, un excès de franchise. Je suis trop franc, et il m'est impossible de faire semblant.

— Et pourtant tu es connu pour jouer avec les cœurs…

— Vraiment ? Les femmes qui me reprochent cela ne comprennent pas ce qu'il en est réellement…

— Ah… fit Athénaïs, interpellée par la réponse.

— J'ai certes un autre défaut, enfin, vu comme tel je suppose… Je suis volage. Mais je suis sincère avec chaque femme ! J'ai de réels élans de désirs pour chacune que je choisis d'honorer…

Athénaïs sentit comme un liquide métallique éclabousser tout son corps. Était-elle jalouse ? Pourtant, elle s'était bien fermée à tout attachement.

— Malheureusement pour celles qui auraient souhaité me garder comme amant, et pour moi aussi je te l'assure, ce désir succombe une fois que je les ai possédées. Et justement, jamais je ne me force à les revoir. Elle se rappela qu'il lui avait déjà fait part de cela.

Une pensée excitait maintenant le cœur d'Athénaïs. Lui avait-il donc dit la vérité lorsqu'il avait affirmé qu'il prenait un plaisir particulier avec elle ? De plus, ils se voyaient pour la troisième fois…

Elle bataillait maintenant contre l'envie de se jeter sur lui.

— La franchise n'est peut-être pas un défaut, suggéra-t-elle.

— Cela ne l'est pas pour moi, sourit-il, ses lèvres contre les siennes.

— Comme cela doit être difficile de se lasser aussi vite des femmes… souffla-t-elle.

— C'est vrai. Et cela n'a pas l'air d'être le cas dans cette circonstance précise à laquelle tu penses.

Elle le toisa.

— Et à quoi fais-tu allusion ? osa-t-elle.

— Je parle de ces moments tout à fait exquis que nous passons ensemble.

Le rouge monta aux joues d'Athénaïs.

— Jusqu'à ce que ce soit le cas, répondit-elle, faussement sûre d'elle.

— Certes… avoua-t-il.

— Et *quid* de tes autres défauts ?

— On avait dit trois !

Athénaïs lui offrit un large sourire.

— Je déteste par-dessus tout les personnes qui n'expriment pas leur individualité propre, accorda-t-il.

— Encore faut-il se connaître soi-même… ce qui n'est peut-être pas mon cas, alors tu dois me détester.

Le regard d'Alexandre se fit plus intense, ce qui dérouta Athénaïs.

— Tu te révèles à toi-même et j'aime à penser que c'est grâce à moi ! Alors, bien au contraire, je suis sous le charme.

— Tu aimes également être le numéro un ! se hâta-t-elle d'affirmer uniquement pour détourner l'attention, et chasser sa confusion.

— J'aime être le numéro un dans tout ce que j'entreprends ! Tu as raison.

— Tu as l'air de bien t'y prendre ! le flatta-t-elle. Aramis ne tarit pas d'éloges sur tes qualités de mousquetaire, et tu l'es dans le cœur des femmes parisiennes, quant à tes prouesses… avoua-t-elle, perdue dans ses yeux dorés.

— Suis-je aussi le premier dans le tien ?

Sauvée par les coups frappés à la porte, Athénaïs se dépêcha d'aller ouvrir. Elle demanda à la hâte à Alexandre de se cacher derrière le grand paravent de son petit salon, car les jeunes femmes allaient passer par la chambre afin de remplir la baignoire dans la pièce d'eau.

Lorsque les femmes entrèrent, elles s'alignèrent, se passant des seaux de bois énormes et remplis d'eau, qui avait été chauffés en cuisine.

Durant ce manège, Athénaïs réalisa qu'Alexandre avait dû apporter et laisser la moitié de ses affaires dans cette pièce d'eau, car celles-ci n'étaient plus dans la chambre. Et elles dévoilaient qu'il s'y trouvait un homme, et qu'il s'agissait d'un mousquetaire…

Chapitre 32

— Marie Aimée !

Aramis était allé ouvrir la porte d'entrée de sa modeste demeure à la duchesse de Chevreuse. Elle avait déjà franchi le portail qui invitait dans le jardin.

— Mon ami, l'heure est grave…

— Marie, Théophraste Renaudot est ici.

— Comment cela ?

Aramis referma la porte de la maison derrière lui.

— Nous bavardons de temps à autre de politique… dit-il tout bas.

Le sang de la duchesse ne fit qu'un tour. Son rythme cardiaque avait alors brusquement augmenté et ses narines palpitaient. Elle sortit de sa bourse la boule de papier qu'elle tendit à Aramis.

— Votre ami me l'a fait envoyer ce matin, en avant-première, pour m'humilier, bien entendu.

Après quelques secondes, Aramis releva la tête.

— Je vois… mais le chroniqueur n'a fait que retransmettre ce que tous ont vu.

— Et l'allusion au couple qui est allé se bécoter dans les jardins ? Belle provocation ! Évidemment que les lecteurs vont s'imaginer que c'était eux. On se doute bien que cette chronique ne pourrait se permettre de le dire ! vociféra à voix basse la duchesse.

— Et vous ? Qu'en pensez-vous ?

— En tout cas, je me pose la question à cause de ce journal ! Comme le fera dès cet après-midi, toute la cour, et même les membres royaux… Quelle honte pour mes arrangements matrimoniaux qui se doivent d'être parfaits à tous points de vue !

— Il est vrai que Richelieu pourrait commencer à vouloir vous surveiller de plus près, sachant que votre image est peut-être en train de s'écorner…

— Vous voyez ! C'est une catastrophe. Laissez-moi passer, je vais aller étrangler ce Théophraste !

— Marie, calmez-vous. Je lui parlerai de cette rubrique et je ferai ce qui est en mon pouvoir pour qu'il laisse tranquille Athénaïs.

— Merci… Et n'hésitez pas à murmurer à l'oreille de votre recrue, Alexandre, de ne plus l'approcher.

— Je lui ai déjà demandé de se faire plus discret auprès de la gent féminine ! Mais il ne m'écoute pas sur ce sujet précis… pire, il lui prendrait sûrement l'envie de me narguer. Le jeune homme est taquin !

— Passons… Théophraste, vous a-t-il raconté notre entrevue à son bureau ?

— Eh bien, non… mais je compte sur vous pour m'en donner tous les croustillants détails.

— Avec plaisir !

Aramis hocha la tête, le regard planté dans celui, clair et enflammé, de son ancienne maîtresse. Il avait tant envie de l'embrasser fougueusement.

— Et ce n'est pas tout, mon cher. Tenez, lui dit-elle en tendant la missive, dois-je y croire ? Je ne pense pas. Mais, sait-on jamais… Vous devez m'aider à en retrouver la provenance.

Aramis prit la lettre sans la lire et ouvrit la porte d'entrée.

— Certainement, ma chère Marie. Je vais demander à Renaudot de bien vouloir nous laisser. Il se trouve dans le petit salon à l'étage. Attendez-moi dans le salon du bas, voulez-vous.

— J'aimerais lui dire deux mots tout de même.

— Marie ! Non… répondit fermement le mousquetaire.

— Vous avez raison, je vais attendre qu'il vienne à moi… et il fera ! Et alors je l'étranglerai !

Aramis sourit.

La duchesse s'installa dans le grand salon qui était bien plus petit que celui de son luxueux hôtel particulier. Elle se demandait toujours comment Aramis pouvait vivre dans si étroite demeure. Lorsqu'elle lui posait la question, il lui répondait qu'il n'aimerait pas vivre ailleurs. Cette maisonnette était pour lui une *safe place* comme disaient les Anglais. De toutes les façons, Aramis passait ses journées à l'extérieur.

Elle fit intérieurement l'inventaire du lieu, même si elle le connaissait déjà. La décoration épurée et masculine où des épées agrémentaient les murs, la titillait toujours. Il manquait vraiment une touche gracieuse, féminine. Aucun objet ni de toile raffinée, et encore moins de fleurs. Rien que de l'utile. D'une certaine façon, ce style lui plaisait, car il représentait Aramis.

Alors qu'elle s'était immobilisée devant les fenêtres qui donnaient sur le jardin, elle entendit des pas dans le vestibule, accompagnés de voix graves. Mufle… pesta-t-elle pour elle-même. Dans un élan, elle sortit et se retrouva nez à nez avec le misérable.

— Madame.

Elle vit avec satisfaction la petite flamme qui dansait dans ses yeux.

— J'ai bien reçu votre *Gazette,* merci, dit-elle. Rien d'intéressant, je vous le confesse. En revanche, j'aimerais beaucoup continuer notre conversation un jour prochain…

L'homme jeta une œillade gênée vers Aramis.

— Je ne pense pas que j'en aurai le loisir. Je suis fort occupé ces temps-ci, malheureusement, et je n'ai de temps que pour l'essentiel.

— Vous entretenir avec Aramis l'est donc…

— C'est exact. Sur ce, madame, veuillez saluer votre époux de ma part.

La duchesse eut un léger rire moqueur.

— J'ai, en réalité, l'intention de vous aider pour votre bureau des emplois, ainsi que pour votre dispensaire, et ceci d'une manière ou d'une autre, déclara-t-elle. Ces deux causes me tiennent à cœur et je suis sincère. Nous devrions en discuter.

— Si vous voulez m'aider d'une façon concrète, j'ai cette proposition à vous faire. Les deux jeunes femmes qui accueillent les personnes en demande sont actuellement malades. Vous pourriez les remplacer dès aujourd'hui ! Mais je suppose que vous ne donneriez pas de votre temps, simplement de votre argent. Sans jugement de ma part, crut-il bon de rajouter.

— Détrompez-vous. Je serai présente au poste lorsque vous le souhaiterez, et je compte même vous ramener une amie, afin de remplacer vos deux assistantes.

Théophraste haussa les sourcils d'étonnement.

— Ce serait formidable ! Êtes-vous sûre…

— Par respect pour ces femmes et ces hommes, le coupa-t-elle, je ne m'amuserais pas à vous faire miroiter une telle chose uniquement pour vous contrer. Ce serait d'une bêtise !

— Vous pouvez compter sur Marie Aimée, affirma Aramis. Elle a peut-être des défauts, mais elle honore toujours sa parole… que ce soit pour la bonne cause ou non, s'amusa Aramis.

— Très bien, je vais de ce pas au bureau, replacer la pancarte d'ouverture. Je peux vous attendre pour 14 h 30 ?

— Oui, fit-elle, maîtrisant son animosité envers le personnage.

L'éditeur la reluqua, l'œil pétillant, entre le désir et la peur.

Une fois celui-ci partit, la duchesse monta à l'étage, dans la chambre du mousquetaire. Sa pièce préférée.

Debout, les mains posées sur le dossier d'un fauteuil de cuir brun, Marie Aimée contemplait avec ravissement Aramis dans sa tenue moulante de mousquetaire.

— Vous êtes attendu ?

— Je reviens d'un entraînement au Louvre que nous avons présenté devant de prestigieux invités du roi. Et je dois revenir au palais dans l'après-midi. Je suis de garde. Une tasse de thé, Marie ?

Elle refusa d'un geste de la main.

— Lisez la missive. Avez-vous une idée de qui cela peut être ?

Aramis inspecta le papier et en conclut qu'il était issu de fibre de tissus. Puis il le lu.

— Je n'y crois pas non plus.

— Qui cela peut-il être ? Est-ce un homme ou une femme ?

— L'écriture est grossière, car la personne a voulu masquer son identité. À mon avis, elle est féminine. Malheureusement, Marie, je ne vois pas du tout qui cela pourrait être. A priori, une ancienne maîtresse d'un soir qui se venge d'avoir été délaissée par Alexandre et qui n'a pas supporté de les voir danser au bal.

— Vous avez sûrement raison. Une écervelée qui pense que je vais ainsi dissuader Athénaïs de revoir cet Alexandre de Castillan. Et si elle a raison, ce n'est certainement pas à cause de cette menace ridicule. Et pour cela, je dois la retrouver et lui faire comprendre que l'on ne s'adresse pas à moi de la sorte.

— Je vais également me renseigner, de mon côté, dit Aramis lui replaçant avec délicatesse une mèche rebelle derrière l'oreille.

— Revenons à ce Renaudot, voulez-vous ? La méfiance est de mise avec cet individu, mon ami. J'espère que vous ne perdez jamais de vue qu'il n'est qu'un employé de la royauté actuelle ?

Le mousquetaire lui fit un clin d'œil complice.

Une idée incongrue s'immisça alors dans l'esprit de la duchesse. Et s'il n'était pas étranger à ces chroniques mondaines ?

— Aramis…

— Oui, répondit-il, lui proposant d'un geste de la main de s'asseoir.

Marie Aimée refusa l'invitation et s'avança, lascive, vers son ancien amant, qui fut étonné de cette attitude soudaine.

— Vous êtes celui qui écrit ces fâcheuses chroniques mondaines dans *La Gazette*, n'est-ce pas ? lui dit-elle, le dévisageant avec insistance.

— Marie… qu'est-ce qui vous fait dire cela ?

— Je ne sais pas. Une intuition… ou bien, le fait que vous connaissez Théophraste et que vous aimez relater les indiscrétions de la cour.

— Certes, mais quel serait mon intérêt à vous contrer ?

— C'est à vous de me le dire…

— Peut-être de vous étonner, voire de vous épater, et de monter en grade dans votre cœur ! Vous prendriez ainsi en compte mon influence sur notre société nobiliaire… et enfin, vous vous laisseriez aller à votre amour pour moi, ceci pour notre plus grand bonheur. Surtout si j'avais également été derrière les prophéties de la saison passée, s'épancha Aramis.

— Mon ami… parlons vrai… Ce serait ridicule de penser cela, n'est-ce pas ?

Pour toute réponse, le mousquetaire rit avant de la prendre dans ses bras tout en muscles, et de l'enlacer avec force.

— Pourquoi cela, je vous prie ? demanda-t-il d'un air singulier.

— Vous n'auriez pas l'audace d'une pareille cruauté.

— Pourquoi pas ? Comme je vous l'ai dit, c'est peut-être pour notre bien ? Et pour le bien de ces femmes… Pour l'Amour tout simplement !

— Vous n'auriez pas mis en place une telle duperie. Ce n'est pas votre genre.

— Me connaissez-vous vraiment, Marie ?

— Comme si je vous avais tricoté !

— Puisque vous m'en croyez incapable, alors ce n'est pas moi.

— Vous me rassurez, très cher. Si cela avait été le cas, je ne vous aurais jamais pardonné, conclut-telle dans une moue fermée.

— Croyez-vous cela possible… une vie sans moi à vos côtés ?

— Oh, je serais restée à vos côtés, Aramis… pour vous mener une vie détestable… Pour cela, je suis bien aise que vous n'y soyez pour rien.

Aramis la jugea, surpris qu'elle se laisse si facilement convaincre. Fallait-il croire qu'elle tenait tant à leur relation qu'elle ne pouvait réellement penser que ce put être lui ? Il sourit.

Marie Aimé s'approcha et posa sa main droite sur la poitrine de son ancien amant.

— Vous êtes déjà au plus haut grade dans mon cœur ! concéda-t-elle.

— Certes, mais cela serait d'une manière qui vous ferait reconsidérer mon statut dans ce jeu de société, et vous amènerait à délicieusement replonger dans mes bras, dans mon lit et dans ma vie !

Aramis la fixa d'un air mélancolique.

— Je pense également, se reprit-il, qu'il y a un effet fort bénéfique à ce que votre image parfaite soit écornée, et que le cardinal s'intéresse donc à nouveau à vous ! Si vous pensez à reprendre la saison des complots, vous allez, j'espère, jouer de prudence accrue. Voire les éviter. Car cette fois-ci, vous n'en sortirez pas indemne…

— Que vous êtes trouble-fête ! Tout comme la reine avec qui je viens de prendre le thé. Elle m'a sermonnée de la même façon.

— D'où votre refus de le prendre en ma compagnie.

— Quoi donc ?

— Le thé !

— Aramis, je suis sérieuse.

Elle s'approcha au plus près, leva la tête et le toisa avec malice.

— Éloignez-vous des intrigues politiques. Je vous en conjure, Marie… supplia-t-il presque, la tête baissée vers ce joli minois dont la bouche voluptueuse s'était dangereusement approchée.

— Aramis… C'est ma nature que voulez-vous ! Je ne peux m'y soustraire, vous le savez bien. Et je ne serai plus moi-même si je me pliais à ce que l'on attend de moi. Et vous ne m'aimeriez plus autant, mon cher, très cher ami, conclut-elle, sur un baiser du bout de ses lèvres sur les siennes.

La tête toujours baissée vers le visage insolent de Marie, Aramis ne pouvait qu'approuver, même s'il aurait tant souhaité qu'elle utilise sa fougue pour d'autres sujets que la politique.

— Soyez vigilante, beaucoup plus qu'à l'habitude, alors.

Marie Aimée lui cajola la joue, d'une main tendre.

— Ôtez-moi une interrogation de la tête, Marie ? Avez-vous vraiment un intérêt pour ces personnes du peuple ?

— En effet, oui. Lors de ma visite à ce Théophraste, un homme en haillons m'a profondément touchée. Il y avait une telle urgence dans sa volonté de trouver un travail. Il n'a pas même voulu de mon aumône. Il voulait juste vivre dignement.

— Ne voulez-vous pas profiter de vos talents pour vous investir totalement, en œuvrant à rendre une certaine dignité à ces pauvres gens ?

Marie Aimée et Aramis s'envisagèrent un instant.

— Oui, fit-elle paisiblement, mais cela ne m'empêchera pas de m'investir ailleurs… sauvegarder la dignité de la noblesse est aussi important !

Aramis leva les mains en signe de capitulation.

— Comment s'est donc passé cet entretien avec Théophraste au sujet de la chronique mondaine de *La Gazette* ? demanda-t-il, curieux.

Marie Aimée le lui raconta dans le moindre détail et Aramis rit de bon cœur.

— Je ne me lasserai jamais de vos exploits, dit-il tout en se rasseyant sur son fauteuil de cuir préféré.

— Je saurai bientôt qui se cache derrière ces calomnies, confia, satisfaite, Marie Aimée. Veuillez maintenant me raccompagner, mon ami, le devoir m'appelle !

— Aramis se leva, et invita Marie Aimée à passer devant lui.

— Je dois aller chercher Athénaïs. Nous n'avons plus beaucoup de temps avant 14 h 30.

— Je savais que vous pensiez à elle pour vous accompagner au bureau des emplois, argua Aramis.

— Bien évidemment ! Et nous allons avoir une discussion… Veuillez me rendre cette lettre, d'ailleurs. Je vais lui afficher devant le nez. J'espère que cela suffira à la dissuader d'approcher à moins de cent mètres votre recrue préférée, puisque vous ne voulez pas l'en décourager, lui.

Aramis approuva, non sans une expression teintée d'ironie.

— Sinon, ajouta-t-elle, je serai dans l'obligation de défigurer le beau visage viril de ce mousquetaire, par quelque moyen, afin de faire cesser toute cette excitation à son sujet.

— Marie, je vous reconnais bien là. Toujours dans la démesure !

Elle fit demi-tour pour se diriger vers la simple porte sans sculptures du salon, qu'elle regarda avec une once de pédanterie bienveillante, avant de l'ouvrir.

Aramis l'accompagna jusqu'au portail.

— Vous serez le premier au courant lorsque j'aurai trouvé le ou la coupable à propos de ces chroniques, fit Marie Aimée à l'aide d'un clin d'œil, avant de presser le pas.

Une lumière particulière brilla alors dans les prunelles d'Aramis.

Chapitre 33

Pendant ce temps, Athénaïs et Alexandre batifolaient toujours avec une agréable légèreté.

Lorsque les femmes eurent rempli le bain, Athénaïs se précipita dans la salle. À son grand soulagement, Alexandre n'y avait laissé ni ses habits ni ses armes.

Ce fut alors au tour d'un marmiton de venir apporter un grand plateau de nourriture, comme demandé. Ils allaient enfin pouvoir être tranquilles.

Alexandre sortit de sa cachette et Athénaïs lui demanda, perplexe, où étaient donc ses affaires.

— J'avais pensé à les mettre derrière le paravent et non dans la salle d'eau, puisque nous allons y prendre un bain ! s'enorgueillit-il.

— Tu dois avoir l'habitude de ce genre de situation, répondit-elle, sans la moindre ironie.

— Détrompe-toi. Habituellement, les femmes viennent à moi dans la garçonnière de mon ami Léon.

— Bien entendu. Je suis la seule à être si désinvolte que je t'invite dans mes appartements. Tu voulais connaître mon principal défaut… s'amusa-t-elle, eh bien, le voici !

— J'appellerai plutôt cela, de la témérité ! C'est aussi ce qui me plaît chez toi ! Finalement, tu sembles tout aussi spontanée que moi…

Il s'approcha au plus près d'elle.

— Alors de défauts, tu n'as point ! conclut-il en embrassant chaque partie de son visage.

Puis, il prit le plateau d'argent garnit de mets, qui avait été placé sur le secrétaire au fond de la chambre, et alla le poser sur la petite table à côté de la cuve ovale où l'eau fumait.

Il appela de son index Athénaïs qui le rejoignit avec hâte.

Plongés chacun d'un côté de la baignoire, se délectant du bienfait de cette eau chaude, Alexandre mangeait des yeux les victuailles offertes à leurs papilles.

— Qu'avons-nous de bon ? scruta-t-il.

Athénaïs, elle, le caressait du regard, pleine de gratitude pour la joie et le bien-être qu'il lui procurait.

— Une cerise bien mûre… dit-il d'un air gourmand.

Il déposa le petit fruit tout en rondeur au creux des lèvres d'Athénaïs, qu'elle entrouvrit pour la coincer entre ses dents. Puis, elle l'enroula avec sa langue et suça voluptueusement le doigt qui l'avait tenue. Et lorsqu'il lui mit dans la bouche un quartier de pomme, il s'approcha pour le mordre avec elle et en capturer la moitié, tout en frottant ses lèvres contre les siennes.

Ils rirent, en proie à une excitation euphorique.

— Cette carafe offre à la vue une belle couleur bordeaux, constata Alexandre, avant d'en verser le contenu dans un verre en cristal.

Il demanda à Athénaïs de se lever, but une gorgée et fit couler le vin sur le haut de sa gorge. Le liquide se fraya un chemin entre ses seins qui se durcirent alors, et dont, il lécha la peau.

— Je ne sais pas ce qui est le meilleur, entre le goût de ta peau et ce vin délicieux ?

— Tu es sûr de ne pas savoir ? gémit-elle.

Il la couva d'un regard brûlant.

— Le goût de ta peau...

Alexandre ressentait quelque chose de différent. Il ne comprenait pas bien ce que c'était, mais un élan puissant lui donnait envie de lui dire des choses qu'il n'avait jamais dites. Cependant, il se retint. Il le sentait, cette voie était dangereuse. Après tout, jamais il n'avait été question de s'attacher.

— Qu'y a-t-il ? demanda-t-elle, s'apercevant du trouble dans lequel il était.

— Rien... lui mentit-il.

Le vin continuait sa route et il s'attela à nouveau à sa tâche gustative. Il se concentrait sur cette peau délicate qu'il humait et léchait langoureusement, la parsemant également de baisers tantôt doux tantôt mordants.

Il prit le carafon en main et se redressa. Fermement, il captura le menton d'Athénaïs pour le ramener vers lui et versa lentement le nectar dans sa bouche. Il recueillit du bout des lèvres les petites gouttes qui dégoulinaient. Sa peau humide, le duvet qui se hérissait... lui faisait perdre la tête.

Dans une même ferveur, ils sortirent du bain à la hâte. Alexandre sécha Athénaïs à l'aide d'une grande serviette de coton dont il profita également. Ils se ruèrent alors jusqu'au confort du lit. Là, Alexandre s'allongea et Athénaïs prit le parti de s'asseoir sur lui et de mener la danse. Ses hanches roulaient, son corps était penché en arrière, et ses seins étaient offerts aux mains d'Alexandre qui les avait empoignés avec passion.

Ils sursautèrent bientôt, car on tapa avec force à la porte des appartements.

— Laissez-moi entrer, ordonna une voix féminine reconnaissable entre toutes.

— La duchesse de Chevreuse ! Mon Dieu ! s'écria Athénaïs.

Ils sautèrent hors du lit en entendant la porte s'ouvrir, malgré les protestations de l'intendante.

— Laissez-moi passer. Je n'ai que faire de votre interdiction. Ceci est une urgence !

Les amants prirent le parti de courir jusqu'à la salle d'eau. Athénaïs s'enroula à la hâte dans la serviette de coton. Puis, elle sortit de la pièce comme si elle venait de quitter son bain. Alexandre, lui, y resta caché.

— Ma chère, prenez-vous un bain à cette heure-ci ?

— Pourquoi ne le ferais-je point ? Et comment osez-vous, madame, avec tout le respect que je vous dois, entrez dans ma chambre sans y avoir été conviée ?

— Je ne pouvais attendre. Vous devez m'accompagner au bureau des emplois, immédiatement !

— Et pourquoi cela, madame ? fit Athénaïs à la fois incrédule et exaspérée.

— Les demoiselles qui proposent les emplois aux demandeurs sont toutes deux malades. Par respect pour ces pauvres diables sans travail, nous devons les remplacer… Maintenant ! Il n'y a plus de temps à perdre !

— Pourquoi nous ? Pourquoi moi ?

— Mais parce qu'il n'y a personne d'autre qui soit libre, enfin ! Et puis, j'ai à vous parler…

Athénaïs grognait intérieurement, lorsqu'elle aperçut les bottes d'Alexandre dépasser de derrière le paravent.

L'angoisse l'envahit brutalement. Il lui fallait faire sortir la duchesse.

— Très bien, je vous accompagne, madame. Pouvez-vous m'attendre au salon du rez-de-chaussée, le temps que je me prépare, s'il vous plaît ?

— Je le peux, dit la duchesse, déconcertée de la réponse positive si rapide.

— Madame, je vous promets de faire au plus vite, fit Athénaïs, le regard franc.

— Ne traînez pas, répondit la duchesse qui avait repris contenance.

Lorsque cette dernière se retourna, elle sembla s'arrêter l'espace d'une seconde, sur le fond de la chambre, là où se trouvait le paravent… puis elle s'avança vers la porte.

— Je vais demander à votre intendante de vous envoyer de l'aide pour vous habiller, dit-elle en refermant la porte derrière elle.

— Merci, fit Athénaïs, dont la voix trahissait une forte appréhension.

Elle se précipita ensuite dans la pièce d'eau.

— J'ai entendu, dit Alexandre.

— Surtout, j'espère qu'elle n'a rien vu ou du moins qu'elle n'a pas reconnu les chausses d'un mousquetaire, car je suis sûre que son regard s'est arrêté un instant sur le paravent, où le bout de tes bottes dépassait…

— Je pense qu'elle les a vues. Athénaïs, tu as le droit de prendre un amant. Elle est la première à le faire !

— Oh bien sûr… mais certainement pas toi. Je me dois d'être discrète et tu es bien trop épié pour cela. D'ailleurs, elle m'a dit qu'elle avait à me parler… Je pense qu'elle va me faire la morale vis-à-vis de toi… À cause de notre danse…

— Nous n'avons rien fait de mal. En tout cas, sache que je ne parle jamais de ma vie intime. Ce sont les autres qui y font allusion.

— Je le sais.

Une pensée triste envahit Athénaïs. C'était sûrement la dernière fois qu'elle côtoyait Alexandre intimement…

Comme si, une fois encore, il avait lu dans ses pensées, il la prit dans ses bras.

— Mademoiselle, je n'en ai pas fini avec vous. J'espère que vous me ferez l'honneur de retomber dans mes bras ?

Athénaïs acquiesça. Elle fut emplie d'une joie profonde qu'elle ne fit paraître.

— Je m'enfuirai par la fenêtre lorsque vous serez parties. J'espère que les domestiques ne me verront pas ou qu'ils seront discrets… dit-il, embêté.

— Ils le sont, bien heureusement. Je n'aurai jamais pris ce risque, autrement.

Ils s'embrassèrent tendrement, et avec ferveur, comme s'ils se voyaient pour la dernière fois.

*

Le carrosse de la duchesse, richement sculpté de dorures, était prêt à partir.

— Après vous, Athénaïs.

Les deux femmes s'installèrent l'une face à l'autre, et le cocher fouetta les chevaux

— Ma chère, voici un billet doux que l'on m'a déposé ce matin.

Athénaïs lut la missive et plaqua sa main sur sa bouche.

— Calomnie ! laissa-t-elle échapper.

— Je me doute bien que cette déclaration, signalant qu'Alexandre de Castillan et vous-même avez prévu de vous marier est une aberration. Ne vous inquiétez pas, lui dit la duchesse.

— Je peux vous l'assurer. Ceci est, en effet, bien ridicule. Avez-vous une idée de qui cela peut être ?

— Pas la moindre. Y a-t-il une femme qui vous aurait menacée ou qui a simplement été désagréable avec vous au bal costumé ? L'écriture est certainement féminine.

— Il y en a bien une, d'une trentaine d'années, qui m'a provoquée après que j'ai dansé…

— Qui était-elle ?

— Elle ne s'est pas présentée… et elle n'avait pas de particularité. Elle était plutôt grande et son costume était celui d'une chatte aux poils dorés. Elle portait un masque qui couvrait la moitié de son visage.

— Merci pour cette information. Je vais retrouver cette impertinente, car je n'accepte pas que l'on me dise ce que je dois faire… et pensez bien qu'à travers cette information, elle a voulu que je vous dissuade de revoir ce mousquetaire.

Athénaïs hocha la tête.

— Ce que je vous ai fortement conseillé pour votre honneur et votre tranquillité, par ailleurs. Vous n'avez pas oublié, n'est-ce pas ?

Athénaïs secoua la tête tout en essayant de ne pas montrer sa gêne.

— Et vous en comprenez bien les raisons ?

— Oui, même si c'est à moi seule d'en décider, madame.

— C'est donc bien lui qui était dans le même bain que vous ?

Athénaïs la fixa, refrénant une envie de faire arrêter le carrosse et de descendre. Elle n'avait aucun compte à lui rendre et elle n'acceptait plus de se faire sermonner.

Depuis qu'elle s'était accordé le droit de côtoyer Alexandre, qui la poussait à faire une place à qui elle était vraiment, elle sentait une détermination naître en elle. Celle du courage de suivre ses propres règles. Elle supportait de moins en moins de laisser les autres diriger sa vie. Il flottait comme un vent de réelle émancipation dans son cœur et cela même vis-à-vis de ses parents.

— Ne tentez pas de nier, ajouta la duchesse. Je ne vous croirai pas de toute façon, railla-t-elle.

— Bien, dans ce cas je m'abstiendrai de répondre, dit Athénaïs, faisant preuve d'un admirable stoïcisme alors que son sang bouillonnait.

— Ce n'est pas que je désapprouve, ma chère, mais je vous conseille de vous tenir éloignés l'un de l'autre… en société, pour le moins ! Ah, j'allais oublier… fit la duchesse, en lui tendant la boule de papier qu'était *La Gazette*. Elle paraîtra en fin d'après-midi. Lisez donc la nouvelle chronique mondaine.

Athénaïs sut immédiatement que l'article était très mauvais pour elle si le journal était dans cet état. Elle lut avec intérêt et en rougit.

— Cela n'arrivera plus. Nul besoin de me refaire la leçon.

— Oh, je n'allais rien vous dire. La chronique parle suffisamment d'elle-même.

Une fois arrivées au bureau des emplois, elles furent accueillies par l'associé de l'éditeur. Il les installa aux deux petites tables et leur donna une rapide explication de leur rôle.

Et lorsque Théophraste Renaudot descendit de son antre pour les remercier chaleureusement, Marie Aimée lui présenta Athénaïs.

— Êtes-vous prêtes, mesdames, leur demanda-t-il. Voici Auguste et Jorge, qui assurent la discipline dans les rangs et resteront à vos côtés pour vous protéger, juste au cas où.

La duchesse les reconnut, tandis qu'Athénaïs les scruta de la tête aux pieds, impressionnée par leur taille de géant et leur musculature.

— Bonjour, messieurs. Nous nous sentons effectivement en sécurité, avec des hommes tels que vous ! Et nous vous en remercions, ajouta la duchesse.

Ils sourirent au compliment, avant d'aller ouvrir la porte et de laisser la foule des sans emplois envahir la pièce.

Après l'après-midi de loin le plus harassantes de leur vie, la duchesse de Chevreuse et Athénaïs furent rejointes par Théophraste.

— Je vous suis infiniment reconnaissant, mesdames.

— Je trouve sincèrement, comme je vous l'ai déjà fait savoir, que cette structure est d'utilité publique. Ce fut donc un plaisir de vous aider. Et cela, même si vous tentez de me décrédibiliser à travers votre torchon.

— Vous vous méprenez. Nous ne faisons que relater…

— Le récit des choses advenues, je sais, le coupa la duchesse.

Athénaïs ne put s'empêcher de lancer un regard noir à l'éditeur, ce que remarqua sa voisine qui s'en félicita.

— Je ne peux museler la vérité, ajouta-t-il comme pour se défendre.

— Ce billet des indiscrétions ne m'atteint guère en réalité, fit Athénaïs, sûre d'elle. En revanche, je partage l'opinion de la duchesse sur votre initiative merveilleuse qui aide tant ces gens. Tout comme ce dispensaire gratuit pour eux.

— Je vous remercie, répondit sincèrement l'éditeur.

Alors que les deux femmes allaient se diriger vers la sortie, Théophraste retint la duchesse par le bras.

Celle-ci fixa cette main intrusive d'un air sévère. L'éditeur le remarqua et l'enleva immédiatement.

— Madame, ne voulez-vous pas monter quelques minutes dans mon bureau ? Nous avons, il me semble, des choses à nous dire en privé.

— Monsieur, je dois raccompagner la comtesse de Laroche de Briand, mais je reviendrai vers vous très bientôt.

— Cela peut être court… s'il vous plaît, insista-t-il.

— Je souhaite également vous parler de l'aide que je peux vous offrir sur le long terme. Envoyez-moi donc une proposition de rendez-vous à mon domicile, se fit un plaisir de répondre la duchesse, sachant à quel point l'éditeur était frustré de ne point profiter d'une certaine intimité de suite.

— Très bien, finit-il par dire, s'étant redressé, raide comme une planche. Je vous ferai envoyer l'un de mes hommes pour vous faire cette demande.

— Parfait, déclara la duchesse, un sourire de victoire accroché aux lèvres.

Après s'être incliné, Théophraste monta quatre à quatre les escaliers.

C'est alors d'une humeur guillerette que la duchesse de Chevreuse se tourna vers Athénaïs.

— J'y pense, êtes-vous allée consulter cette femme dont je vous ai parlé au sujet de la fertilité ?

— J'y suis allée ce matin même…

— Parfait ! s'exclama la duchesse, qui se félicitait de cette journée qui se déroulait en fin de compte merveilleusement bien.

Athénaïs, de son côté, vécut ce « Parfait » comme une humiliation. Que diantre, elle n'était plus une enfant !

Chapitre 34

Les deux mousquetaires en costume rouge, qui les différenciaient du bleu royal, barraient de leur épée la double porte de bois massif de l'antre de l'homme le plus important du pays après le roi : le cardinal de Richelieu.

C'est dans son bureau du Louvre que la duchesse de Chevreuse était convoquée ce jour. Ils ne s'étaient vus qu'à quelques reprises depuis la dernière cabale qu'elle avait organisée en 1626, dans l'espoir de le faire assassiner, et elle n'avait aucune idée de ce qu'il pouvait lui vouloir.

Elle se présenta. L'un des gardes frappa à la porte pour l'annoncer. Un « faites entrer » franc se fit entendre.

— Très chère Marie Aimée de Chevreuse ! lança Richelieu, assis à son bureau, le regard perçant et le sourire carnassier.

— Cher cardinal, répondit-elle d'une voix mielleuse, jetant un regard à la chatte blanche nommée Soumise qu'il caressait d'une main assurée.

Cette chatte incarnait ce qu'il demandait à tous. Il se plaisait à répéter qu'elle obéissait à chacun de ses ordres, et avec plaisir… Et de ses quatorze chats, c'est elle qu'il sauverait sans aucune hésitation. Il fallait donc croire qu'il attendait encore cela d'elle-même.

Il faut dire que la duchesse avait manigancé plus d'une fois contre la royauté et contre cet homme en particulier. Mais depuis ce complot raté où elle avait demandé à son amant, le comte de Chalais, d'aller jusqu'à ôter la vie au cardinal, elle avait fait profil bas. Elle lui avait même menti en assurant qu'elle en avait terminé avec les conspirations politiques, reconnaissant, pour l'amadouer, qu'il était bien trop rusé pour qu'elle ait une chance de succès.

Elle lui avait aussi déclaré qu'elle aimait diriger ses pairs aristocrates, en se rendant indispensable dans la sphère des unions matrimoniales et dans les débats sociétaux, à travers le salon des Précieuses.

Ses relations avec Richelieu étaient depuis lors plutôt cordiales, même s'ils se méfiaient l'un de l'autre comme de la peste. Elle le savait, l'attirance de l'homme pour sa personne ne s'était toujours pas tarie. Il lui avait d'ailleurs proposé de travailler ensemble à la grandeur de la France. Un honneur qui reconnaissait officiellement l'intelligence de la duchesse et qu'elle refusa sans hésitation. Outre le fait qu'il souhaitait enlever toute influence politique à la noblesse, ils étaient de la même trempe et, elle le savait, il ne souhaitait rien de plus que la soumettre.

C'est donc avec ironie que la duchesse jaugeait la chatte blanche.

Le cardinal avait également fait plusieurs tentatives de séduction, jusqu'à se montrer vulnérable. C'est pourquoi elle pensait qu'il se vengeait à travers l'humiliation qu'il lui avait fait subir avec les prophéties annonçant le mariage entre Alma et Gabriel, alors qu'elle avait promis Alma à un autre. Et maintenant, il l'humiliait avec les indiscrétions de *La Gazette*. La personnalité trop abrupte du cardinal se cognait à la sienne et, elle le savait, ils ne pouvaient que se détruire l'un l'autre.

— M. Théophraste Renaudot m'a fait savoir que vous êtes venue à son bureau récemment... pour l'injurier, fit le cardinal en applaudissant des deux mains.

— Tel un petit enfant qui va se plaindre à sa nourrice ! Quel homme ! s'amusa la duchesse.

— Il m'a seulement indiqué cela lors d'une conversation privée.

— L'une de ces conversations où vous lui dictez quoi écrire, je suppose.

— Marie Aimée, si vous n'existiez pas, il faudrait vous inventer !

— Si vous n'existiez pas, je supplierai la vie de ne pas vous inventer ! répondit-elle spontanément.

— Vos sarcasmes me manquent, je vous l'avoue, railla le cardinal.

Il aimait la personnalité de la duchesse et il déplorait qu'elle ne fût pas acquise à sa politique ainsi qu'à sa personne. Il aurait été éperdument épris d'elle et lui aurait offert de gouverner le monde ensemble. Il en avait rêvé tant de fois. Même après qu'elle eut tenté de l'assassiner, il ne pouvait s'empêcher de l'admirer et de la trouver terriblement attirante.

Marie Aimée était néanmoins un problème. Il lui fallait toujours se rappeler qu'elle était son ennemie jurée. Intouchable par son mari, par sa lignée, par le fait qu'elle soit la filleule de la mère du roi, il n'avait pas de prise sur elle. Mais elle semblait s'être assagie et, si elle refusait de le côtoyer, il avait envie de croire que de complots contre lui elle ne tenterait plus.

Tout comme il n'avait vu d'un bon œil les prophéties qui avaient humilié la duchesse, il n'appréciait non plus les chroniques mondaines de *La Gazette*. Certes, il prenait un réel plaisir à la titiller, mais il ne souhaitait pas qu'elle trouve à nouveau attirant le jeu des complots politiques. Pour cela, il avait convoqué Théophraste Renaudot afin de lui demander d'arrêter de s'en prendre à elle.

— Il est vrai que nos joutes verbales me manquent aussi… concéda la duchesse. Il est si dommage que vous n'entendiez pas raison au sujet de vos convictions politiques ou devrais-je dire, votre ambition politique. Avouez donc que vous œuvrez pour votre seul égo, Armand ?

Pour toute réponse, le cardinal offrit un large sourire à la duchesse.

— Vous ne m'avez pas fait venir uniquement parce que j'ai *injurié* votre chien ?

— Non pas. (Il secoua la tête suite à l'insulte de la duchesse.) J'imagine d'ailleurs fort bien que vous avez joué de vos charmes pour tenter de le soudoyer quant aux chroniques qui vous font de l'ombre, n'est-ce pas ? Mais je doute qu'il ait succombé. Même si cela est une gageure, je le reconnais volontiers.

— Et… ? Où voulez-vous en venir ?

— Je vous annonce une bonne nouvelle, Marie Aimée ! Eh oui, je peux aussi vous annoncer d'agréables nouvelles !

— Tant qu'elles vous arrangent !

— J'ai demandé à Théophraste de n'ouvrir les chroniques mondaines qu'aux divertissements les plus importants et de ne plus jamais citer l'une de vos œuvres matrimoniales, si ce n'est pour la magnifier.

— Ah, tout de même ! Rassurez-vous, je n'aurais pas repris les intrigues contre vous pour autant…

— Je vous sais avoir un besoin viscéral de domination dans quelque domaine que ce soit, alors cela me rassure un peu de vous laisser la belle part d'influence sur nos pairs.

Il jouait toujours un double jeu et c'était l'homme le plus rusé qu'elle connaissait. Mais elle savait par son amant, le garde des sceaux, Charles d'Aubépine, qu'il ne souhaitait pas la faire surveiller plus que de raison : il avait besoin de ses meilleurs hommes pour d'autres affaires cruciales.

— Vous me connaissez fort bien, Armand, concéda-t-elle avec une moue séductrice.

— Mon prénom dans votre bouche est…

— N'en rêvez même pas ! dit-elle, diablesse, avant de se retourner vers la double porte. Je dois maintenant prendre congé. Au revoir… Armand…

Ils se quittèrent. Comme à leur habitude, leurs regards et leurs attitudes étaient fort ambigus, entre répulsion et attirance.

Chapitre 35

1er août 1632,
Château de Dampierre-en-Yvelines.

— Oyez, oyez, braves gens ! Je déclare la chasse au trésor ouverte ! tonna la duchesse de Chevreuse à la fenêtre du bâtiment principal.

Le château de Dampierre, à une quarantaine de kilomètres de Paris, était le fief de la duchesse. Il accueillait pour une semaine une grande partie de la noblesse parisienne. Chacun avait déjà quitté la capitale afin de s'installer dans leur domaine campagnard respectif pour l'été, où la chaleur était plus supportable.

D'habitude, organisées le 1er juillet de chaque année, ces festivités avaient été reportées jusqu'à la date tardive du 1er août afin d'arranger les affaires de la duchesse. Cet événement était le plus important divertissement campagnard, avec les jeux de plein air de la marquise de Rambouillet.

Il était certain que plusieurs pages dans *La Gazette* relateraient les exploits de chacun ainsi que certaines indiscrétions croustillantes. Le tout-Paris, et surtout le clan royal, ne manqueraient pas de lire ces chroniques. Si l'on se faisait remarquer par ses prouesses, l'on avait des chances d'obtenir des faveurs du roi ou de la reine. À l'inverse, une maladresse ou un mauvais état d'esprit repéré par le journal, pouvaient dégrader en un claquement de doigts une belle popularité. Ces jeux avaient donc des allures politiques malgré leur ambiance festive.

Athénaïs, accompagnée de son époux, descendit du carrosse. Ils avaient mis presque trois heures pour arriver et elle n'avait qu'une envie, se dégourdir les jambes. Le cocher s'était arrêté à la porte d'entrée, un pavillon percé de trois fenêtres, où on leur demanda une invitation. Il leur fut alors seulement permis de rejoindre le château.

Un étang séparait ce bâtiment du domaine et un pré autour du plan d'eau permettait de s'y rendre.

— Je vais descendre ici et je finirai à pied.

— Si vous le souhaitez ainsi, répondit placidement Alphrède.

Athénaïs entama une marche dans l'herbe, ses petits talons s'enfonçant dans la terre. Elle respirait à pleins poumons cet air empli d'odeurs. Le ciel bleu et le soleil rayonnant de cette fin de matinée étaient fort agréables. Elle sursauta à un moment donné, car une minuscule chose sombre avait sauté devant elle. Elle rit toute seule de sa frayeur.

Puis, elle pensa à Louise qui n'assistait pas à cette chasse au trésor. Elle avait rejoint Marly, son domaine à la campagne pour, lui avait-elle confié, passer du temps avec Joseph. Elle se remémora alors la conversation qu'elle avait eue avec sa cousine quelques jours auparavant.

*

Installée confortablement sur le sofa du salon du rez-de-chaussée, alors qu'elle terminait le dernier chapitre de son roman *Roméo et Juliette* et qu'elle frissonnait avec les protagonistes, le majordome annonça la visite de Mlle Louise de la Verrière.

Athénaïs était toujours contente de voir sa cousine, mais le moment tombait mal… Coupée en plein drame, elle dut faire taire son impatience à connaître le fin mot de l'histoire.

— Que me vaut le plaisir de ta venue, Louise ? Tu arrives en pleine lecture de la toute fin haletante de mon roman, mais sache que tu es pardonnée !

Louise prit le roman entre ses mains et, l'ayant déjà lu, salua l'héroïsme de sa cousine de l'avoir malgré tout reçue.

— Je voulais te prévenir que je vais rester quelque temps à Marly ! Mes parents y ont élu domicile pour la saison d'été, comme tu sais. Mais je reviendrai tout bientôt à Paris. C'est si bon, d'être seule chez soi !

— Je ne te le fais pas dire, maugréa Athénaïs.

— Et toi ? Ne souhaites-tu pas profiter du domaine de tes parents ? Ou de celui d'Alphrède ?

— Surtout pas, malheureuse ! Je ne supporte pas mes parents plus de trois jours d'affilée. Quant au domaine d'Alphrède où il est actuellement, je vais m'y installer pour quelques semaines à la mi-août, lorsqu'il reviendra à Paris !

Louise hocha la tête d'un air entendu.

— Dis donc, chère cousine, même si l'on s'est moins vues ces derniers temps, j'ai remarqué que quelque chose avait changé en toi. Est-ce que je me trompe ? demanda, suspicieuse, Louise.

— Sois plus précise, je te prie ?

— Tu me parais plus sûre de toi et beaucoup plus épanouie ! Et, au vu de ce que tu me dis sur Alphrède, il n'en est pas la cause… Alors je pense que tu as oublié de te confier sur un pan de ta vie, non ?

— Tu vas être étonnée, mais en effet, j'ai quelque chose à te dire…

Les yeux de Louise s'agrandirent d'une curiosité non dissimulée.

— Accompagne-moi chez Maximilien, le tailleur. J'y ai rendez-vous dans trente minutes pour l'essayage d'une robe destinée à l'ouverture de la chasse au trésor, chez la duchesse de Chevreuse.

— Avec plaisir ! Ce n'est pas tous les jours que tu te confies, s'exclama Louise.

— Tu seras à ces jeux, n'est-ce pas ?

— Eh bien… En fait, je n'y serai pas présente… Pour tout t'avouer, je vais profiter de notre entente particulière avec Joseph… pour le côtoyer un peu plus longtemps qu'à l'habitude. Et la semaine des jeux est celle de son congé.

— Je vois… Mais promets-moi d'être raisonnable, n'est-ce pas ?

— Oui, maman !

Athénaïs lui lança un regard gentiment exaspéré.

— Après Alma, c'est toi qui m'abandonnes… lui fit-elle remarquer, préférant changer de sujet.

Après tout, elle ne voulait plus qu'on lui dicte sa vie, alors elle n'insisterait pas. Louise était assez grande pour savoir ce qu'elle faisait !

— Il y aura toutes nos amies et nos parents, précisa Louise. Tu ne seras pas seule avec Alphrède, dit-elle d'un clin d'œil.

Athénaïs approuva.

Lorsqu'elles furent bien calées sur le canapé du salon principal du tailleur de la rue Saint-Honoré, Athénaïs prit une inspiration avant de se lancer.

— Louise, je dois t'avouer que je vois quelqu'un… de manière… enfin…

— S'il te plaît, ne sois pas gênée avec moi ! s'offusqua Louise.

— Tu as raison. Eh bien, je fréquente Alexandre de Castillan !

— Non ! s'époumona Louise. Voyez-vous ça ! Au fond, je le savais. Enfin, je pressentais que tu avais pris amant, car je te connais assez pour m'apercevoir d'un changement dans ton attitude. Espérons que ton époux ne le décèle pas !

— Aucune chance. Et je vais peut-être même t'apprendre, Louise, qu'Alexandre est l'amant à la petite tache de naissance en forme de cœur.

— Comment ? cria presque Louise, tout en se levant d'un bond. L'amant le plus recherché du tout-Paris ! Et qui ne se donne jamais plus d'une fois ! Sacrée Athénaïs !

— Oui…

— Ah ce « Oui » si humble ! Mais cela ne m'étonne guère que tu l'aies harponné puisque tu es Athénaïs ! Je dirai même que c'est lui qui a de la chance !

— Tu es un amour, Louise. Mais c'est peut-être déjà fini entre nous. Nous ne savons jamais quand nous allons nous revoir.

— Ce qui veut dire que vous allez vous revoir, crois-moi… Comment faites-vous pour vous donner rendez-vous ?

— Alexandre se débrouille toujours pour me glisser un mot par l'intermédiaire d'une personne qui guette lorsque Alphrède n'est point à la maison. Il m'y donne une heure et un endroit. À moi d'accepter ou pas, d'un signe de tête.

Tu vas rire, par deux fois, j'ai refusé juste pour ne pas toujours accepter… parce que je ne veux pas qu'il croie que je suis toujours disponible !

— Bravo ! J'aurai fait de même !

Elles se sourirent, complices.

— Et alors ? Est-ce vrai ce qu'on dit ? Raconte-moi en détail ! supplia Louise.

Athénaïs sentit le rouge lui monter aux joues.

— En effet, sa réputation est largement méritée, s'illumina-t-elle. Mais tu ne sauras rien des détails.

— Athi ! grogna Louise.

— Lorsque tu seras avec la bonne personne, tu découvriras par toi-même. Ce sera mieux ainsi, je te l'assure. Ce que tu dois savoir, c'est que la première fois avec un homme, ça ne fait pas mal s'il te respecte. Le corps à corps se fait naturellement, ne t'inquiète pas. Et cette première fois ne doit PAS être avec Joseph, avec qui il n'y a aucun avenir ! À bon entendeur…

— Je décide de ma vie, Athi… Dis-moi au moins ce qu'il a de plus que les autres hommes ?

Athénaïs se mordit la lèvre.

— À ce que je vois, c'est plutôt excitant.

Athénaïs approuva.

— Je suis si heureuse pour toi, Athi ! Éclaire ma lanterne, vous êtes-vous rapprochés après la danse au bal de la reine ?

— Oui, mentit Athénaïs.

Elle ne pouvait décemment lui parler de leur incroyable première nuit au bal de la marquise de Rambouillet. Pas tout de suite, du moins.

— Et je profite de notre entente jusqu'à ce qu'il se lasse de moi, ajouta-t-elle.

— Ou que tu te lasses de lui ?

Athénaïs jugea Louise. Elle savait comme personne vous donner confiance en vous et remettre de la puissance dans votre cœur !

— Merci, Louise, de me rappeler qui je suis !

— Te souviens-tu, Athi, ce que nous chantions plus jeune : « Je marche avec puissance, je sais que je vaux de l'or, et personne ne pourra rabaisser la femme que je suis » ?

Athénaïs acquiesça avec ferveur.

Maximilien frappa alors à la double porte du salon, apportant une robe splendide.

Chapitre 36

Louise était probablement avec Joseph au moment où Athénaïs se rappelait cette conversation. Ses pensées dérivèrent alors vers Alexandre. *Sera-t-il présent ?*

Elle ne savait que penser. S'ils s'étaient revus à plusieurs reprises de manière intime, cela faisait quelque temps qu'elle n'avait plus de nouvelles. Depuis lors, Alexandre avait été absent des divertissements auxquels elle avait assisté. Récemment, Aramis, lors d'un goûter chez les de Choisy, avait fait la remarque que sa recrue préférée était allée rendre visite à sa famille en Gascogne et qu'il manquait bien à la troupe. Il avait alors fixé Athénaïs comme pour lui dire que tout allait bien. Était-il au courant ? Ou se faisait-elle seulement des idées, tant son envie de le revoir était obsédante ?

Pourquoi ne l'avait-il pas prévenue ? Parce qu'ils ne se devaient rien, se répondit-elle à elle-même. Mais elle ne pouvait s'empêcher de penser à lui. Avait-il encore envie d'elle ou avait-il succombé à d'autres charmes féminins ? Cette dernière possibilité lui martyrisait vivement le bas-ventre lorsqu'elle l'envisageait, c'est-à-dire tous les jours depuis qu'il avait disparu…

Et comment se comporter s'il était convié aux jeux ? Elle n'en avait pas la moindre idée.

Toute à ses pensées, elle arriva dans la cour intérieure du château. Il était encadré de bâtiments style Renaissance aux murs de briques rouges et aux toits couverts de tuiles, à simples rez-de-chaussée, si l'on ne comptait pas la demeure du côté de l'étang, qui se composait deux étages. Des fossés pleins d'eau entouraient l'ensemble et un pont-levis permettait d'y entrer. L'effet était pittoresque.

Les toits pointus et les cheminées élancées, les longues fenêtres ornées de motifs de décoration, les pierres sculptées coupant les toitures donnaient aux bâtiments un aspect composite et ancien.

Même si ce n'était pas la première fois qu'elle venait, la singularité du domaine la déconcertait encore. De plus, le fait que la duchesse de Chevreuse affectionne sincèrement la modestie du château l'étonnait. Cela dit, elle non plus n'était pas insensible à ces constructions intimes et ramassées. Ni, d'ailleurs, à la vue sur le grand étang et à la jolie promenade sous les portiques dont les voûtes étaient supportées par de belles arcades de pierres dont celles, derrière le château, encadraient le parterre de fleurs explosant de mille couleurs en cette saison.

Un autre massif de fleurs plus vaste, ceinturé d'un canal ainsi qu'un immense potager complétaient le jardin. Il n'y avait pas de parc où se promener. Tout autour se succédaient des bois, des terres labourées, des prés, des garennes, des vignes. Ce qui frappait l'œil était l'abondance de points d'eau.

Ce château de Dampierre paraissait une habitation faite pour une retraite de calme et de solitude. Elle pensa à son domaine familial et à celui de son époux, eux aussi fort ravissants.

Elle finit par rejoindre la foule d'invités qui se pressaient déjà autour des tables longilignes supportant moult victuailles et rafraîchissements. Elle fut alors arrêtée par son époux qui lui offrit une coupe. Bizarrement, plus elle voyait Alexandre, plus son époux semblait se soucier d'elle.

*

Cela faisait quelques jours que la duchesse de Chevreuse orchestrait les préparatifs, épaulée par la supra-intendante qui s'était occupée du grand nettoyage de saison. Les nombreux domestiques s'étaient activés au dépoussiérage des moindres recoins et à l'astiquage des lustres, miroirs et fenêtres auxquelles les rideaux d'été les plus légers avaient été posés.

Puis, sous l'œil attentif de la duchesse, d'énormes bouquets de fleurs avaient été confectionnés, selon les talents créateurs du jardinier en chef, et avaient été mis en place dans la demeure et les différentes cours autour des bâtiments.

Le matin même, des tables furent disposées dehors pour accueillir les abondants buffets, toutes décorées dans un style champêtre. Celles de l'immense salle à manger où seraient servis les dîners étaient, quant à elles, plus sophistiquées. Chaises, tables rondes et bancs avaient également été placés çà et là dans les toutes les cours, sous les portiques, et même dans les prairies alentour.

*

— Oyez, oyez, braves gens ! Je déclare la chasse au trésor ouverte ! tonna la duchesse de Chevreuse à la fenêtre du bâtiment principal.

Une clameur joyeuse monta et le bruit des verres qui s'entrechoquent envahit la cour.

— Notre chasse au trésor, cette année, aura pour thème, la nature ! Il y aura des énigmes à résoudre sur l'histoire de ce domaine et des épreuves physiques liées à l'eau, très présente sur ces terres. Enfin, les différentes saveurs dans le potager, les outils d'antan et d'aujourd'hui, et les plats à préparer requerront toute votre intelligence. Cela paraît simple de premier abord, mais je vous conseille de vous méfier des apparences… Êtes-vous prêts à jouer ?

— Fin prêts, répondirent en chœur les invités.

Force était d'avouer que certaines personnes pestèrent contre le thème. D'aucuns auraient préféré une chasse sur le thème de l'alcool, d'autres sur n'importe quel autre sujet.

— Une chasse à courre est-elle prévue ? entendit-on dans la foule.

— Il est vrai que ce serait dommage de se priver de cette forêt giboyeuse, s'anima Alphrède.

— En effet ! clama la duchesse. Des invités étrangers prestigieux y sont même attendus. Ils assisteront également aux deux bals de la semaine, révéla-t-elle encore.

La duchesse présenta ensuite les quatre chefs d'orchestre qui allaient veiller au bon déroulement de la chasse au trésor. À commencer par elle-même et son complice de toujours, Aramis. Puis, Athénaïs comprit que les deux autres hommes étaient des mousquetaires. Mais d'Alexandre, pas une trace. Une tristesse l'envahit d'un seul coup. Elle n'avait plus aucune envie d'assister à ces jeux. Elle jeta un œil à son époux qui essayait de parler à distance avec l'un de ses amis, et qui revint vers elle, tout sourire.

— Je pense que nous allons nous amuser ! N'est-ce pas, ma chère ?

— Certainement, répondit-elle d'une voix enjouée, même si elle n'en pensait pas un mot.

— Nous allons gagner cette année, dit-il encore. Il faut nous venger de l'année dernière où nous avons été spoliés. Et cela, même si nous avons des incultes dans notre équipe, car je compte sur vos connaissances qui sont bien au-dessus de la moyenne ! À nous les faveurs de la royauté !

— Vous y pensez donc en permanence ?

— Pourquoi dites-vous cela, très chère ?

Athénaïs n'eut pas besoin de répondre : Aramis avait pris la parole et demanda le silence. Il piocha les noms pour confectionner chaque équipe. Et c'est avec une émotion dissimulée qu'Athénaïs entendit le nom d'Alexandre, qui, fort heureusement, ne ferait pas partie de la leur. Elle en aurait été bien trop gênée.

— Eh bien le couperet est tombé, nous avons des incultes, ma chère. Vous seule pouvez nous sauver, s'exclama Alphrède.

— J'apprécie le compliment mais vous savez comme moi que la comtesse Lila de Duval, ainsi que la comtesse Stefie de Fuentes, les comtesse et comte Giacometti et les comtesse et comte de Naama, sont fort cultivés.

Aramis rappela les consignes essentielles au bon déroulement et fit remettre les enveloppes contenant les feuilles de route au chef de chaque équipe tiré lui aussi au sort.

— Voyons voir ce que cela contient, se demanda Alphrède qui s'était retrouvé à la tête de son équipe.

Il parcourut à haute voix les missives, lorsque leurs acolytes les rejoignirent.

— Recherche d'indices sur l'arbre généalogique du territoire. Trois épreuves sur le thème de l'eau. Deux jeux de piste sur les outils connus et méconnus. Rencontre entre adversaires érudits autour de la culture des légumes dans l'histoire. Pour finir, il y aura un concours. Plusieurs objets devront être découverts pour confectionner un épouvantail au gré des inspirations de chaque groupe.

— Quand est-ce que cela commence ? interrogea Athénaïs qui, en réalité, était pressée de revoir Alexandre, malgré l'appréhension qui lui tiraillait le sang.

Comment réagirait-elle s'il l'ignorait… Comment réagirait-elle s'ils partageaient encore le même désir ? Cette semaine ne leur laisserait ni le temps ni l'occasion de se voir de manière intime. C'est à peine s'ils pourraient se parler, à cause de cette maudite *Gazette*…

Puis, Alexandre, vêtu de son costume de mousquetaire, apparut dans son champ de vision. Un sursaut au cœur la prit de court. Une excitation indicible s'empara d'elle, qu'elle parvint difficilement à maîtriser.

— La chasse débute en cette fin d'après-midi, lui apprit Alphrède, avant de relever la tête du feuillet.

— Très bien, répondit-elle, sa voix devenue plus aigüe. Nous aurons le temps de nous reposer un peu.

— Voyez, très chère, qui va là… votre mousquetaire préféré ! annonça Alphrède, sur un ton énigmatique.

Pour toute réponse, Athénaïs leva les yeux au ciel et s'engagea vers l'un des buffets.

— Attendez-moi, cria Alphrède, tout en la suivant.

L'appréhension se mêlait à l'excitation. Athénaïs se servit moult quartiers de fruits pour cacher son émotion.

L'équipe s'installa bientôt dans un grand salon, à l'abri de la chaleur, où ils discutèrent tranquillement jusqu'au déjeuner. Espérant en secret rencontrer son mousquetaire préféré, Athénaïs qui, ne le voyait point au buffet champêtre, entreprit de se promener seule sous les portiques.

Alors qu'elle n'avait pas fait la rencontre souhaitée, et que l'après-midi touchait à sa fin, les douze coups de gong qui annonçaient le départ de la chasse tintèrent. Chaque équipe partit à l'aventure. Et toujours pas d'Alexandre à l'horizon.

Lorsque, le soir venant, Athénaïs et Alphrède allèrent se coucher dans la même chambre et dans le même lit, elle fit semblant d'être épuisée pour ne pas risquer le contact de mains baladeuses, ce dont elle n'avait vraiment pas envie. Le sommeil la happa bien vite et elle rêva d'Alexandre, un rêve où, l'apercevant au loin, elle n'arrivait pas à le rejoindre. Dès qu'elle approchait, il s'éloignait et il ne semblait pas du tout avoir conscience de sa présence.

*

À l'aube, Athénaïs, remplit de pensées défendues au sujet de son beau mousquetaire, s'offrit une sortie matinale à cheval, en forêt. À l'orée d'une clairière, elle attacha sa monture à un arbre et entama une marche à travers les champs sauvages de coquelicots, de marguerites, de pâquerettes et de boutons d'or et autres fleurs. Le silence, uniquement troublé par le chant des oiseaux, apaisait son cœur. Une brise légère lui caressait le visage et soulevait doucement ses cheveux. Elle avait l'impression de vivre le premier matin du monde. Quelle ivresse !

Athénaïs prit une longue inspiration de cet air tiède et embaumé, lorsqu'elle vit la silhouette d'une femme âgée, probablement une paysanne. Courbée, cueillant quelque chose au sol, cette dernière releva brusquement la tête. Germaine ! Celle-ci se redressa et avança dans sa direction.

— Bonjour, Athénaïs. J'ai un message pour vous.

— Bonjour, Germaine. Un message ? Pourtant vous ne pouviez savoir que nous allions nous rencontrer. Je ne savais pas moi-même que je m'aventurerais par ici, ce matin. Alors, comment est-ce possible ?

— Justement, vous avez été conduite ici par votre cœur. On me dit de vous transmettre ces paroles.

— On ? De qui parlez-vous ?

— La Source divine, l'Étincelle de vie. Dieu, si vous préférez, sourit Germaine.

Elle posa à terre son panier rempli de plantes médicinales et plongea son regard franc dans les yeux bleus d'Athénaïs.

— Tout comme la nature change selon les saisons, l'amour propose constamment de nouvelles possibilités, même s'il a ses classiques, ses intemporels qui traversent le temps.

— Que…

— Laissez-moi continuer, s'il vous plaît.

Athénaïs se retint.

— De nouveaux couples se créent, d'autres se transforment ensemble et perdurent et certains se séparent pour mieux se retrouver en tant qu'individu. Mais c'est lorsque nous trouvons l'amour de nous-mêmes et qui l'on est réellement, que nous pouvons alors choisir la personne avec qui il sera doux de devenir la version accomplie de soi, et de connaître enfin le bonheur.

Athénaïs fronça les sourcils.

— Tout le mystère de l'amour avec un grand A réside dans cette quête de soi. Seulement voilà, dans votre caste proche de la royauté, comme partout ailleurs, les codes de la société ne permettent pas de faire éclore qui l'on est, et donc de trouver le véritable amour.

— Que…

— Parfois, la coupa la vieille femme, il y a une petite aide de la vie et une personne croise notre chemin par le plus grand des « hasards ». C'est alors une opportunité de prendre conscience de ce que l'on veut pour notre bonheur, et d'enfin se respecter.

Athénaïs comprit les allusions de la vieille femme. Elle vantait les mérites d'Alexandre. Se doutait-elle qu'elle n'était probablement qu'un divertissement pour lui ?

— La personne la plus importante de notre vie, continua la vieille femme, c'est nous-mêmes, et nous nous devons de la choyer. Prendre ou non ce chemin que nous propose la vie demande du courage… Posez-vous la question, Athénaïs, qu'est-ce qui est essentiel pour vous ?

— Germaine… J'imagine que vous faites allusion à Alexandre. Mais il n'y a aucun sentiment entre nous. Je vous l'accorde, nous nous sommes amusés un temps. Peut-être allons-nous réitérer ces bons moments, or jamais il ne sera question d'envisager autre chose !

— Jusqu'à ce que cela le soit… Vous penserez à ces paroles quand le temps sera venu.

— Qui êtes-vous, Germaine ?

— Je suis une guérisseuse et une amoureuse de la vie.

— Que faites-vous ici ? Vous habitez Paris, n'est-ce pas ?

— Je suis aussi une cueilleuse de plantes sauvages qui en connaît les bienfaits, et qui en vend à l'occasion à la duchesse de Chevreuse ou à d'autres dames. Et je viens toutes les fins de semaine loger dans ma charmante maisonnette des champs, à quelques pas d'ici.

— Vous soignez, vous entendez l'esprit de Dieu et vous jetez des sorts aussi ? questionna Athénaïs, avec sincérité.

— Je connais la magie des plantes sur nos corps et nos esprits, ainsi que les lois de la nature et de l'Univers. J'écoute la voix qui vient de mon cœur et qui vient de la Vie. Vous pouvez l'entendre aussi. Mais vous ne l'écoutez pas.

Athénaïs leva les yeux au ciel. Ceci était trop étrange pour elle, même si ces mots résonnaient au fond de sa poitrine…

— Faites bon usage de ce message, Athénaïs.

*

Quelques heures plus tard, Athénaïs notait, à l'aide de sa plume, les informations indiquées sur un outil ancien qu'elle avait trouvé dans le fond d'une grange. L'après-midi était bien entamé et Alphrède avait rejoint ses amis pour une dégustation de vin improvisée, alors que les autres membres de leur équipe cherchaient des outils dans différents lieux du domaine.

Assise sur son petit tas de foin, feuille et encre sur un plus gros tas qui lui servait de table, elle sursauta, surprise par l'homme qui était entré sans bruit.

— Alexandre ! s'indigna-t-elle.

— Je suis désolé si je t'ai fait peur, Athénaïs.

— Je suis tout de même heureuse de te voir ! lui dit-elle timidement.

— Moi aussi, moi aussi… répondit-il, le regard fuyant.

Athénaïs eut peur de comprendre… Elle prit alors les devants.

— Penses-tu trouver une femme qui te plaît parmi les invitées ? Ou es-tu déjà entre de belles mains ? lui demanda-t-elle du ton le plus neutre possible, ne pouvant tout de même retenir une pointe de jalousie dans la voix.

— Je crois bien qu'une telle personne s'est présentée et qu'elle va me rendre la semaine plus piquante, en effet, conclut-il.

Il avait dit cela avec une conviction feinte que, si Athénaïs n'eut été fort mal à l'aise, elle aurait perçue. Mais au lieu de cela, cette annonce fut tel un coup de tonnerre dans son cœur, qui se mit à battre la chamade.

— Ne lui promets pas monts et merveilles, Alexandre, ironisa-t-elle faussement détendue, et prenant sur elle avec panache.

Il rit tout en secouant la tête.

— Sache, Alexandre, que de mon côté, je suis à la recherche d'un véritable amant, mentit-elle. Alors si tu en connais un !

— Ah... fit-il, étonné. Et qu'appelles-tu *véritable* ?

— Un amant qui se considérera comme tel et avec lequel je me sentirai en confiance.

Alexandre la fixait, et dans son regard il y avait une intensité qui aurait pu lui faire croire qu'il tenait à elle. Elle s'en détacha.

— Je te souhaite de bien t'amuser cette semaine. J'ai encore des énigmes à résoudre... put-elle tout juste articuler.

— Je te souhaite de trouver ton amant idéal et je te laisse tranquille ! J'espère néanmoins que nous restons en bons termes, n'est-ce pas ?

— Bien sûr...

Sur ce, Alexandre fit demi-tour et s'en alla.

Athénaïs mit quelques minutes à réaliser. Leur entrevue avait été si courte, si inattendue, c'était comme si cela ne s'était pas vraiment passé. S'étaient-ils dit ce qu'ils avaient envie de se dire ? Elle pensa à Germaine et se demanda ce qui était essentiel à son bonheur. Elle conclut que c'était de jouir des conditions luxueuses qu'elle avait grâce à son mariage et d'avoir, dans le même temps, Alexandre dans sa vie.

Elle laissa couler sur ses joues les larmes qu'elle retenait. Son âme saignait car elle ne connaîtrait sûrement plus ce bien-être et ces extases qu'Alexandre savait lui procurer. Elle avait pourtant cru qu'il s'attacherait à elle… Mais elle devait se ressaisir, car c'était le jeu qu'elle avait tacitement accepté.

Dieu, que cela faisait mal…

Chapitre 37

Quelques semaines avant l'ouverture de la chasse au trésor, Athénaïs et Alexandre s'étaient donné rendez-vous dans la garçonnière parisienne pour y passer une matinée sensuelle et joyeuse, comme ils l'avaient déjà fait.

Alexandre fit basculer Athénaïs sur le lit, lui délassa sa chemise, et écarta lentement les pans qui dévoilèrent la naissance de ses deux seins. Il releva la tête et vit ses lèvres charnues, dans lesquelles l'excitation avait fait affluer le sang, ce qui les rendait encore plus désirables. Il perdait la raison.

— Je veux t'entendre rugir de plaisir. Je te veux tellement fort. Je ne sais même pas si c'est normal, une telle envie viscérale, murmura-t-il ses yeux ardents accrochés à ceux, intenses, d'Athénaïs.

Puis, il eut l'impression qu'une panthère imprévisible s'était jetée sur lui. Elle s'écrasa contre son torse dans une étreinte brusque où une multitude de mains le caressaient. Lui aussi faisait glisser les siennes sur la peau d'Athénaïs, dans un corps à corps ardent.

L'état de grâce qu'ils ressentaient à chacune de leurs étreintes avait commencé…

Ces rendez-vous secrets hors du monde, hors du temps, étaient des moments qu'ils choyaient. Ils avaient créé leur bulle de tendresse, de passions charnelles, de discussions hautes en couleur, mais toujours respectueuses. Ils pouvaient aussi être légers et ne faire que commenter la forme des nuages ou s'imaginer une vie utopique et rire… beaucoup. Jamais ils ne se lassaient l'un de l'autre. Ils trouvaient même le temps trop court.

Ils se quittaient malgré tout sans savoir quand ils se reverraient.

Mais au moins avec Alexandre, elle pouvait être sûre de ne pas avoir à choisir entre quitter son époux ou quitter son amant, quand ces derniers, lorsqu'ils étaient célibataires, ne supportaient plus de partager leurs maîtresses et voulaient les épouser.

Elle se félicita que cela ne lui arriverait pas, car la situation lui convenait parfaitement. Elle avait le beurre et l'argent du beurre. Ses cousines avaient eu raison, un amant était bien la solution. Il était vrai qu'Alexandre n'était pas le plus sage… mais aucun autre ne pouvait rivaliser avec lui. C'était comme si la vie revêtait une lumière plus éclatante, et cela était si bon.

*

Le soir de cette matinée où ils s'étaient retrouvés, Alexandre ressentit un besoin impérieux de voir Athénaïs. Il la savait chez des amis avec son époux, ce qui lui procura un sentiment de frustration difficile à contenir.

Que lui arrivait-il donc ? Pourquoi voulait-il déjà la revoir ? Depuis quelques jours, il se sentait différent. Il pensait à elle plus que de raison, et désormais, il ne supportait pas l'idée qu'elle fût loin de lui. Même l'existence de son époux lui devenait intolérable. Était-il amoureux d'Athénaïs ? Il rejeta cette éventualité comme la peste. Malgré tout, il fallait avouer qu'elle malmenait sa tranquillité d'esprit. Il prit peur et entreprit alors de ne plus la fréquenter du tout.

Il allait d'ailleurs s'intéresser à nouveau à d'autres femmes, idée qu'il avait abandonnée de façon surprenante.

Rentrant du Louvre où il était de garde, il troqua ses habits de mousquetaires pour ceux, modestes, de simple badaud, et marcha jusqu'à la taverne du bout de sa rue, uniquement dans le but de provoquer une bagarre. Son souhait se réalisa sans attendre et dans son esprit, c'était contre cet Alphrède de Laroche de Briand qu'il se battait avec une hargne cabocharde. Le pauvre manant pourtant réputé querelleur se fit écraser sans avoir donné un seul coup.

Alexandre ne se sentit pas, pour autant, en paix, et il fila chez cette très belle femme à l'attitude arrogante, dont l'époux était absent tout au long de l'année et dont il avait, à plusieurs reprises, refusé les subtiles invitations. Une fois dans son lit, il ne put ne serait-ce que l'honorer de façon mécanique. Il avait l'impression de commettre une haute trahison. Aussi abruptement qu'il était venu, il partit, non sans devoir s'échapper, laissant la comtesse hautaine, anéantie.

Son cas était plus grave qu'il ne le pensait. Il s'enferma alors chez lui pour ne sortir que lorsque son service au roi le commandait. Au bout de quelques jours, son entourage lui fit remarquer sa discrétion et son air taciturne qui ne ne lui étaient pas coutumiers, mais il bottait en touche. Il n'allait certainement pas avouer ce qui lui arrivait.

Cependant, un soir, l'envie de voir Athénaïs était si insupportable qu'il accompagna ses amis mousquetaires à la taverne la plus débauchée du quartier Saint-Germain et but jusqu'à la lie…

À l'heure la plus sombre de la nuit, Alexandre quitta ses partenaires pour aller faire teinter la cloche du portail de la maison d'Aramis. Ce dernier, réveillé en sursaut et supposant quelque ennui, se leva de son lit et, par précaution, s'arma de son épée. Laissant la porte de ses appartements ouverte, il descendit l'escalier et arriva dans le patio.

Lorsqu'il regarda par le judas du portail, il aperçut Alexandre. Il souffla, rassuré de ne point voir quelque situation périlleuse.

— Alexandre, as-tu vu l'heure ?

Le jeune mousquetaire était totalement gris.

— Rentre donc, jeune ivrogne.

— Merci de m'ouvrir ta porte, mon ami. Tu m'évites une grosse bêtise.

— À ce point ! s'exclama Aramis.

Une fois arrivé dans le salon, le jeune homme se dégagea de l'emprise d'Aramis, qui l'avait aidé à marcher jusque-là, pour tomber lourdement sur une chaise.

— Aide-moi. Par pitié, lui dit-il les yeux dans les yeux,

— Alexandre, qu'y a-t-il donc ? Je ne t'ai jamais vu dans un tel état ! s'inquiéta Aramis, qui déposa son épée sur la grande table de bois rectangulaire, loin de son protégé.

— L'heure est grave, assura avec sévérité le jeune mousquetaire.

— Parle donc, mon ami ! commença à s'inquiéter Aramis.

— C'est que je suis fou…

— Ah ?

— … d'Athénaïs.

— Et ?

— Comment ça « Et » ? C'est un grave problème… très grave…

— Ah…

— Cette femme est dangereuse, Aramis.

— Ah…

— Je n'ai plus d'attirance pour d'autres femmes. Je le voudrais pourtant, mais elles me paraissent toutes fades !

— Je vois.

— Non, tu ne vois pas. Tu ne peux pas comprendre.

Aramis eut un sourire un peu amer.

— Tu ne connais pas tout de moi, jeune mousquetaire. Sache que je comprends parfaitement.

— Je me sens enchaîné… à elle. Et elle ne le voudrait certainement pas. Ni moi… Tiens, lorsque je l'imagine avec son époux, j'en suis jaloux ! Même si je sais qu'il n'y a aucun sentiment entre eux et qu'ils se subissent uniquement dans le but de concevoir un héritier. Aramis… Tout cela est fou. Je ne sais plus comment réagir.

— Souhaiterais-tu l'épouser ?

— Malheureux… Surtout pas ! Et elle-même ne l'envisagerait en aucune façon… Je ne suis qu'un simple mousquetaire.

— C'est une fâcheuse situation, j'en conviens.

— Terrible… tu veux dire !

Alexandre se leva d'un bond et agrippa la chemise de nuit d'Aramis.

— Sauve-moi !

— De quoi ? Comment ?

— D'elle ! Interdis-moi de la revoir !

— Interdiction formelle de revoir la belle, fit Aramis sur un ton autoritaire, avant d'offrir un sourire compatissant.

Alexandre lança un regard noir à son ami.

— C'est catastrophique, je ne peux empêcher mon esprit de revenir vers elle, encore et encore… avoua-t-il.

— Tu es dans de beaux draps ! s'exclama Aramis.

— Tu vois… ma vie prend une mauvaise tournure…

— Ou une bonne ?

— Ce n'est pas le moment de plaisanter, gronda le jeune homme dans un hoquet. Donne-moi un coup sur la tête. Lorsque je me réveillerai, cette folie sera alors passée. Oui, merveilleuse idée !

— Alexandre, tu divagues. Je te propose plutôt de passer la nuit chez moi. Et demain matin, nous en reparlerons à tête reposée.

Aramis l'engagea à sortir du salon et le soutint dans l'escalier. Malgré cela, Alexandre s'asseyait sur chaque marche, ressassant son malheur.

Une fois dans la chambre, Aramis lui indiqua un lit au fond de celle-ci. Le jeune mousquetaire s'y assit comme une bûche et réussit à enlever lui-même ses bottes. Puis il s'allongea et s'endormit immédiatement.

Le lendemain, lorsque Aramis se réveilla, il vit que la couche d'Alexandre était vide. Une feuille avait été déposée sur les draps.

Mon cher Aramis,

Je te remercie infiniment de ton accueil. Je suis désolé de m'être ridiculisé ainsi. Cela ne se reproduira plus. Oublie ce qu'il s'est passé hier soir. Je compte sur ta discrétion. Et ne t'inquiète pas, l'histoire est réglée. S'il te plaît, j'insiste, n'en parlons plus… jamais.

Bien à toi, Alexandre.

Aramis secoua la tête, eut un sourire bienveillant et alla s'habiller.

Chapitre 38

Alexandre avait évité de croiser Aramis pendant plusieurs jours, honteux de sa confession.

Il faisait maintenant préparer sa maison de Saint-Cloud afin de recevoir dignement son frère aîné Maxime qui venait lui rendre visite.

En tout début d'après-midi, alors que sa lecture d'*Hamlet* de William Shakespeare le faisait réfléchir à cette question cruciale, « être ou ne pas être »… On tapa avec furie à la porte d'entrée, le portail du domaine étant ouvert.

Alexandre, qui lisait dans le salon du rez-de-chaussée, stoppa le majordome afin d'ouvrir lui-même. Un homme portait son frère, inanimé, dans ses bras. Alexandre vécut alors la scène au ralenti. L'homme lui demanda où l'allonger. Alexandre le dirigea vers sa chambre qui se trouvait près du salon. Maxime fut étendu sur le lit.

Immédiatement, Alexandre desserra le col de chemise de son frère dont le visage était fort pâle et il demanda à Melchior, son majordome, d'aller à Paris chercher Germaine de toute urgence. Il accepta dans le même temps que l'intendante invite les domestiques et le cocher à entrer, car ils attendaient à l'entrée du portail.

Il interrogea ensuite l'homme, nommé Édouard Chèze, qui s'avéra être le bras droit de son frère pour les affaires familiales. Ce dernier était sous le choc. Il réussit néanmoins à expliquer ce qu'il s'était passé. Sur la route, le carrosse s'était renversé à cause des chevaux qui s'étaient emballés pour on ne savait quelle raison, et il avait été traîné sur plusieurs mètres. Les deux domestiques, le cocher et lui-même allaient relativement bien. En revanche, Maxime s'était évanoui et était depuis lors inconscient.

La femme de chambre, fille du majordome et de l'intendante, arriva, apportant un verre d'eau sur un plateau. Elle aida Alexandre à déshabiller son frère qui se retrouva en caleçon. Puis elle le ventila à l'aide d'un large éventail. Celui-ci ouvrit un œil, au grand soulagement d'Alexandre. On le souleva alors à demi pour l'aider à boire un peu d'eau. Maxime but et redemanda à boire d'un geste faible, en tentant de prononcer une parole.

— N'essaie pas de parler, une personne très compétente arrive pour te soigner. Tout va bien, dit Alexandre avec douceur.

Il lui fut donné un autre verre d'eau que Maxime avala cul sec. Il régurgita le tout aussitôt. On le nettoya immédiatement. Il ouvrit les yeux et sourit à son frère cadet de ses lèvres maintenant décolorées, mais il eut un vertige et s'évanouit.

Quarante minutes plus tard, Germaine fit son apparition dans la chambre, munie d'un large panier.

— C'est votre médecin ? demanda, un peu affolé, le bras droit de Maxime.

— Ne vous inquiétez pas. C'est la guérisseuse la plus compétente de France.

Alors que Germaine auscultait Maxime, le majordome d'Alexandre lui demanda, d'un geste discret, à lui parler en privé.

— Je me suis également permis de faire quérir le médecin. Puis-je le faire entrer ? lui demanda-t-il.

— Vous outrepassez mes ordres, s'énerva Alexandre. Mais deux guérisseurs seront peut-être utiles… finit-il par dire, paniqué par l'état de son frère.

Le médecin montait déjà l'escalier et vint jusqu'à la chambre.

— Vous attendrez que Germaine ait fait son travail avant d'examiner mon frère. Et vous interviendrez seulement si elle vous le demande.

— Bien monsieur, fit poliment l'homme, qui, dans le carrosse les menant jusqu'ici, avait eu bien du mal à croire qu'une vieille femme ait été appelée au chevet du blessé.

Germaine était fort concentrée, penchée au-dessus du corps de Maxime qu'elle examinait minutieusement. À la mine tête qu'elle faisait, Alexandre sut que ce n'était pas bon signe.

— Germaine ?

Cette dernière secoua la tête.

— Je crains qu'il ne faille appeler un prêtre pour les dernières onctions… dit-elle tristement.

Alexandre se jeta à ses pieds.

— Je vous en supplie…

— Il n'y a rien à faire, malheureusement. Votre frère a des sueurs froides, une pâleur excessive, les muqueuses décolorées, sa tension est très faible et son cœur bat de temps en temps à tout rompre. Vous m'avez dit aussi qu'il avait eu soif et qu'il a ensuite vomi avant de s'évanouir. Tous ces symptômes sont ceux d'un saignement interne qui se propage dans tout le corps.

— Comment allez-vous procéder pour arrêter ce saignement ? Je vous fais une confiance absolue, vous le savez ! affirma Alexandre, comme s'il n'avait pas entendu le sombre diagnostic.

— Il va falloir être fort, cher Alexandre... on ne peut plus rien pour lui. Les saignements sont en train de se propager dans tout le corps et...

— Il va mourir... la coupa Alexandre, les yeux hagards.

— Oui. J'en suis si désolée, concéda-t-elle, après avoir prit tendrement les mains du mousquetaire dans les siennes.

Maxime se réveilla et sa respiration s'affola.

— Ceci aussi est un symptôme fort... ajouta tristement Germaine.

— Je vais demander son avis à ce médecin, lui dit Alexandre, la voix chevrotante.

— Vous savez ce que j'en pense... Mais je comprends que cela vous démange, allez-y.

L'homme examina à son tour Maxime et arriva à la même conclusion. En revanche, il avait un remède.

— Balivernes... osa Germaine.

Alexandre la regarda, suppliant.

— Allez-y, monsieur, lui dit-elle. De toutes les façons, vous n'allez pas aggraver la situation... car, et j'en suis bien désolée, mon cher Alexandre, son cas est on ne peut plus désespéré.

L'homme sortit plusieurs sangsues de bocaux en verre et les appliqua sur tout le corps de Maxime de Castillan.

— Elles vont aspirer le sang et arrêter le saignement, assura-t-il.

Alexandre tenait la main de son frère et lui remémorait de joyeux souvenirs, lorsque celui-ci fit un effort pour le fixer de ses grands yeux bruns.

Le jeune mousquetaire, les yeux embués, lui promit qu'il allait s'en sortir. De discrètes larmes coulèrent sur les joues de Maxime… puis, sans prévenir, ses yeux devinrent vides. Alexandre resta interdit un long moment. Il refusait que la mort emporte son frère. Il y avait d'ailleurs encore un espoir qu'il se réveille. N'attendait-on pas trois jours avant de déclarer le décès, car les morts pouvaient ressusciter ? Il attendrait auprès de lui le temps qu'il faudrait !

Germaine vint fermer les yeux de Maxime et Alexandre la regarda, ahuri, avant d'enlacer son frère et de hurler son désespoir dans un cri déchirant.

— Je vais faire appeler un prêtre, proposa, bouleversé, Édouard Chèze, le bras droit de Maxime.

*

Toujours sous le choc quelques jours plus tard, Alexandre avait informé sa mère et le reste de la famille de la tragédie. Il avait aussi préparé les papiers administratifs du décès avec Édouard, qui deviendrait son propre bras droit. Car avec ce décès, il devenait l'aîné et héritait du titre de duc, ainsi que de l'obligation de se charger des affaires familiales.

Outre la peine incommensurable de la perte de son frère, ce décès remettait toute sa vie en question, en l'obligeant à délaisser la compagnie des mousquetaires…

Chapitre 39

Alexandre avait évité Athénaïs jusqu'à l'ouverture de la chasse au trésor chez la duchesse de Chevreuse à laquelle il était dans l'obligation de participer, maintenant qu'il était le nouveau duc de Castillan. Il y était accompagné de deux amis mousquetaires et, bien entendu, d'Aramis, qui l'avait beaucoup soutenu après la mort tragique de Maxime. Alexandre lui avait d'ailleurs fait promettre de ne surtout pas informer Athénaïs de cette tragédie, au cas où il aurait eu cette idée saugrenue… Aramis avait promis.

Mais lorsque Alexandre avait entrevu Athénaïs auprès de son époux, à son arrivée, il eut instantanément une douleur au cœur qu'il n'aurait pas imaginé. Il n'avait pas repris contact avec elle, et cela, même si, lors des moments où la mort de son frère lui était insupportable, il ne rêvait que de se jeter dans ses bras afin d'être tout simplement avec elle, et de partager sa peine avec elle.

Une envie le prit alors, celle de l'enlacer avec ferveur, ici et maintenant. Il se retint et se félicita de sa maîtrise.

Pourtant, quelques heures plus tard, lorsqu'il l'aperçut s'engouffrer seule dans la grange d'un bâtiment isolé, il ne put résister et entra à son tour… et cela fut encore plus dur qu'il ne l'aurait cru. Son cœur avait bondi dans sa poitrine, entraînant des émotions contraires, mais puissantes. Athénaïs était si belle qu'il souffrait de ne pouvoir l'approcher. Allait-il lui annoncer officiellement qu'il ne comptait plus la revoir de manière intime ? Contre toute attente, ce fut elle qui le congédia et mit fin à leur aventure. Il en fut bouleversé et il lui mentit, avant de s'en aller. Aucune autre femme ne l'intéressait plus, en réalité. Son cœur était envahi d'Athénaïs. Et la mort précoce de son frère avait rendu ce sentiment encore plus aigu.

Tout en rejoignant dans la foulée Aramis et ses deux autres amis, il ressassa cette furtive discussion. Elle lui paraissait maintenant si étrange et irréelle. Ils n'allaient plus se revoir… cette idée n'arrivait pas à trouver sa place dans son esprit.

— Alexandre… enfin ! Nous t'attendions pour la première épreuve de l'eau ! le taquina Aramis.

— Je suis là, je suis là ! dit-il d'un ton neutre.

Aramis le prit à part.

— Tout va bien, mon jeune ami ?

— Oui… répondit-il simplement. Allons-y. Nous allons nous mettre en retard, ajouta-t-il.

Lorsqu'ils eurent terminé et gagné l'essai, Alexandre sentit qu'un homme le fixait au loin, d'un air qui lui parut étrange. Et ce n'était pas la première fois que cet homme semblait l'espionner. Son sixième sens ne le trompant jamais, il voulut aller à sa rencontre, mais celui-ci disparut. Où avait-il bien pu se cacher ? s'interrogeait-il lorsqu'une voix féminine l'interpella.

— Alexandre de Castillan !

C'était une riche veuve qu'il s'efforçait d'éviter depuis qu'il s'était lâchement enfui de chez elle un jour où, lassé de ces conquêtes faciles, il n'avait pas réussi à l'honorer.

— Madame de Varneuil, dit-il froidement.

— Sachez que cela n'a plus d'importance à mes yeux… mais que je ne vous pardonnerai jamais ! déclara-t-elle.

— Pour si peu ?

— Scélérat ! Vous êtes parti comme un voleur !

— Je n'étais juste pas d'humeur, et la situation ne méritait pas de s'éterniser. Je pensais que vous étiez d'accord avec cela.

— Je vous ai supplié de rester.

— J'avais rendez-vous, que voulez-vous, argua-t-il de mauvaise foi.

— Après m'avoir séduite et traitée comme la femme la plus magnifique du royaume, vous étiez pressé de partir sans même une caresse. Je ne peux le tolérer !

— J'ai peut-être trop de respect pour votre personne…

— Ne jouez pas au plus malin avec moi, s'il vous plaît. Au reste, j'ai abordé cette comtesse de Laroche de Briand, avec qui vous aviez dansé au bal de la reine Anne d'Autriche, et je lui ai sommé de ne pas vous côtoyer. Je pense qu'elle m'a entendue, n'est-ce pas ? demanda-t-elle, curieuse.

— Pourquoi me dire tout cela maintenant ?

— J'aurai voulu vous informer plus tôt de ma vengeance, mais vous aviez disparu… jusqu'à aujourd'hui ! D'ailleurs, pour quelle raison, ne vous ai-je plus aperçu aux différents bals, par la suite ?

— Je n'avais plus le temps pour les divertissements, répondit-il brièvement. Maintenant, je dois vous saluer, mon équipe m'attend pour la suite de la chasse au trésor.

— Avant de vous quitter, je tenais à vous dire que j'ai également fait part au comte de Laroche de Briand, après ce bal, que son épouse vous fréquentait plus que de raison, que les langues commençaient à se délier et que tous l'entrevoyaient comme le dindon de la farce. Après les chroniques mondaines de *La Gazette*, je pense qu'il n'a pu remettre en question mes paroles. Et sûrement, le coup infligé à sa fierté ne le laisse plus tranquille… J'imagine avec délice qu'il mène une vie infernale à son épouse.

À cette évocation, Alexandre eut un coup de sang. Il ne supporterait pas qu'Athénaïs fût maltraitée. Il devait lui parler sur-le-champ pour savoir comment elle allait.

— Ah, ajouta la femme, j'ai aussi prévenu la duchesse de Chevreuse, bien évidemment…

Alexandre la fusilla du regard avant de la saluer avec mépris et de faire demi-tour.

*

La duchesse de Chevreuse, de son côté, avait observé Athénaïs et Alexandre qui, pourtant, n'étaient pas dans la même équipe et avaient même gardé leur distance. Mais lorsqu'ils se croisaient lors des repas au buffet, des balades collectives à travers le domaine, ou encore dans les couloirs du château, leur attitude ne mentait pas. Seul un idiot aurait pu croire qu'il n'y avait pas une attraction certaine entre eux et même plus, un attachement.

Forte de son expérience, elle sut, au vu de la relation d'Athénaïs avec son époux, que ces deux-là allaient vouloir être plus que de simples amants. Surtout maintenant qu'Alexandre était devenu duc.

Alors, avant que la situation ne lui saute à la figure, comme cela avait été stupidement le cas avec Alma et

Gabriel, elle prit les devants et élabora un plan afin de gérer la crise à venir. Elle consulta ses papiers et trouva ce qu'il lui fallait. Les preuves étaient indiscutables.

Alphrède ne pourrait s'opposer à son bon vouloir…

Chapitre 40

Alors qu'Alexandre cherchait Athénaïs dans les différents recoins du château, il fut bousculé et s'aperçut à temps qu'un couteau allait s'abattre sur sa poitrine. Il para le coup et s'engagea dans la bagarre. Le gaillard était un sacré adversaire. Le mousquetaire y prit quelque plaisir, car cela faisait longtemps qu'il n'avait eu l'occasion d'un tel exercice. Alors qu'il pensait enfin y mettre un terme définitif, le malfrat réussit à s'enfuir sans qu'Alexandre ne puisse le rattraper.

— Est-il doué, bon Dieu… nota-t-il à voix haute.

Après quelques secondes de silence qui lui permirent de se remettre de ses émotions, moult questions affluèrent. Pourquoi avait-on tenté de l'assassiner ? Était-ce cette comtesse à qui il venait de parler qui le haïssait tant, au point de le faire passer de vie à trépas ? Avec qui était-il venu jusqu'ici ?… La première chose à faire était d'en parler à Aramis. Mais il lui faudrait dorénavant rester sur ses gardes jusqu'à ce que la situation soit maîtrisée.

Par chance, Aramis arriva bientôt dans son champ de vision. Il était seul et avait l'air perdu dans ses réflexions.

— Mon ami ! l'interpella Alexandre.

Les deux hommes se firent face.

— Aramis, on a attenté à ma vie ! l'en informa Alexandre d'un ton grave.

— Comment cela ?

— Un homme brun, grand et costaud, élégamment habillé dans les tons sombres, m'a littéralement sauté dessus armé d'un couteau, alors que j'étais seul dans une aile du château. Je l'ai maîtrisé, mais il a réussi à s'enfuir, le bougre…

— Je n'arrive pas à y croire ! s'exclama Aramis. Je vais immédiatement prévenir Marie Aimée afin qu'elle commande aux gardes du domaine de patrouiller avec une vigilance accrue et d'envoyer quelques hommes à sa recherche.

Alexandre acquiesça.

— Qui pourrait vouloir te tuer ?

— Je ne sais pas…

— Et avec qui est venu cet homme ? Forcément avec le commanditaire ! Nous devrons le retrouver aussi. En attendant, je vais prévenir nos deux amis et je ne te lâche plus d'une semelle, Alexandre !

— D'accord, mais laisse-moi juste aller voir quelqu'un, seul, et ensuite, je te rejoins.

— Ne te rend pas dans un lieu isolé.

— Ne t'inquiète pas. Je suis sur mes gardes.

*

Quelques minutes, plus tard, dans un coin de la deuxième cour de la demeure, il trouva Athénaïs en compagnie d'un jeune couple avec qui elle était en grande discussion. Il attendit, tapi dans l'ombre de l'une des arcades, qu'elle eut terminé. C'est avec délice qu'il la regardait s'animer, rire et rayonner d'une joie communicative. Lorsqu'elle fila avec ses amis vers la forêt, il la suivit discrètement.

Le trio rejoignit cinq jeunes femmes assises sur un rocher, face à un peintre d'un certain âge qui semblait prêt à débuter une œuvre au milieu de cette clairière cachée. Trois hommes se tenaient debout, admirant le tableau vivant.

— Mesdames, s'exclama le peintre derrière son chevalet, venez donc vous changer entre ces paravents et trouver votre place auprès de vos amies.

Elles s'exécutèrent et se retrouvèrent en chemise de nuit de coton blanc, leurs cheveux lâchés parsemés de fleurs. Quatre domestiques les avaient transformées en un rien de temps.

Elles escaladèrent ensuite le petit roc où leurs amies les attendaient avec un grand sourire.

Se trouvaient là l'incomparable Julie d'Angennes, la fille de la marquise de Rambouillet, invitée à tous les divertissements de la saison, les sœurs Anne et Diane, Bérengère et Ekaterina, qu'Athénaïs eut l'air de retrouver avec un plaisir non dissimulé.

Elles prirent toutes une pose élégante. Athénaïs s'installa à leur côté, les jambes repliées, une main négligemment posée sur la pierre et l'autre sur sa jambe. Blandine, qui l'avait accompagnée, trouva également une pose gracieuse.

Alexandre, caché derrière un chêne centenaire, les trouva féériques. Et Athénaïs était évidemment la plus belle ! Il attendit alors patiemment la fin de la séance de peinture. Mais c'est avec déception qu'il vit Athénaïs repartir avec le couple avec lequel elle était arrivée. Il ne pourrait lui parler…

N'acceptant toutefois pas cette idée, il entreprit d'aller lui demander frontalement de lui accorder quelques minutes. Elle le reçut avec un étonnement certain et lui présenta ses compagnons. Blandine et Jessy étaient des amis de longue date qui s'étaient installés à Londres depuis quelques années, lui étant anglais. Forts créatifs, ils avaient moult projets dans lesquels ils étaient investis, et qu'ils racontaient avec passion. Elle le présenta à son tour comme un valeureux mousquetaire, ce qui lui plut.

Après ces présentations polies, Alexandre entraîna Athénaïs un peu à l'écart.

Leur proximité troubla ses sens comme à l'habitude…

*

— Comte de Laroche de Briand, interpella la duchesse de Chevreuse.

Elle l'avait abordé à l'heure du déjeuner alors qu'il jouait aux cartes avec deux hommes dans le fumoir.

— Duchesse, salua-t-il avec respect, après s'être levé de sa chaise.

— Au jeu, il faut savoir perdre parfois, n'est-ce pas ?

Alphrède l'interrogea du regard et la suivit dans un coin de la pièce.

— Monsieur, lorsque votre femme viendra vous demander le divorce, vous l'accepterez, dit-elle fort abruptement.

— Est-ce un nouveau jeu ? s'esclaffa-t-il.

— Non pas. N'oubliez pas ce que je viens de vous dire lorsque le jour viendra, insista-t-elle.

Il faillit lui rire au nez quand un voile passa devant ses yeux.

— Pourquoi voulez-vous que ma femme demande le divorce, et surtout, pour quelle raison le voulez-vous ?

— Je n'ai pas à vous répondre. En revanche, vous savez que vous le ferez. Je pense que nous nous sommes compris…

Elle le fusilla du regard.

— Je ne comprends malheureusement pas…

— Ce n'est pas mon problème. J'espère, et ceci pour votre tranquillité, que vous ne faillirez pas le moment venu. Les conséquences seraient alors désastreuses pour vous et la famille de Laroche de Briand !

— Vous bluffez.

— Je ne pense pas que votre père ne prendrait pas le risque…

La duchesse avait rarement vu quelqu'un pâlir aussi vite… quoique !

*

Lorsque Alexandre et Athénaïs furent enfin tous les deux, le mousquetaire dut d'abord maîtriser l'envie de la toucher, et même plus, de l'embrasser.

— Je tenais à m'assurer que ton époux te traite bien depuis que nous nous sommes vus ?

— Eh bien, rien n'a changé entre nous… Si ce n'est qu'Alphrède est un peu plus attentionné, je dois avouer. Mais cela reste anecdotique.

— Ah. Me voilà rassuré, si je puis dire. C'est que la comtesse de Varneuil m'a avoué il y a quelques heures à peine… avoir averti ton époux, peu après le bal où nous avons dansé ensemble, que nous étions amants. Pire, que les gens parlaient beaucoup à ce sujet et le plaignaient d'être cocu, alors même que vous n'avez pas enfanté…

Elle a aussi craché son venin à la duchesse de Chevreuse. Après avoir voulu t'intimider… C'était elle, la femme-chat aux poils dorés.

— Oui… je le sais. Elle avait envoyé une lettre anonyme à la duchesse qui, depuis, l'a retrouvée et menacée si elle parlait de nous à quiconque.

— Je suis très en colère contre elle. Et je m'excuse sincèrement de ces désagréments que tu subis par ma faute.

Athénaïs jeta un œil doux à Alexandre, qu'elle aurait, en réalité, tant aimé embrasser avec fougue.

— Il est étonnant qu'Alphrède n'ait eu aucune réaction à cette annonce, dit-elle, refrénant son attirance. Son image est pourtant on ne peut plus importante pour lui… Pour quelle raison a-t-il au contraire fait preuve de plus de sympathie à mon égard ?

— Étrange, en effet.

Alphrède arrivait justement avec des amis. Alexandre prit on ne peut plus vite congé, mais il le croisa tout de même, et il aurait juré que l'expression de celui-ci en le voyant était celle d'un homme qui oscillait entre effarement et haine.

*

La semaine chez la duchesse de Chevreuse touchait à sa fin et l'équipe d'Athénaïs avait été déclarée gagnante de la chasse au trésor. Si Alphrède était aux anges, elle se félicita surtout qu'il n'y eut rien à dire sur Alexandre et elle dans *La Gazette*. Il faut dire qu'elle n'avait assisté à aucun des deux bals donnés.

Quant à Alexandre, il n'avait pu découvrir où se cachait l'homme qui avait menacé sa vie. Malgré les recherches des gardes du domaine et de ses amis mousquetaires, l'homme restait introuvable. Avec qui était-il venu ? Cela non plus n'avait été élucidé. Ayant raté sa cible et étant devenu la cible, il avait dû quitter précipitamment le château.

Arriva ensuite bien vite le moment du départ avec son défilé de malles qu'on voyait transporter du château jusqu'aux différents carrosses. Pendant ce temps, autour du buffet d'adieu, les convives se remémoraient leur séjour. C'était à qui racontait le mieux les faits les plus marquants ou les plus fantasques, et chacun détaillait ses souvenirs avec enthousiasme.

L'accueil remarquable de la duchesse de Chevreuse sur ses terres, la venue d'ambassadeurs étrangers prestigieux, ainsi que l'excellente organisation des jeux, furent également applaudis par tous.

Alors qu'Athénaïs et ses amies avaient du mal à se quitter, car elles avaient toujours quelque chose à ajouter ou une question à poser, Alphrède vint mettre un terme aux embrassades en pressant son épouse de venir saluer leurs amis communs, avant d'aller présenter leurs compliments à la duchesse de Chevreuse. Athénaïs capta une gêne palpable de la part de son époux qu'il n'avait pourtant jamais eue, face à leur hôtesse. Se faisait-elle des idées ? Elle ne creuserait pas la question.

Ces jeux, bien qu'agréables, l'avaient éreintée et elle ne rêvait que d'une chose, retrouver ses appartements et se reposer. Le fait d'avoir définitivement coupé les ponts avec Alexandre la faisait souffrir et la fatigue n'aidait pas à apaiser sa grande tristesse.

C'est donc avec soulagement qu'elle s'apprêta à monter dans le carrosse, lorsque Aramis les apostropha, Alphrède et elle. Il était accompagné d'Alexandre et de leurs deux acolytes qu'ils n'avaient point salués en effet.

Une brève discussion ou plutôt un monologue d'Aramis, qu'Alphrède abrégea bien rapidement, s'improvisa devant la voiture. Les mousquetaires firent alors un baisemain à Athénaïs avant de rejoindre leur monture respective. Alexandre s'exécuta à son tour. Ce baisemain courtois dura néanmoins plus longtemps que ne le réclamait la bienséance.

Et lorsque Athénaïs fut installée, elle saisit le regard d'Alexandre rivé sur la main que le mousquetaire avait tenue… Celle-ci se referma d'un seul coup.

Chapitre 41

Installée dans son carrosse face à Alphrède, Athénaïs vit du coin de l'œil, à travers la vitre, Alexandre qui montait sur son cheval, avec Aramis et les deux autres mousquetaires.

Ils avaient environ trois heures de voyage. Elle ferma les yeux, s'imaginant quelle belle route cela aurait été avec Alexandre à la place de son époux…

Cela faisait maintenant une bonne heure qu'ils étaient partis quand des bruits de galop se firent entendre au-dehors. Athénaïs, réveillée en sursaut, aperçut par la fenêtre quatre cavaliers habillés de costumes sombres. Le carrosse s'arrêta. Le cocher cria et puis, plus rien. Ce fut le silence. Ce qui n'était jamais de bon augure.

— Non, n'ouvre surtout pas, sermonna Alphrède, qui ne s'était jamais battu de sa vie.

— Mais… ce sont des brigands et ils nous attaqueront de toutes les façons, dit-elle, fébrile, sachant quel pouvait être son sort à elle, qui était femme.

Athénaïs joignit l'acte à la parole et ouvrit la portière, espérant de toute son âme voir également les mousquetaires qui pouvaient très bien les avoir rattrapés. Elle fut alors confrontée avec horreur à des cavaliers en nombre. Ils discutaient bruyamment entre eux, zyeutant au loin. Athénaïs découvrit avec joie les cavaliers qui arrivaient.

Se tenant prêts pour le combat, les malfrats sautèrent de leurs chevaux et accueillirent les soldats épées à la main. L'un des brigands tenta de prendre Athénaïs en otage, mais elle réussit à se débattre et à lui échapper. Débuta alors un combat avec Alexandre et ses amis.

Elle suivait de loin l'affrontement, avant de s'inquiéter du cocher qu'elle trouva affalé sur son siège, mort. Choquée, Athénaïs fut comme paralysée et fixait maintenant Alexandre qui arrivait vers elle, plus ou moins protégé par ses pairs qui ferraillaient avec les bandits de grand chemin.

Puis, sans qu'elle puisse faire quoi que ce soit, un cavalier qu'elle n'avait pas vu venir l'enlaça violemment, la souleva, et la blottit contre lui à l'avant de sa monture. Il détala au galop. Athénaïs hurlait et se débattait au risque de tomber. Mais l'homme, un grand gaillard, la tenait fermement.

Alexandre tua d'un seul coup d'épée l'homme qui s'était jeté sur lui et sauta sur son cheval, qu'il cravacha. Au triple galop, il espérait rattraper le ravisseur qu'il avait en ligne de mire.

Aramis chevaucha bientôt derrière son protégé. Les deux autres mousquetaires n'avaient plus que deux brigands avec qui se battre.

Dans le même temps, Alphrède était sorti du carrosse après avoir entendu les cris d'Athénaïs. Il comprit ce qu'il se passait et, ne supportant pas qu'Alexandre aille sauver sa femme, il entreprit de voler un cheval pour les rejoindre. Les deux mousquetaires, qui avaient eu raison des deux malfrats entre-temps, l'accompagnèrent.

Le sang d'Alexandre lui brûlait les veines. Une rage folle l'avait envahi et il fouettait sa monture de plus belle pour les rattraper. Aramis le suivait toujours de près.

L'étalon étant rapide, Alexandre commençait à les rattraper lorsque le cavalier et Athénaïs tombèrent de cheval.

Arrivé à leur hauteur, il sauta de sa monture, encore au galop, et roula dans l'herbe. Les deux corps étaient allongés au sol et aucun ne bougeait. Alexandre s'assurait que l'homme ne feintait pas dans l'intention de l'attaquer, quand celui-ci se releva d'un bond, une arme blanche pointée vers l'avant. Alors qu'Alexandre tentait d'écourter la joute, Aramis arriva, à son plus grand soulagement, et le remplaça.

À genoux, Alexandre chercha le pouls d'Athénaïs. Celui-ci était très faible. Elle ne saignait pas et son corps ne comportait aucune fracture ouverte. Elle était vivante, mais pour combien de temps ? Il imagina le pire, revivant la mort tragique de son frère, Maxime.

— Athénaïs ! appela-t-il, lui tapotant les joues d'une main tremblante.

— Ne la bouge pas, lui dit Aramis.

— Je le sais, s'emporta Alexandre. Elle respire si faiblement. Aramis, je ne supporterais pas qu'elle meure. Mon frère, je n'ai pu le sauver, mais elle, elle ne peut pas mourir… Elle n'en a pas le droit…

Alexandre la fixait, comme paralysé.

— Je reste avec elle… prononça-t-il, fiévreux, incitant tacitement son ami à aller chercher de l'aide.

— Je reviens au plus vite, dit celui-ci, avant de partir au triple galop.

— Je t'en supplie… réveille-toi… haletait Alexandre devant le corps désespérément inerte d'Athénaïs.

Alphrède de Laroche de Briand arriva à cheval. Alexandre l'informa qu'Aramis était parti chercher du secours. Le comte le remercia brièvement et lui demanda de le laisser seul avec son épouse.

Ce fut avec une envie d'expédier l'importun loin d'Athénaïs qu'il se releva et lui laissa sa place. Il n'avait, en effet, aucune légitimité. Et il ne pouvait le supporter…

Chapitre 42

Juste après l'accident, Athénaïs avait été transportée dans la ville de Chevreuse chez un médecin où elle passa la nuit avec son époux. Alexandre n'avait pas eu l'autorisation de se rendre à son chevet, Alphrède ne le souhaitant pas. Seul Aramis y était accepté.

Les deux mousquetaires s'étaient installés dans une auberge non loin. C'est tard dans la nuit qu'Aramis annonça qu'Athénaïs s'était réveillée, que le médecin ne se prononçait pas encore, et qu'Alphrède avait refusé la venue de Germaine.

C'est alors avec une angoisse terrible, qui le faisait souffrir le martyre, qu'Alexandre finit tout de même par s'assoupir, épuisé de cette journée.

Lorsqu'il se leva le lendemain à l'aube, il était bien décidé à voir Athénaïs quoi qu'on lui dise. Mais avant qu'il n'ait eu le temps de finir de se préparer, Aramis entra sans frapper.

— Alexandre… je suis… désolé…

— Comment ça ? bégaya-t-il.

— Athénaïs… Aramis secoua la tête, l'air grave et triste.

— Je ne comprends pas, hurla le jeune mousquetaire.

— Athénaïs nous a quittés il y a une heure… un messager vient de m'en avertir.

Aramis prit Alexandre dans ses bras.

— Pleure sur mon épaule, mon ami. Sache que je suis également bouleversé…

Alexandre le repoussa violemment.

— Non, je ne te crois pas.

Il ne pouvait en être ainsi. Il n'avait même pas pu lui dire au revoir… Il se précipita au-dehors et sauta sur son cheval pour rejoindre la demeure où avait été accueillie Athénaïs. Il entra sans y être invité et courut jusque dans la chambre, bousculant au passage Alphrède et le médecin.

Là, sur le lit, Athénaïs donnait à voir un visage serein. Elle paraissait s'être juste assoupie. Il posa une main tremblante sur sa joue… froide et dure. Il ne pouvait plus douter. Il voulut alors mourir.

Il pria, contre le lit, pour que, lorsqu'il serait passé de vie à trépas, Athénaïs et lui se retrouvent là-haut. Et il lui demanderait alors pardon de n'avoir pu la sauver, mais également d'avoir eu peur de lui avouer l'amour qu'il lui portait. Il lui dirait combien il l'adore, et jamais plus ils ne se quitteraient. Il avait tellement hâte de la retrouver.

Après un dernier baiser sur ses lèvres si pâles, un brouillard épais envahit la chambre. Il ne voyait plus rien et ses jambes ne répondaient plus. Impossible de bouger. Que se passait-il ?

Alexandre se réveilla en sursaut, moite. Un cauchemar ! C'était juste un cauchemar ! Mais était-ce le genre de rêve que l'on disait *prémonitoire* ?

*

— Alexandre ! s'exclama Athénaïs lorsqu'elle le vit enjamber la fenêtre.

Le mousquetaire se jeta au pied du fauteuil sur lequel elle lisait. Il la regardait, en adoration, comme devant un ange. Elle était habillée d'une tenue légère : une longue jupe évanescente et une chemise blanche sans corset. Ses cheveux étaient laissés au naturel ainsi que son visage.

Il fut si ému de la voir vivante et rayonnante, qu'il ne put s'empêcher de laisser éclater son ivresse. Il riait, l'admirant avec une reconnaissance infinie qu'elle soit en vie.

— Alexandre, fais moins de bruit, s'il te plaît. Même si mon époux est reparti à Paris, je ne voudrais pas qu'on te surprenne dans ma chambre ! Alphrède a donné l'ordre que tu ne m'approches dans aucune circonstance…

— Tu es en vie ! s'exclama-t-il en chuchotant.

Il prit alors sa main pour l'embrasser avec dévotion.

— Tu as eu si peur ?

— Tu ne peux pas savoir à quel point…

Athénaïs se leva de son fauteuil et Alexandre ne put s'empêcher de la prendre dans ses bras, avant de déposer un baiser fougueux sur ses lèvres.

— Alexandre… que fais-tu ? demanda-t-elle après avoir laissé ses lèvres quelques instants sur celles de son amant, par pure gourmandise.

— Athénaïs, comment te sens-tu ? questionna-t-il.

— Fatiguée, mais je vais bien. Je pourrais tout à fait rentrer à Paris. Malheureusement, on ne veut pas me laisser partir avant demain. C'est à peine si j'ai le droit de quitter ma chambre… Une mesure beaucoup trop sévère, il me semble.

Elle prit un air malicieux avant de lui caresser le menton.

— Sais-tu que mon prénom Athénaïs est d'origine grecque et vient du mot *embrosos* qui signifie « immortelle »…

— Je ne savais pas et j'espère bien que tu l'es ! Mais le médecin a raison. Le repos est une bonne chose. Le voyage en carrosse est fatigant et…

Alexandre changea d'expression et se mit à genoux devant elle, le regard franc planté dans le sien. Elle l'imita.

— Athénaïs, j'ai été un idiot. Laisse-moi me confesser, je t'en prie.

Une confession ? s'interrogea-t-elle pour elle-même. *L'émotion lui fait sûrement tourner la tête*, pensa-t-elle alors.

— Avant cela, laisse-moi te remercier de m'avoir sauvée, dit-elle. Peu après m'être réveillée, j'ai interrogé le médecin, qui m'a raconté ce qui s'était passé.

— Lorsque je pense que, si Aramis et moins n'avions pas été là… Tu aurais pu…

— N'y pense pas. Je suis là et tout va bien.

Elle lui serra la main et chuchota plein de « mercis ».

— Ce que j'ai à te dire, Athénaïs, j'aurais dû te le dire depuis longtemps déjà. Il est vrai que la peur de te perdre m'a ouvert les yeux et a fait fuir ma lâcheté ou mon immaturité, je ne sais.

Elle se mit à trembler. Une émotion vive s'était emparée d'elle.

— Athénaïs… murmura-t-il encore.

— Oui ? dit-elle brusquement, comme si elle sortait d'un songe.

— Tu sais, j'ai combattu les sentiments que j'éprouve pour toi… C'est pour cela que je n'ai pas assisté aux bals, que je ne t'ai pas donné de nouvelles… Aussi, j'allais t'annoncer, dans la grange, que je ne souhaitais plus te voir, mais tu m'as pris de court. Et je t'ai menti au sujet de cette femme qui m'aurait plu à ces jeux. Je n'ai aucune attirance pour une autre que toi, Athénaïs… C'est à ce point que tu m'as envoûté. Plus que cela même… Si tu avais quitté ce monde, je t'aurais rejointe. Une escarmouche où je me serais laissé tuer.

Athénaïs resta interdite.

— Je dois me rendre à l'évidence, ajouta-t-il, jamais je n'ai ressenti ce que je ressens pour toi. Et c'est merveilleux !

Athénaïs repensa au message de Germaine. Alexandre la rendait, certes, heureuse. Étaient-ils faits l'un pour l'autre ? Ce qui était certain, c'était que la situation telle qu'elle était la rendait heureuse. Elle était mariée à Alphrède, avait une assise sociale parfaite, et elle vivait sa plus belle vie lorsqu'elle voyait Alexandre. C'était idyllique ainsi…

— Peut-être ne ressens-tu par une once de ce que j'ai dans le cœur pour toi, mais laisse-moi te raconter une histoire… Elle parle de toi et moi… Tu sais, la plupart des hommes ont peur d'aimer parce qu'ils ont, en réalité, peur de souffrir. Les femmes sont plus courageuses que nous, avoua-t-il.

Athénaïs bataillait avec ses pensées, et elle n'était pas sûre de vouloir qu'il continue.

— Je n'ai plus peur de t'aimer et de te le dire. Je n'ai plus peur de souffrir, car, plus que tout, je ne veux pas ne pas me donner une chance de réaliser mon bonheur, continua-t-il en lui caressant la joue…

Et même si cela paraissait insensé, elle sut alors qu'il allait lui demander quelque chose qu'elle ne pourrait lui accorder. Elle coupa court à sa tirade.

— Alexandre, tu papillonnes et cela te plaît…

— Cela était vrai avant de te rencontrer. Comprends-tu ? Athénaïs, je te veux tout entière.

Elle secoua subtilement la tête.

— Veux-tu me faire une vraie place dans ta vie ? Je t'en prie, divorce et épouse-moi !

Elle le fixa, chamboulée et exaltée de compter autant pour lui et tant peinée de devoir refuser une telle demande.

— Pourquoi me fais-tu cela, Alexandre ?

— Je ne veux vivre sans toi, peut-être même que je ne peux vivre sans toi… Et toi ? Tu m'as dit dans cette grange que tu voulais un amant digne de ce nom. Tu n'as pas dit que tu ne voulais plus de moi. Si je te propose mieux qu'être amants, peux-tu l'accepter ?

— Je pensais que ne pas tomber amoureux était la règle ? tenta-t-elle.

— Penses-tu que l'on puisse contrôler cela, Athénaïs ? Ne ressens-tu rien pour moi ? Je ne peux y croire quand je repense à nous, à tous nos moments fous et doux, à ton sourire qui ne me ment pas…

Athénaïs mit son index sur ses lèvres pour l'empêcher de continuer. Elle s'était toujours interdit de se poser la question de savoir si elle éprouvait de vrais sentiments pour lui, et s'était même persuadée qu'elle ne ressentait rien de cela. Ne se mentait-elle pas à elle-même ?

— Je ne peux demander le divorce, de toutes les façons. Alphrède ne l'accepterait pas.

— Alphrède ne te mérite pas… dit-il, les yeux enfiévrés. J'ai vraiment cru te perdre… Et cela m'a fait comprendre que je tiens à toi bien plus que ce que je ne pensais. Je sais que nous sommes faits l'un pour l'autre.

— Alexandre, je suis tellement touchée, et je te confesse que j'ai très envie de toi dans ma vie. Mais divorcer, non. Ne serions-nous pas plus heureux de nous revoir comme avant, libres, sans le poids du quotidien… qui j'imagine ne te sied pas.

— Athénaïs…

— Avons-nous vraiment envie de vivre ensemble ? Je ne crois pas, Alexandre.

— Je crois bien que je le veux… Non, je sais que je le veux. La seule et vraie question est… en as-tu envie ?

— Depuis que nous nous fréquentons, la petite flamme dans mon cœur grandit, reconnut-elle. Mais divorcer, vivre avec toi…

— Athénaïs, je suis fou de toi !

Elle allait poser sa main sur sa joue lorsqu'il attrapa son poignet pour arrêter son geste.

— Dis-le-moi les yeux dans les yeux, Athénaïs. Que tu ne veux pas de moi. Que tu ne m'aimes pas assez…

— Je ne peux t'épouser, murmura-t-elle, retenant les larmes qui embuaient ses yeux.

— Je pourrais faire n'importe quoi pour toi, demande-moi n'importe quoi !

Athénaïs était trop bouleversée pour lui répondre.

— S'il te plaît, ne gâche pas ta vie… ma vie… notre vie ! supplia-t-il.

Ces mots résonnèrent dans chacune des cellules du corps d'Athénaïs. Elle avait, dans ses rêves les plus fous, tant désiré ce moment. Mais cela ne pouvait devenir vrai…

Pourquoi Alphrède n'est-il pas Alexandre ? s'indigna-t-elle intérieurement… Il lui fallait dire la vérité, même si, elle le savait, en prononçant ces paroles, elle allait le perdre…

— Je ne veux pas divorcer, Alexandre. Tu es mousquetaire et je ne peux vouloir de cette vie où, chaque jour, je ne sais pas si tu vas rentrer vivant… Et comment assumer d'être une femme qui a divorcé ? Cette vie me privera de la place dans le monde, de mon statut… Ne me juge pas. Comment vivrait-on ? Avec quels moyens financiers ? Nous ne pourrons pas avoir d'enfants sans argent, et je veux être mère. Sans compter la mise à l'écart de mes parents, et de nos pairs. C'est plus que je ne pourrais supporter. J'en suis désolée…

Plus elle parlait, plus le visage d'Alexandre se décomposait. Mais elle devait aller jusqu'au bout. Être honnête avec lui.

— Je ne pense pas tenir assez à toi… pour affronter tout cela.

Alexandre sentit son être entier se briser, sensation étrange qui lui fit mal à un point jamais égalé.

— Pardonne-moi ma franchise, je te respecte trop pour ne pas l'être.

Alexandre pensa à son frère aîné, Maxime, qui avait perdu la vie quelques semaines plus tôt, et qui lui avait laissé la charge d'aîné. Il était maintenant duc et il était riche. Il allait bientôt devoir arrêter son travail dans la compagnie des mousquetaires pour s'occuper des affaires familiales. Allait-il faire valoir son nouveau statut ? Il remplissait désormais presque toutes ses attentes. Mais le divorce d'Athénaïs avec son époux, si par miracle il l'acceptait, mettrait sa réputation à rude épreuve. Entre le venin de la duchesse de Chevreuse et les jalousies des autres femmes, elle n'échapperait pas à l'opprobre. Il ne pouvait lui faire subir cela. II la comprenait.

— Il faut que je t'avoue une chose… hésita Athénaïs.

Alexandre se raidit.

— Je suis enceinte… Enfin, si je n'ai pas perdu l'enfant. Je suis à plus d'un mois de grossesse.

Un long silence plana, qu'Alexandre rompu avec la question qui lui brûlait les lèvres :

— De qui est l'enfant ?

Elle hésita. Devait-elle lui dire ?

— Je ne sais pas... Il pourrait être de toi... ou d'Alphrède, qui sera si heureux de l'apprendre qu'il ne posera aucune question. C'est aussi une raison pour laquelle nous ne pouvons vivre ensemble.

Alexandre acquiesça sans conviction. Il n'avait pas envisagé ce paramètre, qui l'effraya subitement.

Tout à coup, une ombre sauta à travers la fenêtre restée ouverte, et se jeta sur Alexandre.

Désarçonné, le mousquetaire tomba à la renverse. Un couteau allait lui transpercer le cœur quand Athénaïs, dans un réflexe, lui lança son épée qu'il avait laissée à terre, à côté de son fauteuil. Alexandre l'attrapa avec agilité et l'enfonça dans la gorge de l'homme qui tomba raide mort sur lui.

L'agresseur avait-il eu le temps de blesser Alexandre ? Athénaïs dégagea le corps sans vie. Il était inerte et sa chemise blanche était maculée de sang.

— Ne meurs pas, Alexandre, je ferai tout ce que tu veux... je divorcerai ! Reviens à la vie... Jésus, Marie, Joseph, je vous en supplie...

La bouche du mousquetaire frémit. Elle déposa un baiser léger sur ses lèvres, et Alexandre l'enlaça soudainement.

— C'est d'accord, je reviens à la vie pour t'épouser !

La frayeur le disputait à l'incrédulité. Et lorsque Athénaïs comprit qu'Alexandre était recouvert du sang de l'autre homme, elle fut instantanément soulagée, si ce n'est qu'elle regretta aussitôt ses mots.

Alexandre reconnut tout de suite l'homme qui avait déjà tenté de le tuer pendant les jeux. Il inspecta minutieusement ses habits et ses poches, dont même les plus secrètes ne contenaient aucun indice. Athénaïs s'était approchée et se penchait sur le visage figé de l'homme.

— Mon Dieu ! cria-t-elle.

— Qu'y a-t-il ?

— J'ai déjà vu cet homme... Chez moi. La semaine dernière, je l'ai vu discuter avec Alphrède dans le grand salon. Je suis rentrée bien plus tôt que prévu et je les ai surpris. Alphrède n'avait pas l'air content. Je comprends mieux pourquoi, maintenant.

— Cela fait sens. Nous tenons le commanditaire, Athénaïs. Ton époux a tenté de me faire assassiner...

Chapitre 43

La duchesse de Chevreuse s'admirait dans le miroir ovale de la coiffeuse de son boudoir, où elle se pomponnait avant de rejoindre le bureau de Théophraste Renaudot. Il l'avait conviée, peu de temps après qu'elle l'eut vexé quand elle avait refusé de le suivre dans son antre et qu'elle avait raccompagné Athénaïs.

La veille, elle avait passé un long moment avec son amant, Charles de l'Aubépine, le garde des sceaux à la botte du cardinal de Richelieu, dont elle avait dévoyé la loyauté d'un seul regard, l'an passé.

Durant leurs jeux coquins, il lui avait révélé quelques futurs projets politiques de la royauté, ce qui lui avait donné l'idée de nouveaux complots… Et maintenant qu'elle savait que le cardinal lui-même avait demandé d'en terminer avec les indiscrétions concernant Athénaïs, c'est apaisée et sans rien attendre de l'éditeur qu'elle put se mettre en chemin.

Théophraste n'était plus un homme à abattre. Peut-être juste à pervertir sans se presser. Elle ne voulait, en outre, pas le faire souffrir trop. Il lui fallait bien reconnaître qu'elle avait été touchée de ses bonnes œuvres et ne voulait point déstabiliser l'homme, pour ne pas risquer de nuire à son projet social. Qui avait écrit les chroniques ? Elle le saurait bien un jour ou l'autre.

C'est donc dans une démarche dénuée de toute animosité qu'elle se présenta à son bureau.

— Chère duchesse de Chevreuse ! s'exclama l'éditeur.

— Quel accueil, dites-moi, cher Théophraste.

Celui-ci tiqua à l'évocation de son prénom.

— Seul mes amis… passons. Je souhaitais vous remercier encore une fois pour votre aide.

— Je compte bien vous aider plus souvent de la manière dont vous voudrez. Comme je vous l'ai déjà fait savoir, votre bureau des emplois ainsi que votre dispensaire gratuit sont deux causes qui me tiennent à cœur.

Elle remarqua que l'homme était visiblement reconnaissant de ses paroles. Il s'inclina respectueusement.

— Je souhaite d'ailleurs discuter de cette aide maintenant, proposa-t-elle. Oublions donc nos différents, voulez-vous ?

L'homme sembla, à raison, surpris de ce changement d'attitude.

— Dommage, j'étais prêt à vous proposer un marché. Et celui-ci concerne la promesse de ne plus jamais parler d'Athénaïs dans les chroniques, si ce n'est pour encenser son mariage… Qu'en pensez-vous ?

— Que cela ne m'intéresse plus, répondit-elle laconiquement.

— Comment est-ce possible ?

La duchesse était aux anges. Sa nature reprit le dessus, et elle allait se faire un malin plaisir de lui montrer qui dominait qui.

— J'ai le bras plus long que vous ne le soupçonnez, argua-t-elle.

Elle s'installa alors sans aucune gêne sur le fauteuil de l'éditeur qui faisait face au large bureau. Puis elle jugea à son air hébété qu'il ne savait que penser et elle s'en félicita.

— Très bien, dans ce cas, je laisserai libre cours à mon rapporteur de bruits de couloir…

— Oh j'en doute fort, Théophraste.

— Pourquoi cela ? demanda-t-il.

Le ton qu'il avait employé laissait présumer qu'il voulait une réponse claire.

— Passons à un autre sujet, voulez-vous ? fit-elle, en joie de cet échange croustillant.

— Impossible, madame ! Je suis beaucoup trop curieux de nature. Et cette situation est pour le moins étrange…

— J'en conviens. Mais d'explications vous n'aurez guère !

— Vous êtes encore bien plus dangereuse que je ne l'imaginais, avoua-t-il, sous l'œil satisfait de la duchesse. Et vous ne souhaitez plus savoir, non plus, qui est l'auteur des intrigues de la cour, j'imagine ?

— Vous imaginez bien… se força-t-elle à répondre sur un ton détaché.

Une ombre de déception passa furtivement dans le regard de l'éditeur. Elle le savait, il finirait par le lui confesser.

— Dans ce cas, parlons de votre aide bienvenue, madame.

Comme l'avait prévu la duchesse, il s'avança vers elle, les yeux brillant d'une flamme de désir. Il ne pouvait faire une croix sur ce qui s'était passé entre eux.

— Je pense qu'il faut assainir la situation entre nous. Vous voyez où je veux en venir… fit-il d'un geste qui trahissait son impatience. Terminons ce que nous avons commencé et repartons de zéro.

Elle avait choisi de s'en faire un allié. Elle décida de le ménager. Bien entendu, c'est elle qui mènerait la danse…

— Vous avez raison, fit-elle en se levant de sa chaise, nous allons assainir, ajouta-elle en lui attrapant le menton, les yeux plongés dans les siens. Mais pas aujourd'hui… je ne suis pas d'humeur, mentit-elle en le libérant.

Théophraste ravala sa fougue et, pour reprendre contenance, s'assit sur son fauteuil.

— Très bien, entretenons-nous sur le sujet de votre venue. Veuillez prendre place sur cette chaise face à moi, je vous prie.

La duchesse fut étonnée de tant de maîtrise et elle en conçut une forme de respect nouveau pour lui.

— Parfait, commençons ! acta-t-elle. Mais je préfère rester debout, si cela ne vous dérange pas.

Après une demi-heure de discussion fructueuse, où la duchesse s'était finalement assise à moitié sur le bureau, ils se serrèrent la main, satisfaits tous deux.

Debout face à la table, la duchesse eut l'œil attiré par un détail inscrit sur un papier mêlé à d'autres. L'éditeur, en se levant, avait fait bouger le tas de feuilles. Elle indiquait le déroulement de la chronique la plus cruelle envers Athénaïs, celle qui avait relaté par le menu la danse entre sa protégée et Alexandre lors du bal.

Et ce qu'elle vit lui serra le cœur si fort qu'elle faillit en défaillir.

Elle fila alors, demandant au cocher de fouetter les chevaux du carrosse dans un triple galop fort dangereux pour les passants, en direction de la rue de Vaugirard.

La demeure d'Aramis…

Chapitre 44

Athénaïs se laissa tomber sur le sol.

— Alphrède a tenté de t'assassiner… dit-elle fébrilement.

— Oui… Moi qui pensais que cet homme, qui a d'ailleurs déjà essayé de me planter son couteau dans le poitrail pendant les jeux, lui dit-il, était sous les ordres de cette comtesse !

— Alphrède est un meurtrier… murmura encore Athénaïs le regard perdu.

Elle était sous le choc.

— D'ailleurs, continua Alexandre, moins bouleversé qu'Athénaïs, lorsque j'ai croisé ton époux alors que tu posais pour le peintre, il m'a bien semblé qu'il avait eu l'air étonné de me voir.

— Celui qui va élever mon enfant est un meurtrier…

— En même temps, je le comprends, avoua Alexandre.

— Tu aurais fait de même ? lui demanda le plus sérieusement du monde Athénaïs, tout en se relevant, aidé par le mousquetaire.

— Non… bien sûr que non ! répondit-il vivement.

Contre toute attente, Athénaïs se rua sur lui et l'embrassa à pleine bouche.

— Serre-moi fort, Alexandre. Serre-moi le plus fort possible. Embrasse-moi encore, lui répétait-elle dans une fougue excessive.

Ce qu'il fit bien volontiers.

— Je ne veux pas vivre avec un assassin, confessa-t-elle en se blottissant dans ses bras.

— Il suffit d'en prendre la décision, lui dit doucement Alexandre.

La discussion qu'elle avait eue avec Germaine, lors de la chasse au trésor, résonna en elle d'une tout autre manière. Quel était l'essentiel désormais ? Vivre avec Alphrède blessait son cœur un peu plus chaque jour… et cette nouvelle était la goutte d'eau. Tout ce qui lui paraissait insurmontable quelques minutes plus tôt, n'avait plus de poids face à l'évidence, face à ce que lui réservait la vie avec Alexandre. Elle le savait, il était le chemin du bonheur. Germaine avait raison… Alexandre aussi… Et elle aurait le courage de faire ses propres choix, de se choisir elle, contre tous.

Oui, elle se permettait enfin d'être pleinement heureuse !

Athénaïs fixa Alexandre d'un air grave.

— Cela va te paraître irréfléchi, mais je dois arrêter de me mentir… C'est avec toi que je veux vivre, Alexandre. Bien sûr que je suis folle de toi !

— Mon cœur est accroché au tien pour toujours, Athénaïs. Je ne me rappelle même plus de mon existence avant toi, c'est un nouveau départ plein de promesses… pour le meilleur !

Ils se jetèrent l'un sur l'autre et s'embrassèrent comme si leur vie en dépendait.

Athénaïs en avait les larmes aux yeux. L'amour d'Alexandre pour elle et le saut dans le vide qu'elle s'apprêtait à faire pour vivre la vie dont elle rêvait la bouleversait au-delà des mots. Puis, une petite voix la ramena à la réalité de la situation qui allait être fort compliquée…

— Comment prouver qu'Alphrède est derrière cette tentative d'assassinat ? Et pourquoi accepterait-il le divorce ?

— Il faudrait le confondre. Je vais demander conseil à Aramis, il nous aidera.

— N'oublions pas la duchesse de Chevreuse… Elle nous écrasera si elle apprend notre projet…

Alexandre réfléchissait et il osa lui faire part de l'idée qui lui était venue.

— Et si je fabriquais une fausse preuve contre ton époux ? Ce ne serait que justice après qu'il a attenté par deux fois à ma vie !

Athénaïs écarquilla les yeux.

— Non ! Louis XIII, s'il apprend qu'il a tenté de faire assassiner un mousquetaire du roi sera dans l'obligation de montrer son autorité. Alphrède risquera, dans le meilleur des cas, le bannissement de Paris avec humiliation publique, et dans le pire, la décapitation. Je ne veux pas lui faire subir cela.

— Ton cœur est tendre, Athénaïs. Nous le ferons alors chanter, sans le dénoncer… et il acceptera, car il sait qu'il y aura une enquête, ajoutée à notre témoignage, et qu'il y a donc des chances qu'il soit accusé. Je vais d'ailleurs en faire part à Aramis afin qu'il appuie notre démarche.

— Alexandre, il y a un autre sujet à aborder, prononça-t-elle douloureusement.

— Oui, fit-il, lui caressant la nuque juste à la naissance de ses cheveux bruns.

— N'oublie pas que je suis peut-être encore enceinte. Assumeras-tu d'élever cet enfant ? Et qui n'est peut-être pas le tien ! Et avec quels moyens, d'ailleurs ?

Un malaise s'était infiltré dans le cœur du mousquetaire. Athénaïs vit son indisposition et secoua la tête, dépitée.

Après un long moment où tous deux étaient dans leurs pensées, le visage d'Alexandre s'éclaira et la petite fossette qu'Athénaïs aimait tant se creusa lorsque son sourire s'élargit.

— Il est vrai que je ne me sens pas prêt pour être père… fit-il. Mais l'est-on un jour ? Ce que je sais, c'est qu'il n'y a qu'une seule femme au monde avec qui je veux avoir des enfants… et c'est toi, lui confessa-t-il, en lui tapotant le bout du nez.

Athénaïs l'enlaça amoureusement. Jamais on ne lui avait fait déclaration si belle.

— Et celui-ci que nous attendons sera le mien. Le nôtre. Tout simplement…

De grosses larmes inondaient les joues d'Athénaïs. L'émotion était si forte. Alexandre était un cadeau du ciel.

— Je pense que j'ai déjà hâte de rencontrer ce petit bonhomme, admit-il, baisant chacune des chaudes larmes.

— Et si c'est une fille ? haleta-t-elle.

— Une fille ! Ce serait formidable ! s'égaya-t-il.

Alexandre pensa que c'était le moment de lui avouer qu'elle garderait son statut et sa richesse, et sûrement même le respect de sa famille et de ses pairs, maintenant qu'il était duc. Et surtout, il n'y aurait aucune contrainte à élever des enfants. Il se gargarisait déjà de sa joie. Seulement, le souvenir si frais de son frère lui fit monter les larmes aux yeux, ce qu'Athénaïs remarqua.

— Qu'y a-t-il ? questionna-t-elle, désorientée par le voile sombre qui assombrissait les yeux aux éclats d'or du mousquetaire.

— J'ai quelque chose à t'avouer, Athénaïs.

Elle l'encouragea d'un geste tendre de la main sur sa joue, sentant que cela lui était difficile… alors que sa poitrine se serrait d'appréhension.

— Mon frère aîné, Maxime, a eu un accident en carrosse alors qu'il venait me rendre visite, il y a quelques semaines. Il est mort sur mon lit, dans mes bras…

Athénaïs le serra tout contre elle.

— Je suis si désolée… quelle souffrance…

— Lorsque j'ai cru te perdre, j'ai revécu cette tragédie dont je souffre encore. Cela a été terrible…

Athénaïs ressentait jusqu'au plus profond d'elle, l'intensité des sentiments d'Alexandre.

— Pour tout te dire, peu après la disparition de Maxime, j'étais sûr de vouloir te quitter, car je te voyais comme un danger. Mon cœur ne comprenait rien. Mais je sais désormais que c'est en m'ouvrant à l'amour que j'ai pour toi que je gagne ma liberté d'être moi-même. Tout est si clair que je n'ai plus peur de te dire que… je t'aime !

Cette déclaration l'acheva. En si peu de temps, elle était passée par tant d'émotions contraires… Elle fondit en larmes dans les bras d'Alexandre, et, après un moment qui lui parut une éternité, un sentiment doux l'envahit… elle était comblée d'amour. Dieu que c'était bon.

— Si tu réfléchis un peu, continua-t-il, tu comprendras ce que le décès de mon frère veut dire pour nous deux…

Athénaïs eut un sursaut spontané.

— Oui, cela veut dire que je suis duc, donc que tu seras duchesse et non plus comtesse.

— J'aurais préféré que ton frère soit vivant…

— Je pense que Maxime est heureux de pouvoir nous rendre heureux de là où il est… dit-il, dans une moue triste.

— Oui… fit-elle en lui prenant délicatement la main pour la poser sur son ventre. Et quel que soit le sexe de cet enfant, ou du prochain si jamais… nous l'appellerons Maxime…

La petite fossette sur la joue d'Alexandre se creusa d'une façon nouvelle. Jamais il n'avait souri de cette manière.

*

La découverte du corps de l'assassin devant le portail de la demeure fit un terrible remue-ménage.

Alexandre l'avait transporté jusque-là. Il raconta ensuite au médecin qu'il était venu prendre des nouvelles d'Athénaïs, puisqu'il l'avait sauvée des griffes du brigand. Et que lorsqu'il allait frapper au portail, cet homme lui avait sauté dessus par surprise, et tenté de lui enfoncer un couteau dans la poitrine. Personne ne mit en doute son récit et, une fois de retour à Paris, Alexandre fila droit rue de Vaugirard, chez Aramis…

Chapitre 45

Arrivé à destination, Alexandre poussa le portail d'entrée de la maisonnette d'Aramis. Celle-ci offrait sa façade à un jardin ombragé, dans lequel il venait parfois s'entraîner à l'épée avec d'autres mousquetaires triés sur le volet par l'hôte.

Il aperçut immédiatement la duchesse de Chevreuse, assise sur le rebord de la fontaine qui trônait au milieu de la closerie, et en fut irrité. Il la savait proche du célèbre mousquetaire, mais quelle malchance tout de même de tomber sur elle. Cela voulait également dire qu'Aramis n'était point chez lui.

Tout à ses pensées, il vit qu'elle lui faisait signe d'approcher.

— Alexandre de Castillan… J'ai appris pour votre frère. Mes sincères condoléances, fit-elle.

— Je vous remercie, madame.

— Je suppose que vous venez voir Aramis ?

— En effet.

— Moi aussi, moi aussi… Je crois que jamais, je n'ai été aussi impatiente de le voir… grinça-t-elle.

Alexandre sourit poliment.

— Alors, jeune homme, où en êtes-vous avec Athénaïs ?

— Comment cela ?

— Ne faites pas semblant, je vous prie. Pas avec moi.

Elle les savait amants, il préféra donc jouer de franchise.

— Comme vous le savez, nous nous fréquentons parfois…

— Elle a réussi à vous garder si longtemps ? le coupa-t-elle. Vous qui êtes connu comme un amant des plus doués… mais qui s'évapore après une seule étreinte.

— Je ne peux nier qu'Athénaïs me plaît comme aucune autre femme. J'ai beaucoup de chance qu'elle s'intéresse à moi.

La duchesse avait aussi un cœur, et celui-ci fondit à cet aveu.

— Vous êtes chanceux, oui, mon cher ami…

La rumeur rapportait que lorsque la duchesse vous appelait « mon cher ami », c'était soit qu'elle avait déjà organisé votre déchéance, soit qu'elle allait vous prendre sous son aile pour vous aider.

Fébrile, il attendit la sentence.

— J'ai décidé de prendre quelques distances avec mes œuvres matrimoniales. Et puis, je prône les intérêts des femmes, ne l'oubliez pas ! Je l'ai dit à Athénaïs : qu'elle prenne un amant, fort bien. Tant que cela reste discret. Mais, vous avouerez que l'on a connu mieux que vous deux, en termes de discrétion.

Alexandre allait-il lui avouer qu'ils souhaitaient être bien plus qu'amants aujourd'hui ?

— J'ai bien vu ces regards, ces gestes, ces attitudes plus forts que votre volonté. Et à l'inverse, le langage du corps entre Athénaïs et son époux font mal aux yeux… J'ai donc pris les devants pour vous.

Le mousquetaire en fut totalement déstabilisé.

— Je ne comprends pas.

— C'est bien normal. Comment le pourriez-vous…

La duchesse lui offrit un sourire malicieux.

— J'ai parlé à Alphrède durant les jeux et je lui ai sommé de divorcer d'Athénaïs lorsqu'elle le souhaiterait. Bien entendu, il m'a ri au nez jusqu'au moment où je lui ai parlé de son père décédé. Enfin, prétendument décédé…

Alexandre avait du mal à croire ce qu'il entendait. Il essayait de garder une contenance. Droit comme un « i », debout devant la duchesse, il tenait la garde de son épée comme pour se rassurer, et s'y accrocher.

— Il se trouve qu'une femme de ma position se doit de connaître le moindre petit secret de chaque membre de la noblesse, n'est-ce pas ?

La discussion avec la duchesse prenait une tournure pour le moins inattendue et qu'il n'osait espérer.

— Pour votre bonheur, le père du comte de Laroche de Briand n'est point décédé malgré le bel enterrement qui a ému nos pairs. Mais il a l'esprit qui bat la campagne, et on doit le surveiller et s'en occuper tel un enfant. Une honte familiale que son fils aîné ne voudrait sûrement pas voir dévoiler. Sans oublier qu'il s'est donc approprié illégalement le titre de comte et la richesse qui l'accompagne.

— Vous êtes prodigieusement diabolique ! fit Alexandre, réellement admiratif des talents d'intrigante de la duchesse.

— Je vous remercie, dit-elle, facétieuse, dans un sourire éclatant.

Mis en confiance par les révélations de la duchesse, le mousquetaire sentit confusément qu'il pouvait lui dévoiler leurs desseins.

— À mon tour de me livrer, je venais voir Aramis parce qu'un malfrat payé par le comte de Laroche de Briand a tenté par deux fois de m'envoyer *ad patres*. Et je souhaitais son aide pour trouver une preuve de sa culpabilité. Car nous comptons nous marier, Athénaïs et moi. Nous nous le sommes promis ce matin…

La duchesse pensa ironiquement à la lettre de la comtesse de Varneuil qui avait eu une belle prémonition… elle fut d'autant plus heureuse de lui avoir fait payer son arrogance.

— Plus besoin de cela, lui répondit-elle. Il suffit qu'Athénaïs en fasse la demande à son époux, et il ne pourra lui refuser le divorce.

Le mousquetaire sentit son cœur battre plus fort. Était-il possible que le destin soit si généreux avec eux ?

— Et puisque vous êtes maintenant duc et riche, les parents d'Athénaïs n'en seront que plus enchantés.

— Comment puis-je vous remercier ?

— Laissez-moi organiser vos épousailles. Après avoir fait circuler la rumeur qu'Alphrède est un époux bien trop exécrable pour ma protégée, je dirai que je vous ai poussés l'un vers l'autre et que l'amour a fait le reste !

La duchesse avait donc pensé à tout, s'amusa Alexandre, y compris à se donner le beau rôle… et à sauver sa réputation de faire et défaire les mariages de la haute noblesse.

— Cela me convient. Je pense qu'Athénaïs sera d'accord, mais laissez-moi tout de même l'avertir de ces plans.

— Bien entendu, sourit Marie Aimée.

Elle jubilait en son for intérieur de son sens de la stratégie et de son intelligence. Elle était décidément la meilleure en intrigues politiques comme en intrigues amoureuses. Après tout, les deux étaient-elles dissociables ?

Cela dit, elle connaissait maintenant une seule autre personne qui pouvait rivaliser avec elle. Et elle l'attendait de pied ferme !…

Chapitre 46

Le 14 septembre 1632,
Village de Nérac, Gascogne.

La lune de miel…

Athénaïs s'arrêta devant la porte ouverte de la petite maison qu'Alexandre avait aménagée lui-même, dans le village de son enfance. Des centaines de pétales de roses étaient étalées sur le sol de l'entrée comme un chemin qui la menait jusqu'à un escalier. Sur les marches, d'autres pétales blancs et rouges lui indiquaient qu'elle avait à monter jusqu'aux combles dont la trappe était ouverte. Elle suivit la consigne tacite et se retrouva dans une vaste pièce aménagée de fauteuils de cuir, d'un meuble rempli de bouteilles de vin et d'une chaise disposée face à une petite table en bois clair.

D'autres pétales multicolores au sol lui indiquaient de se diriger vers une deuxième trappe ouverte. Une simple échelle posée l'attendait. Elle grimpa. Le ciel s'offrit à elle.

Une fois les deux pieds sur le toit plat de la maisonnette, elle le vit, cet homme à jamais ancré dans son cœur, beau comme un dieu, qui la regardait avec les yeux de l'amour. Le cadre était si parfait que chaque forme, chaque couleur étaient idylliques, jusqu'au mélange parfumé de jasmin et d'éternité.

— Athénaïs…

— Alexandre…

Assis sur une nappe blanche épaisse, colorée par moult victuailles et boissons, sublimée par un service de table magnifique, il l'attendait. Il se leva, tout en replaçant les mèches bouclées de ses cheveux sauvages et dorés, et s'avança d'une démarche toujours aussi follement sensuelle.

Il lui prit la main avec délicatesse pour l'amener à s'installer sur le tapis. La vue sur la campagne vallonnée leur offrait un coucher de soleil extraordinaire. Le plein ouest devant eux se parait de teintes rose orangé qui coloraient les nuages accompagnant l'astre dans son coucher.

— Pourquoi ai-je autant de chance ? murmura-t-elle.

— J'en ai plus encore ! susurra-t-il.

— Tu es exceptionnel, je ne le suis pas…

— Ne redis plus jamais cela. Tu es la personne la plus merveilleuse et la plus digne d'être chérie et aimée.

— Ah oui ? Et pourquoi cela, je te prie ?

— Tu es unique, tu es joyeuse, courageuse, rebelle, forte, tendre, honnête, intelligente, drôle, généreuse, espiègle, belle, pleine de vie, curieuse, gourmande et un peu folle aussi… Il me faudrait une vie entière pour arriver au bout de tes qualités. Sans parler de ta volupté, lui dit-il en lui entourant de sa main le menton pour honorer ses lèvres avenantes.

— Et mon corps imparfait ? fit-elle, mutine.

— De quoi parles-tu ? Il n'y a pas de corps plus parfait que le tien… puisque, c'est le tien…

Le cœur d'Athénaïs battait à tout rompre.

Avec Alexandre, aucune part d'ombre n'entachait son bonheur. Elle avait du soleil dans le cœur, des bulles de délice qui coulait dans ses veines, des tourbillons qui s'agitaient de façon exquise dans son bas ventre. Et maintenant, elle tremblait comme une feuille, tant l'excitation et la joie la remplissaient.

Elle l'embrassa avec une ardeur céleste.

— Alors, comment est-ce de m'embrasser, maintenant que nous sommes mariés ? lui demanda-t-elle, coquine.

— Comme la toute première fois…

Épilogue

Sur le parvis de l'église de Saint-Germain-l'Auxerrois, alors que la messe venait de se terminer, les uns et les autres bavardaient avant de rentrer chacun chez soi.

Athénaïs, elle, ouvrit enfin cette lettre reçue d'Alma, le matin même. Elle ne pouvait plus attendre. Au vu de sa mine si réjouie, Alexandre lui demanda qu'elle la lui lise à haute voix. Après tout, c'était grâce à elle qu'ils s'étaient rencontrés.

« Chère cousine, Comment te dire à quel point je suis toujours aussi heureuse. Je ne trouve pas de mots assez forts ! Nous sommes actuellement à Némi, à côté de Rome, dans le village où Gabriel a acheté sa maison lorsque, autrefois, il a parcouru le pays. Y a-t-il plus bel endroit au monde ? Il y a même un lac volcanique ! Nous allons y rester quelques semaines. Gabriel a dessiné sa demeure et son village, je te montrerai à mon retour… »

— Elle va revenir, souffla de joie Athénaïs.

— Bien sûr qu'elle va revenir, mon amour.

— C'est qu'elle me manque tant…

— Je sais !

— « Nous t'embrassons Alexandre et toi ». Dire qu'ils ont fait un aller-retour spécialement pour notre mariage… j'ai si hâte qu'elle revienne pour de bon.

— Laisse-la vivre ses rêves, ma chérie, répliqua Alexandre.

D'une main zélée, il caressa le ventre arrondi d'Athénaïs, emmitouflé sous un manteau de laine, qui bougea brusquement pour la première fois.

— Il m'a donné un coup de pied ! s'émerveilla-t-il.

— Oui, je l'ai bien senti ! s'égaya-t-elle.

Alexandre se pencha alors pour parler à l'enfant.

— C'est papa… Tu m'as l'air bien hardi ! J'aime ça ! Est-ce que je t'ai déjà dit que je t'aimais ? Que j'étais impatient de te connaître. Que tu sois fille ou garçon, peu m'importe, Maxime…

— Il me semble que tu le lui dis tous les jours, fit Athénaïs, amusée.

— Ta maman trouve que je radote…

Alexandre déposa ses lèvres sur celles d'Athénaïs, lorsque Louise arriva à leur hauteur.

— Louise ? s'étonna Athénaïs.

Elle n'assistait jamais aux messes du dimanche. Et celle-ci n'avait pas fait exception. Que faisait-elle ici ?

— Je file me confesser !

Louise ne se confessait jamais.

— Il faut que je parle de Joseph à quelqu'un de neutre, tu comprends ? glissa-t-elle dans l'oreille de sa cousine, avant de rejoindre au pas de course l'entrée de l'église.

— Elle a une bonne raison, avoua Athénaïs à son époux.

— Ah, j'ai compris, railla Alexandre, c'est parce que aujourd'hui, c'est le nouvel archevêque qui confesse ! Tu savais que c'était le plus jeune archevêque de France ? Trente ans !

— Et le plus beau… Même scandaleusement beau…

— Dis donc… la réprimanda Alexandre, faussement jaloux.

Athénaïs se mordit la lèvre, le regard charmeur, tandis qu'Alexandre secouait la tête, le sourire railleur face à cette provocation, avant d'accueillir avec gourmandise le baiser d'Athénaïs.

*

Louise déboula dans la nef vide de l'église et se glissa jusqu'à l'entrée de la pièce, où les prêtres ôtaient leur robe de cérémonie. L'archevêque avait exceptionnellement dirigé la messe de ce jour et se changeait.

Elle poussa la porte entrouverte, y vit celui qu'elle cherchait et, accoudée dans l'entrebâillement, l'admira quelques secondes lorsqu'il enleva sa chemise et se retrouva torse nu.

— Cet endroit est privé, dit-il d'un ton sec après lui avoir jeté une œillade.

Il n'avait ni sursauté ni montré une quelconque gêne. Bien au contraire, il arborait cette assurance qui, dans le même temps plut à Louise, et l'agaça.

— Je ne suis pas rentrée, fit-elle remarquer. C'est que j'ai besoin de me confesser maintenant, tout de suite, c'est une urgence.

— Non.

Ce « Non » prononcé sans même la regarder, insupporta Louise

— Vous n'avez pas bien compris, il me semble… répondit-elle, irritée.

— J'ai bien compris, daigna répondre l'archevêque tout en finissant de s'habiller.

— C'est une urgence absolue, vous ai-je dit ! fit-elle en haussant légèrement la voix, toujours accolée à la porte.

— Attendez le curé qui va arriver d'ici une demi-heure.

Louise ressentait un besoin pressant de parler de sa vision de la vie à un inconnu. Et surtout de Joseph, à savoir qu'elle comptait perdre sa virginité avec lui, hors mariage. Un homme d'Église qui garderait le secret était ce qu'il lui fallait. Mais surtout pas le curé de cette paroisse dont elle connaissait la personnalité cassante. Alors, lorsqu'elle avait entendu dire que cet archevêque était plus nuancé sur les notions de péché, elle avait sauté sur l'occasion.

— Je ne me confesserai certainement pas à ce curé rigide et sentencieux, déclara-t-elle.

L'archevêque ne répondit pas. Il s'attelait à récupérer quelques feuilles qu'il insérait dans une sacoche de cuir.

— Ne dites-vous pas que les voies du Seigneur n'attendent pas ? Je dois me confesser tout de suite ! argumenta Louise.

— Elles sont impénétrables… c'est ce que l'on dit, et cela n'a rien à voir avec… bref… fit-il en tentant de se frayer un passage, alors que la jeune femme bloquait la sortie.

Ils étaient maintenant très proches l'un de l'autre. Du haut de son mètre quatre-vingt-dix, il toisait Louise qui le regardait droit dans les yeux, sans ciller. D'habitude, il impressionnait les gens. L'aplomb de cette jeune femme l'intrigua.

— Si vous ne me confessez pas tout de suite, ajouta Louise, je sortirai de cette église, et qui sait si je ne me ferais pas renverser par un carrosse, ce qui arrive tous les jours… et je mourrai alors sans m'être confiée à Dieu, et j'irai donc en Enfer… où je vous retrouverai !

— Très bien, capitula l'archevêque dont le visage s'était déridé. En tant qu'homme d'Église, je ne peux refuser une aide à une personne en si grand danger…

— Merci, fit-elle en le laissant passer.

Une fois dans le confessionnal, Louise lui raconta ses envies de liberté, à savoir ne jamais se marier, garder son indépendance financière en travaillant, et voyager. Elle n'oublia pas non plus d'évoquer sa vie amoureuse avec Marguerite et Joseph.

Elle lui demanda alors si c'était un grave péché de donner sa virginité hors mariage. On lui surinait cela depuis son enfance. Et bien qu'elle n'y crût pas vraiment puisque les hommes ne se privaient pas de le faire, elle voulait savoir si pour les femmes cela l'était, et pour quelle raison.

— Je vous dirais officieusement que, pour ma part, ce n'est pas une offense à Dieu. Les lois des hommes sont ainsi faites parce qu'à vous adonner à ces plaisirs hors mariage, vous risquez de tomber enceinte… Mais, il y a une chose que je peux vous dire… Ce Joseph ne vous aime pas.

— Comment ça ? Joseph m'aime, j'en suis certaine !

— Non, ce qui le fascine, c'est cette intimité avec une vicomtesse parisienne qui fréquente la royauté. Vous êtes trop différente de lui, de sa vision de la vie, de ce qu'il connaît, pour qu'il soit épris de vous. Il vous quittera probablement peu après vous avoir connue charnellement. Et il tombera amoureux d'une fille de son village, si ce n'est déjà le cas, d'ailleurs.

— Comment osez-vous ! s'emporta Louise. Je connais Joseph depuis l'enfance. Ce que vous dites est faux.

— J'ai été ce Joseph, il y a fort longtemps…

Louise se leva et claqua la porte du confessionnal derrière elle.

— Je vous absous de tous vos péchés, au nom du Père, du Fils et du Saint-Esprit, amen, conclut l'archevêque, dans un signe de croix, seul sur sa chaise, affichant une moue perplexe.

FIN

Remerciements

Tout d'abord je tiens à vous remercier vous, mes chères lectrices et mes chers lecteurs, qui avez fait un accueil si chaleureux à *Rue Saint-Honoré*. Vos messages de vive voix, audio et sur les réseaux sociaux, ainsi que vos chroniques, sont ô combien importants pour moi !

Une fois encore, évidemment, un grand MERCI à l'incomparable Julie Cartier sans qui cette aventure ne pourrait exister et dont l'enthousiasme et le soutien sont immuables. Grand MERCI également à la géniale, dans tous les sens du terme, Charlotte Volper qui « glow up » avec tant de talent mes manuscrits. Je n'oublie pas la merveilleuse Charlotte Lebon, qui a rejoint la magnifique équipe Chatterley dont chaque personne est irremplaçable.

Bref, vous l'aurez compris… chanceuse je suis !

Spéciale dédicace à Charlotte Lefèvre que je remercie sincèrement d'avoir cru en moi depuis le début de cette aventure.

DERNIÈRES PARUTIONS

Aly Martinez
From the Embers

Caroline Coiraton
Rue Saint-Honoré
Tome 1 – *Alma*

Chloé Walsh
Boys of Tommen
Tome 1 – *Binding 13*

Cindy Van Wilder Zanetti
La Clé d'Obsidienne
Tome 1 – *Fleur fantôme*

Elizabeth Helen
Beasts of the Briar
Tome 1 – *Bonded by Thorns*

Grace Draven
The Fallen Empire
Tome 1 – *Phoenix Unbound*

J.L. Corolle
Malgré les épines

Kate Stewart
The Ravenhood
Tome 1 – *Flock*
Tome 2 – *Exodus*
Tome 3 – *The Finish Line*

Liz Tomforde
Windy City
Tome 1 – *Mile High*

Okéanos S.
Games
Tome 1 – *Le Croque-Mitaine*
Tome 2 – *La Faucheuse*

Stéphanie Pélerin
Une librairie pour Noël

Composition et mise en pages
Nord Compo à Villeneuve-d'Ascq

CHATTERLEY, 92 avenue de France 75013 Paris

Achevé d'imprimer en novembre 2024
par Normandie Roto Impression s. a. s.
61250 Lonrai
N° d'impression : 2404632
Imprimé en France

C79053/01